सोज़े वतन
तथा
अन्य ज़ब्तशुदा कहानियाँ

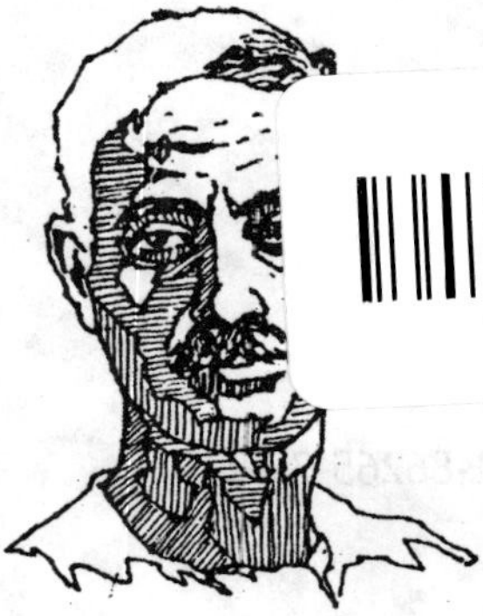

AF889628

प्रेमचन्द

संपादक
बलराम अग्रवाल

ISBN : 81-86265-39-2

© सुरक्षित

प्रकाशक : साक्षी प्रकाशन
एस-16, नवीन शाहदरा, दिल्ली-110032
फोन : 011-22324833, 09810461412
E-mail : goelbooks@rediffmail.com

संस्करण : 2022

लेज़र टाइपसैटिंग : शेफाली लेज़र सिस्टम
नवीन शाहदरा, दिल्ली-110032

मुद्रक : बी.के. ऑफसेट,
शाहदरा, दिल्ली-110032

SOZE VATAN TATHA ANYA ZABTSHUDA KAHANIYA

By Premchand

समर्पित
हंसराज रहबर
तथा
अमृत राय
की
पुण्य-स्मृति को

अग्रवाक

प्रेमचंद : लिखने और लिखते रहने की छटपटाहट

प्रेमचंद के स्थूलतः तीन रूप हम मान सकते हैं—पहला, धनपत राय श्रीवास्तव्य—जो सरकारी नौकरी में बने रहने को विवश एक गृहस्थ है। दूसरा, नवाब राय—जो एक उर्दू अफ़साना-निगार है और जिसे, अपनी 'सोज़े वतन' किताब की सरकारी-ज़ब्ती के रूप में, अपमानित होना पड़ता है। यह अपमान इसलिए और भी गहरा साबित होता है कि 'नवाब राय' वस्तुतः धनपत राय के रूप में एक सरकारी कर्मचारी है। और तीसरा, प्रेमचंद—यह 'नवाब राय' के केंचुल को त्यागकर नयी काया पाया हुआ सर्वथा भिन्न कथाकार है। यह अब उर्दू के साथ-साथ हिन्दी में भी आर्टिकल लिखता है। इसलिए नहीं कि इसे हिन्दी से विशेष लगाव है, बल्कि इसलिए कि हर आर्टिकल को छपने से पहले अनुमति प्राप्त करने हेतु कलेक्टर के समक्ष प्रस्तुत करने का हलफिया बयान धनपतराय श्रीवास्तव्य उर्फ नवाब राय उर्फ उर्दू अफ़साना-निगार ने दिया है, हिन्दी या उर्दू के लेखक 'प्रेमचंद' ने नहीं। कुल मिलाकर यह कि लिखने और लिखते रहने की छटपटाहट और रचना को 'शासकीय हस्तक्षेप' से बचाने की प्रक्रिया से ही 'प्रेमचंद' का जन्म होता है, और इस युद्ध में नवाब राय 'जमींदोज़' हो जाते हैं। यहाँ हम क्रमशः धनपत राय श्रीवास्तव्य, नवाब राय तथा प्रेमचंद के जीवन और काल पर संक्षेप में विचार करेंगे, और वह भी मुख्यतः उनके पुत्र अमृतराय द्वारा लिखित 'प्रेमचंद : कलम का सिपाही' के दूसरे संस्करण (1962) तथा हंसराज रहबर द्वारा लिखित 'प्रेमचंद : जीवन, कला और कृतित्व' के दूसरे संस्करण (1962) के आधार पर, साभार।

'धनपत', यह नाम उन्हें उनके पिता ने दिया, 'नवाब' उनके ताऊ ने और 'प्रेमचंद' उर्दू 'ज़माना' के संपादक मुंशी दयानरायन निगम ने। अपने घर-परिवार और हमजोलियों में अलबत्ता वे 'नवाब' ही कहे जाते थे। नवाब तेंतर थे। तेंतर यानी तीन लड़कियों के बाद पैदा हुआ लड़का या तीन लड़कों के बाद पैदा हुई लड़की। अमृतराय लिखते हैं—'ऐसी संतान के बारे में लोगों का विश्वास है कि वह माँ-बाप में से किसी एक को खाये बिना नहीं रहती। नवाब ने ऐसी किसी बुभुक्षा का परिचय तत्काल नहीं दिया...xxx नवाब के आठवें साल में वह (उनकी माँ) चल बसीं और उसी दिन वह नवाब जिसे माँ पान के पत्ते तरह फेरती थीं, डिठौना लगाकर घर से बाहर निकलने देती थी और आँचल में छिपाये फिरती थी, कभी सर्दी से, कभी गर्मी से, कभी सिहाने वालों की डीठ से, देखते-देखते सयाना हो गया। अब उसके सर पर तपता हुआ नीला आकाश था, नीचे जलती भूरी धरती थी; पैरों में जूते न थे, बदन पर साबित कपड़े न थे, इसलिए नहीं कि यकबयक पैसे का टोटा पड़ गया बल्कि

इसलिए कि सब बातों की फिक्र रखने वाली माँ की आँखे मुँद गयी थीं...xxx दो बरस बाद पिता ने फिर ब्याह कर लिया था, लेकिन उससे नवाब का अकेलापन न घटना था न घटा और वह अपनी अलग दुनिया में घूमता रहा, दादी से कहानी सुनता रहा।... बारह-तेरह बरस की उम्र तक पहुँचते-पहुँचते उसे सिगरेट-बीड़ी का चस्का लग चुका था और उन बातों का ज्ञान हो गया था जोकि बच्चों के लिए घातक हैं।...xxx आवारागर्दी अब भी चल रही थी—मगर मोटी-मोटी किताबों के पन्नों में, जिनका रस छन-छनकर किस्सागो की खुराक पहुँचा रहा था।... गुल्ली-डण्डे और मटरगश्ती की जगह तिलिस्म और ऐयारी की मोटी-मोटी किताबों ने ले ली...यह मौलाना फ़ैजी के 'तलिस्म होशरुबा' की तारीफ है जिसके पचीसों हजार पन्ने तेरह साल के नवाब ने दो-तीन बरस के दौरान पढ़े और, और भी न जाने कितना कुछ चाट डाला....। अब तक बचपन मर चुका था यानी लड़के के कंधे पर शादी का जुआ रखने का वक्त आ गया था।... शादी हुई।... घर पहुँचकर उसने अपनी बीवी की सूरत जो देखी तो उसका खून सूख गया।... नाना साहब ने पन्द्रह साल के इस खूबसूरत नवाब के लिए ऐसी, उम्र में ज्यादा, काली, भद्दी, थुलथुल, चेचकरू, अफीम खाने वाली, भचककर चलने वाली औरत ही क्यों चुनी, यह रहस्य उनके साथ ही चला गया। लेकिन इसमें शक नहीं कि जिस-जिसने देखा उसके मुँह से एक सर्द आह निकल गयी।... यहाँ तक कि मुंशी अजायब लाल से भी नहीं रहा गया और उन्होंने हिम्मत बटोरकर अपनी पत्नी से कह दिया—लाला जी ने मेरे लड़के को कुएँ में ढकेल दिया। मेरा गुलाब-सा लड़का और उसकी यह बीवी ! मैं तो उसकी दूसरी शादी करूँगा।... ज़िन्दा वह बहुत बाद तक रहीं, नवाब ने जब दूसरी शादी की तब तक उन्हें इस घर में दस बरस हो चुके थे।...xxx नवाब नवीं में थे जब उनका (पहला) ब्याह हुआ। अगले साल यानी 1897 में उन्हें मैट्रिक का इम्तहान देना था। लेकिन उसी साल पिता बीमार पड़े और इस दुनिया से उठ गये। नतीजा यह हुआ कि नवाब उस साल इम्तहान नहीं दे पाये। अगले साल नवाब ने मैट्रिक का इम्तहान दिया। सेकंड डिवीजन पास हुए।... नतीजा यह हुआ कि क्वीन्स कालेज में उनका प्रवेश पाना एक समस्या बन गया क्योंकि प्रवेश तो चाहे मिल भी जाता पर फ़ीस, नियम के अनुसार केवल अव्वल दर्जे वालों की ही माफ हो सकती थी और फ़ीस देकर पढ़ने की स्थिति में नवाब नहीं थे।...xxx संयोग से उसी साल हिन्दू कालेज खुल गया।... खैर, कालेज में गया।... मुलाकात तो हुई पर निराशाजनक। फ़ीस माफ न हो सकती थी। कई दिनों के बाद एक सिफारिश मिली।... तीन बजे फ़ार्म मिला। उसपर लिखा था—इसकी योग्यता की जाँच की जाय। यह नई समस्या उपस्थित हुई।... अंग्रेजी के सिवा और किसी विषय में पास होने की आशा न थी और बीजगणित और रेखागणित से तो रूह काँपती थी।... फार्म पर गणित के खाने में 'असन्तोषजनक' लिखा था। नवाब इतना हताश हुआ

कि फार्म लेकर फिर प्रिंसिपल के पास न गया। सीधा घर चला गया। गणित उसके लिए गौरीशंकर की चोटी थी। कभी उस पर न चढ़ सका...xxx संयोग से एक वकील साहब के लड़के को पढ़ाने का काम मिल गया। पाँच रुपया वेतन ठहरा। मैंने दो रुपये में अपना गुज़र करके तीन रुपये घर पर देने का निश्चय किया। वकील साहब के अस्तबल के ऊपर एक छोटी-सी कच्ची कोठरी थी। उसी में रहने की आज्ञा ले ली। एक टाट का टुकड़ा बिछा दिया, बाजार से एक छोटा-सा लैम्प लाया और शहर में रहने लगा।... एक वक्त खिचड़ी पका लेता और बर्तन धो-माँजकर लाइब्रेरी चला जाता। गणित तो बहाना था, उपन्यास आदि पढ़ा करता। पंडित रतननाथ का 'फ़साना आज़ाद' उन्हीं दिनों पढ़ा। 'चन्द्रकान्ता संतति' भी पढ़ी। बंकिम बाबू के उर्दू अनुवाद, जितने पुस्तकालय में मिले, सब पढ़ डाले।... इस तरह चार-पाँच महीने बीते।... जाड़ों के दिन थे। पास एक कोड़ी न थी। दो दिन एक-एक पैसे का चबेना खाकर काटे थे।... एक बड़ी-बड़ी मूँछों वाले सौम्य पुरुष ने, जो उस दुकान पर बैठे हुए थे, नवाब से पूछा—कहाँ पढ़ते हो ?... सवाल पूछने वाले सज्जन चुनार के एक छोटे-से मिशन-स्कूल के हेडमास्टर थे। उन्हें मैट्रिक पास एक मास्टर की तलाश थी। वेतन था अठारह रुपया। कहने की देर थी, नवाब ने लपककर मंजूर कर लिया।... चुनार के मिशन-स्कूल से निकलकर मुंशीजी, जिनकी उम्र उस समय बीस साल थी, साल भर के अन्दर ही फिर बनारस पहुँचे और किसी नये काम की तलाश शुरू हुई।

क्वीन्स कालेज में बेकन साहब प्रिंसीपल थे। शिक्षा-विभाग में बड़ा असर रखते थे, एक गरीब नौजवन को हीले से लगाना उनके लिए मुश्किल बात न थी। नवाब के बारे में उनका खयाल भी अच्छा था—सीधा-सच्चा, जहीन, मेहनती लड़का है। मगर बहुत गरीब है।

बेकन साहब ने यहाँ-वहाँ दो-एक खत लिखे और मुंशी जी की नियुक्ति 2 जुलाई 1900 को बहराइच के जिला स्कूल के पाँचवें मास्टर के पद पर हुई। वेतन बीस रुपया महीना। सरकारी नौकरी का सिलसिला शुरू हुआ।... लेकिन अब एक फिक्र उसे सताने लगी थी—यही कि अब उसे ट्रेनिंग पास कर लेनी चाहिए। जिन्दगी भर अब यही मास्टरी करनी है, ट्रेनिंग पास किए बिना काम न चलेगा।... लिहाजा नवाब ने इलाहाबाद जाकर ट्रेनिंग लेने का निश्चय किया और लगभग 2 बरस परताबगढ़ में रहने के बाद महकमे से दो साल की छुट्टी लेकर इलाहाबाद पहुँचा और 6 जुलाई 1902 को ट्रेनिंग कालेज की प्रीपेरेटरी क्लास में दाखिला लिया।... और इन्हीं दिनों उसका एक छोटा उपन्यास 'असरारे मआबिद' (देवस्थान का रहस्य) बनारस के साप्ताहिक उर्दू पत्र ' आवाज-ए-खल्क' में 8 अक्टूबर 1903 से धारावाहिक छपना शुरू हुआ।...xxx अप्रैल 1904 में मुंशी जी ने ट्रेनिंग का इम्तहान अव्वल दर्जे में पास कर लिया—हाँ, गणित न पढ़ा सकने की बात इस सर्टिफिकेट में भी दर्ज कर दी गयी। लगभग इन्हीं दिनों 'धनपतराय श्रीवास्तव्य' ने उर्दू और हिन्दी

की स्पेशल वर्नाक्युलर परीक्षा पास की। और शायद इन्हीं दिनों मुंशी जी की चिट्ठी-चपाती मुंशी दयानरायन निगम के साथ शुरू हुई जिन्होंने हाल में ही 'ज़माना' शुरू किया था। उनको लिखने वालों की तलाश थी और इनको अपने लिए किसी पत्र की जिसमें वह बँधकर लिख सकें।... ट्रेनिंग कालेज के प्रिंसिपल केम्पसटर ने, जो इस शान्त, परिश्रमी, मीठे और मिलनसार नौजवान से बहुत खुश था, मुंशी जी को ट्रेनिंग कालेज से लगे हुए माडल स्कूल का हेडमास्टर बनाकर फिर इलाहाबाद बुला लिया। पच्चीस साल के नौजवान के लिए माडल स्कूल की हेडमास्टरी कोई छोटी चीज न थी।... लेकिन मुंशी जी को अभी यहाँ मुश्किल से तीन महीने हुए थे कि मई 1905 में उनका तबादला कानपुर के लिए हो गया—उसी पच्चीस रुपये पर, डिस्ट्रेक्ट स्कूल के आठवें मास्टर के पद पर। मुंशी दयानरायन ने उन्हें अपने आकर ठहरने की दावत दी और मुंशी जी उस दावत को कबूल करके उन्हीं के हवेली जैसे मकान में, नया चौक में रहने लगे। पच्चीस रुपये में से दस-बारह रुपये अपने पास रखकर बाकी घर रवाना कर देने पड़ते। न खाने का सुख न पहनने का, लेकिन कभी तेवर मैला न हुआ। इतना ही नहीं, दर्द जितना ही बढ़ता था, हँसी उतनी ही बुलन्द से बुलन्दतर होती जाती थी।...xxx मुंशी दयानरायन निगम कील-काँटे से दुरुस्त, दुनियादार आदमी थे।... रहने-सहने में भी साफ़-सुथरे, क़ायदे के आदमी थे; हर तरह से बहुत प्रैक्टीकल। मुंशी धनपत राय बिल्कुल उनके उलटे थे। रहन-सहन में कतई लापरवाह, न कपड़े की फिक्र न लत्ते की, न बालों की फिक्र, न जूते की। किसी भी हालत में रह लेते थे और यह चीज आदत बन गयी थी और दुनियादारी से भी उन्हें कम ही वास्ता था। जो बात सही थी, सही थी और जो गलत, गलत—दुनियादारी का उसमें बहुत कम दखल था। पहलू बचाकर काम करना सीखा ही नहीं।

...xxx तभी संयोग से एक रोज़ नवाब की नजर किसी अखबार में, शायद बरेली के आर्यसमाजी शंकरलाल श्रोत्रिय के पर्चे में छपे हुए, एक इश्तहार पर पड़ी जिसमें लिखा था कि मौजा सलेमपुर, डाकखाना कनवार, जिला फतेहपुर के कोई मुंशी देवी प्रसाद अपनी बाल-विधवा कन्या का विवाह करना चाहते हैं और जो सज्जन चाहें इस विषय में उक्त पते पर पत्र-व्यवहार कर सकते हैं। नवाब ने उस पते पर खत लिखा। उसके जवाब में खत के साथ पच्चीस-तीस पन्ने का एक किताबचा आया।... किताबचे पर उसका नाम दिया है—'कायस्थ बाल-विधवा उद्धारक'।... किताबचा बिल्कुल आर्यसमाजी अन्दाज़ में 'ओंमतत्सत्' के साथ शुरू होता है और उसी रंग में आगे बढ़ता है।... नवाब ने इस इश्तहार को पढ़ा तो तबीयत फड़क उठी : इस सवाल पर खुद उसके विचारों से यह चीज कितना मेल खाती थी ! उसने फौरन लड़की की फोटो की फरमाइश की।... आखिर 1906 के फाल्गुन में शिवरात्रि के रोज़ शादी हो गयी।... जिन्दगी का नया दौर शुरू हुआ। उधर क़ौम की जिन्दगी का भी एक नया दौर शुरू हो रहा था।... 1857 का विद्रोह

अपने ही आन्तरिक विरोधों के कारण असफल रहा और अपने ही खून में डूब गया। करीब पच्चीस बरस के लिए लगभग पूरी तरह सन्नाटा छाया रहा। वहाबियों के आन्दोलन की तरह छिटपुट कुछ कोशिशें यहाँ-वहाँ हुईं लेकिन ब्रिटिश साम्राज्य का पंजा जरा भी ढीला न हो सका।... 1873 में आनन्द मोहन बसु, सुरेन्द्रनाथ बनर्जी और इटली के स्वातन्त्र्य-युद्ध के नेता मैजिनी व गैरीबाल्डी के जीवनीकार योगेन्द्र विद्याभूषण ने मिलकर इण्डियन एसोसिएशन की स्थापना की।... 1882 में बंकिम का 'आनन्दमठ' प्रकाशित हुआ जिसने आगे चलकर देश को उसका 'वन्देमातरम्' गान दिया। इण्डियन एसोसिएशन का जोर इतनी तेजी से बढ़ रहा था कि राज्य के सारे अधिकारी चिन्तित हो उठे।... नतीजा यह हुआ कि राष्ट्र की शक्ति को बाँटने और उसे शासकों की सुविधानुसार मर्यादित रखने के विचार से, अंग्रेज सरकार के परामर्श से सन् 1885 में 'इण्डियन नेशनल कांग्रेस' का जन्म हुआ। और वह काम कांग्रेस ने अपने प्रारम्भिक कई वर्षों तक किया भी, जिस लीक पर उसे चलाया गया उसी लीक पर चली।... विवेकानन्द ने जब 1893 में अमरीका जाकर सर्व-धर्म-सम्मेलन में सब को परास्त किया और भारत की दृप्त आत्मा को वाणी दी तो भारतवासियों की छाती गर्व से फूल उठी, उनका खून कुछ और तेजी से दौड़ने लगा, आँखें चमकने लगीं।... पहला महत्व किस चीज़ का है, समाज-सुधार का या स्वराज्य का ?—यह सवाल बहुत तीखे रूप में पहली बार पूना के कांग्रेस अधिवेशन में सन् 1895 में उठा, और संभवतः तिलक की ही क्रियाशीलता से।... गोखले आदि नरमदली लोग राजनीति की बात दबे स्वर में कर लेते थे लेकिन उनका आग्रह समाज-सुधार का था।... तिलक को इस राजनीति से मौलिक विरोध था। बाल-विवाह को रोकने के लिए जब 'एज ऑफ कन्सेण्ट बिल' आया, 1891 के आसपास, तो तिलक ने डटकर विरोध किया।... उनके विरोध का कारण यह न था कि तिलक बाल-विवाह के पोषक थे बल्कि यह था कि.... आप शासन हमारे हाथ में दीजिए। असल प्रश्न स्वराज्य का है। इस प्रश्न को दूसरे प्रश्नों के साथ उलझाइये मत। असल सवाल, आज़ादी का सवाल, पीछे न पड़ जाय इसीलिए तिलक का कहना था कि इन सब सवालों को उठाने का वक्त यह नहीं है।... गोखले का लक्ष्य था स्वायत्त शासन, जिसके लिए भारतीयों को अंग्रेजों की बताई हुई कसौटी पर खरे उतर कर अपनी योग्यता प्रमाणित करनी थी, तिलक का लक्ष्य था स्वराज्य जो हर भारतीय का जन्मसिद्ध अधिकार है और जो वह लेकर रहेगा।... गोखले अपने युग के साथ थे, तिलक बहुत आगे।... दोनों महाराष्ट्रीयन थे, दोनों ब्राह्मण थे, गोखले की अभिव्यक्ति का माध्यम अंग्रेजी थी, तिलक का मराठी।... उधर भारत की आत्मा गुप्त षड्यन्त्रकारी राजनीति के रूप में भी प्रस्फुटित या विस्फोटित हो रही थी जिसका सूत्रपात महाराष्ट्र के चापेकर बंधुओं ने किया। 1897 में उन्हें फाँसी दी गयी।... इसी वर्ष तिलक पर पहली बार राजद्रोह का मुकदमा चला और उन्हें

डेढ़ साल का कठोर दण्ड मिला।... 1908 में उन्हें पुनः माण्डले जेल भेज दिया गया।... 1902 और 1905 के बीच बंगाल में बहुत-सी गुप्त समितियाँ बनीं। और सन् 1905 में कर्जन ने राष्ट्रीयता की इसी बढ़ती हुई लहर को रोकने के लिए बंगाल को दो टुकड़ों में बाँटने का, बंग-भंग प्रस्ताव रखा, तब तो जैसे देश में आग ही लग गयी।... गरज यह कि राष्ट्रीय आन्दोलन ने एक नयी करवट ले ली थी और अब उसे वापस उस बँधी-टकी लीक पर ले चलना संभव न था जैसा कि नरमपंथी चाहते थे।... लाला लाजपतराय ने अपनी पुस्तक 'यंग इण्डिया' में लिखा है कि कांग्रेस के बनारस अधिवेशन, 1905, में ही तिलक ने 'निष्क्रिय प्रतिरोध' की अपनी नीति प्रस्तुत की थी और उसके अगले वर्ष कलकत्ता में उन्होंने अपनी उस नीति की और भी विशद व्याख्या की।... इसी अस्त्र का उपयोग गाँधीजी ने 1920 के बाद कई बार अलग-अलग नामों से किया। 1906 में कलकत्ता में कांग्रेस के इतिहास में पहली बार स्वराज़ की माँग की घोषणा हुई।... सन् 1907 और सन् 1910 के बीच क्रान्तिकारियों की सरगर्मियों में एक ज्वार-सा आया हुआ था। 1908 में कलकत्ते में अलीपुर षड्यन्त्र केस हुआ जिसमें वारीन घोष और दूसरे क्रान्तिकारी पकड़े गये और निर्वासित किये गये। बंगाल गवर्नर की हत्या की चेष्टा हुई। चन्द्र नगर के मेयर की हत्या की चेष्टा हुई। इसी तरह के और भी कई काण्ड हुए। राजनीतिक डकैतियाँ भी शुरू हो गयीं। वहीं कलकत्ते का किंग्सफोर्ड जब तबदील होकर मुजफ्फरपुर आया तो 30 अप्रैल 1908 को प्रफुल्ल चाकी (उम्र 17 साल) और खुदीराम बोस (उम्र 15 साल) ने मिलकर उसकी हत्या की चेष्टा की। उन्होंने उसपर बम तो फेंका लेकिन वह बच गया और उसकी जगह मिसेज़ और मिस कैनेडी नाम की दो अंग्रेज माँ-बेटी मारी गयीं। प्रफुल्ल चाकी ने वहीं अपने आपको गोली मार ली। खुदीराम बोस भाग निकला और अगले दिन मुजफ्फरपुर से चौबीस मील की दूरी पर पकड़ा गया। 11 अगस्त 1908 को उसे फाँसी दे दी गयी। पन्द्रह साल के उस वीर बालक को इस तरह फाँसी पर झूलते देखकर सारा देश सिहर उठा।... अब दोनों पक्ष आमने-सामने खड़े थे—सरकार हर तरह से कुचलने का पक्का इरादा लेकर और विप्लवी वीर सर हथेली पर लिये, शहादत का जाम पिये हुए सब कुछ झेलने को तैयार।... यह आग बराबर ज़ोर पकड़ती जा रही थी। आये दिन यहाँ-वहाँ बम के धड़ाके होते थे। राष्ट्रीय समाचार पत्र—जिनमें तिलक के 'केसरी', अरविन्द घोष के 'वन्देमातरम्' और विवेकानन्द के अनुज भूपेन्द्रनाथ दत्त के 'युगान्तर' का विशेष स्थान था—अलग आग उगलते रहते थे। 8 जून 1908 को 'एक्सप्लोसिव सब्सटैंसेज़ एक्ट' और 'न्यूज पेपर (इनसाइटमेण्ट टु आफ़ेन्सेज) एक्ट' लागू किये गये। प्रेस एक्ट की मार से कोई न बच सका और इसके अन्तर्गत 1910 से 1919 के बीच साढ़े तीन सौ प्रेस, तीन सौ अखबार और पाँच सौ से ऊपर किताबें ज़ब्त की गयीं।... 13 जुलाई 1908 को बंबई हाईकोर्ट में उन (तिलक) पर राजद्रोह का

मुक़दमा चलना शुरू हुआ और उन्हें जल्दी-से-जल्दी हिन्दुस्तानी जूरी के फैसले के खिलाफ केवल अंग्रेज जूरी के फैसले के ज़ोर पर छः साल का दण्ड देकर चुपके-चुपके माण्डले (बर्मा) जेल भेज दिया गया।... तिलक ने जो शिक्षा दी थी वह भारतीय जनता के अन्तस्तल में बहुत गहरे जाकर बैठ गयी थी। उसे भुलाया नहीं जा सकता।

...xxx कानपुर के एक कोने में बैठकर मास्टरी करते हुए मुंशी जी ने भी इस आवाज को सुना और समझा।... वैसे मुंशी जी के विचारों की पहली सीमा आर्यसमाज है जिसमें आगे चलकर कुछ रंग शायद गोखले और रानाडे की सोशल रिफ़ार्म्स लीग का भी घुल गया था।... और मुंशी जी ने सन् 1907 में अपनी पहली छोटी कहानी लिखी, बिलकुल पहली—दुनिया का सबसे अनमोल रतन। 'किशना' लगभग इन्हीं दिनों (अप्रैल से अगस्त 1907 के बीच) किताब की सूरत में बनारस के मेडीकल हाल प्रेस से छपी।

...xxx 'किशना' के निकलने के सालभर बाद 'दुनिया का सबसे अनमोल रतन' और दूसरी चार कहानियों का संग्रह—'सोज़े वतन' के नाम से निकला। और उसके 6-8 महीने बाद 10 जून 1909 को कूच का परवाना आ गया।...xxx मगर खैर, इलाज भी क्या है। सरकारी नौकरी में तबादला तो एक जरूरी शर्त है। हमीरपुर फिर भी कानपुर से उतना दूर नहीं है। हाँ, रेल नहीं है, मगर उससे क्या ! नौकरी करनी है तो फिरना पड़ेगा। और फिर यह तो तरक्की हुई है, अच्छी खासी तरक्की—तीस रुपये से पचास रुपये।...

...xxx इन्हीं दिनों कभी इलाहाबाद चले आने की सूरत एक बार बनी थी। इण्डियन प्रेस के बाबू चिन्तामणि घोष उर्दू का एक रिसाला निकालना चाहते थे। उसी की एडीटरी के सिलसिले में। चिन्तामणि बाबू ने मुंशी जी को बुलाया। मुंशी जी आये। बातें हुईं। मुंशी जी ने उसका नाम 'फ़िरदौस' तजबीज़ किया। कुछ लोगों से रचनाएं भी मँगवा लीं। मगर दोस्तों ने नौकरी छोड़कर जाने की सलाह न दी। आखिरकार बात खत्म हो गयी और बाद में प्यारे लाल 'शाकिर' ने कई बरस तक उसी रिसाले को 'अदीब' के नाम से निकाला।

...xxx मुंशी जी को हमीरपुर आये चार-पाँच महीने हो चुके थे। मुआइने के सिलसिले में वह कुल पहाड़ नाम के कस्बे में गये हुए थे जबकि उन्हीं के शब्दों में—'एक दिन मैं रात को अपनी रावटी में बैठा हुआ था कि मेरे नाम जिलाधीश का परवाना पहुँचा कि मुझसे तुरंत मिलो। जाड़ों के दिन थे। साहब दौरे पर थे। मैंने बैलगाड़ी जुतवाई और रातों-रात तीस-चालीस मील तय करके दूसरे दिन साहब से मिला। साहब के सामने 'सोज़े वतन' की एक प्रति रखी हुई थी। मेरा माथा ठनका। उस वक्त मैं नवाब राय के नाम से लिखा करता था। मुझे इसका कुछ-कुछ पता मिल चुका था कि खुफिया पुलिस इस किताब के लेखक की खोज में है। समझ गया, उन लोगों ने मुझे खोज निकाला और उसी की जवाबदेही करने के लिए

मुझे बुलाया है। साहब ने पूछा—यह पुस्तक तुमने लिखी है ? मैंने स्वीकार किया।

साहब ने मुझसे एक-एक कहानी का आशय पूछा और अंत में बिगड़कर बोले—तुम्हारी कहानियों में 'सिडीशन' (राजद्रोह) भरा हुआ है। अपने भाग्य को बखानो कि अंग्रेजी अमलदारी में हो। मुग़लों का राज्य होता तो दोनों हाथ काट लिये जाते। तुम्हारी कहानियाँ एकांगी हैं, तुमने अंग्रेजी सरकार की तौहीन की है, आदि। फैसला यह हुआ कि मैं 'सोज़े वतन' की सारी प्रतियाँ सरकार के हवाले कर दूँ और साहब की अनुमति के बिना कुछ न लिखूँ। मैंने समझा, चलो सस्ते में छूटे। एक हजार प्रतियाँ छपी थीं। अभी मुश्किल से तीन सौ बिकी थीं। शेष सात सौ प्रतियाँ मैंने ज़माना कार्यालय से मँगवाकर साहब की सेवा में हाज़िर कर दीं।

मैंने समझा था बला टल गयीं, किन्तु अधिकारियों को इतनी आसानी से सन्तोष न हो सका। मुझे बाद को मालूम हुआ कि साहब ने इस विषय में जिले के अन्य कर्मचारियों से परामर्श किया। सुपरिन्टेंडेंट पुलिस, दो डिप्टी कलक्टर और डिप्टी-इंस्पेक्टर—जिनका मैं मातहत था—मेरी तकदीर का फैसला करने बैठे। एक डिप्टी कलेक्टर साहब ने गल्पों से उद्धरण निकालकर सिद्ध किया कि इनमें आदि से अंत तक सिडीशन के सिवा और कुछ नहीं है। और सिडीशन भी साधारण नहीं बल्कि संक्रामक। पुलिस के देवता ने कहा—ऐसे खतरनाक आदमी को जरूर सख्त सज़ा देनी चाहिए। डिप्टी-इंस्पेक्टर साहब (पण्डित राजनारायण मिश्र) मुझसे बहुत स्नेह करते थे। इस भाव से कि कहीं मुआमला तूल न पकड़ ले, उन्होंने यह प्रस्ताव रखा कि वे मित्रभाव से मेरे राजनीतिक विचारों की थाह लेंगे और कमेटी में रिपोर्ट पेश करेंगे। उनका विचार था कि मुझे समझा दें और रिपोर्ट में लिख दें कि लेखक केवल कलम का उग्र है, राजनीतिक आन्दोलन से उसका कोई सम्बन्ध नहीं। कमेटी ने उनके प्रस्ताव को स्वीकार किया, हालांकि पुलिस के देवता उस समय भी पैंतरे बदलते रहे।

...xxx लिहाज़ा पहला काम तो नवाब ने यह किया कि 'सोज़े वतन' की कुछ कापियाँ कलेक्टर साहब के हवाले कीं, जो आग की नज़र कर दी गयीं। मगर जो कापियाँ ज़माना के दफ्तर में बच गयीं उन पर किसी का ध्यान नहीं गया और वे खुफिया तौर पर बिकती रहीं। लेकिन वह जो क़ैद कलेक्टर साहब ने लगा दी थी बुरी चीज थी कि जो चीज़ लिखी जाय, पहले उनको दिखला ली जाय, और इसका कुछ-न-कुछ हल निकालना जरूरी था। लिहाज़ा दो ही चार महीने बाद उन्होंने कुलपहाड़ से 13 मई 1910 को मुंशी दयानारायन निगम को लिखा—'...नवाब राय तो ग़ालिबन कुछ दिनों के लिए इस जहान से गये। दोबारा याददेहानी हुई है कि तुमने मुआहिदे (हलफनामे) में गो अखबारी मजामीन (लेख) नहीं लिखे, मगर इसका मंशा हर किस्म की तहरीर से था। गोया मैं कोई मज़मून, ख्वाह किसी मज़मून पर—हाथीदाँत पर ही क्यों न हो—लिखूँ, मुझे पहले वह जनाब फ़ैजमआब (श्रीयुत) कलेक्टर साहब बहादुर की खिदमत में पेश करना पड़ेगा। और मुझे छठे-छमासे

लिखना नहीं, यह तो मेरा रोज का धंधा ठहरा। हर माह एक मजमून जनाबवाला की खिदमत में पहुँचेगा तो समझेंगे कि मैं अपने फ़राइज़े-सरकारी (सरकारी काम) में खयानत (गड़बड़ी) करता हूँ। और-काम मेरे सर पर थोपा जाएगा। इसलिए कुछ दिनों के लिए नवाब राय मरहूम (स्वर्गवासी) हुए। उनके जानशीं (उत्तराधिकारी) कोई और साहब होंगे।...' अब दूसरे नाम की तलाश हुई। मुंशी दयानरायन ने 'प्रेमचंद' नाम पेश किया। इसके जवाब में मुंशी नवाब राय ने लिखा, "प्रेमचंद अच्छा नाम है। मुझे भी पसन्द है। अफ़सोस सिर्फ यह है कि पाँच-छः साल में 'नवाब राय' को फ़रोग (प्रसिद्धि) देने की जो मेहनत की गयी, वह सब अकारथ हो गयी। यह हज़रत किस्मत के हमेशा लँडूरे रहे और शायद रहेंगे...।'

इस तरह नवाब राय के मरहूम होने के चार-पाँच महीने बाद सन् 1910 के अक्टूबर-नवम्बर में आकर 'प्रेमचंद' का जन्म हुआ। इस नये नाम के साथ छपने वाली पहली कहानी 'बड़े घर की बेटी' है। इन्हीं दिनों इलाहाबाद के 'एजूकेशनल गज़ट' में कुछ लिखने की बात उठी तो मुंशी जी ने दयानरायन को लिखा... 'एजूकेशनल गज़ट में 'प्रेमचंद' का नाम नहीं देना चाहता।... इन्हें किस्सागो ही रहने दीजिए। बैठे-बैठे प्रेम और वीर रस के क़िस्से लिखा करें।'

'सोज़े वतन' की सभी कहानियाँ नवाब राय द्वारा लिखित है, और इनका रचनाकाल 1907 से लेकर 1908 तक ही है। प्रेमचंद ने अपनी रचना 'जीवन सार' में लिखा है कि उन्होंने अपने बचपन में ही 'तिलिस्मे होशिरुबा' आदि किस्सागोई की कितनी ही पुस्तकें पढ़ डाली थीं। 'सोज़े वतन' की इन सभी प्रारम्भिक कहानियों में किस्सागोई के तत्व देखे जा सकते हैं।

'सोज़े वतन' की ज़ब्ती ने धनपतराय को बेतरह हिलाकर रख दिया था, इसमें कोई दो राय नहीं हो सकतीं। इसका कारण उनकी असामान्य रूप से गिरी हुई आर्थिक दशा और बढ़ी हुई पारिवारिक जिम्मेदारियाँ ही थीं। इसके बाद लम्बे समय तक उन्हें 'प्रेम और वीर रस के किस्से' ही लिखते रहना पड़ा। राष्ट्रीय कथानकों पर उनकी क़लम काफी बाद में चल पायी। हालाँकि देश के प्रति अपनी भावनाओं की अभिव्यक्ति वे छिपे तौर पर अक्सर करते ही रहे। यथा, अगस्त-सितम्बर 1913 में प्रकाशित अपनी कहानी 'सिर्फ एक आवाज़' में उन्होंने अपने उद्वेगों को यों व्यक्त किया—'मगर निराश सन्यासी सोच रहा था—अफ़सोस, जिस मुल्क की रोशनी में इतना अंधेरा है, वहाँ कभी रोशनी का उदय होना मुश्किल नजर आता है। इस रोशनी पर, इस अंधेरी, मुर्दा और बेजान रोशनी पर मैं जहालत को, अज्ञान को ज्यादा ऊँची जगह देता हूँ। अज्ञान में सफाई है और हिम्मत है, उसके दिल और ज़बान में पर्दा नहीं होता, न कथनी और करनी में विरोध।'

इसे राष्ट्र का दुर्भाग्य ही कहा जाना चाहिए कि प्रेमचंद जैसे ऊर्जा-स्फूर्त कथाकार को 'सोज़े वतन' की ज़ब्ती के बाद 12-13 वर्षों तक अपने उद्वेगों को

लगभग दबाए रखना पड़ा। 1920 से पहले आर्थिक रूप से अपने-आपको वह सरकारी नौकरी से त्यागपत्र देने योग्य मजबूत नहीं महसूस सके।

प्रेमचंद की दूसरी पुस्तक जो ज़ब्त की गयी, सरस्वती प्रेस, बनारस से 1932 में प्रकाशित 'समर-यात्रा व अन्य कहानियाँ' थी। यही पुस्तक उसी वर्ष हिन्दुस्तानी पब्लिशिंग हाउस, इलाहाबाद से 'समर-यात्रा और ग्यारह अन्य राजनीतिक कहानियाँ' नाम से आई थी। इसमें उन्होंने अगस्त 1929 से अगस्त 1932 के दौरान लिखी अपनी बारह कहानियाँ संग्रहीत की थीं। इन कहानियों में सभी का स्वर आन्दोलन-उन्मुख नहीं है। 'कानूनी कुमार' एक स्वप्न-जीवी राजनेता की कहानी है। वह अकबर इलाहाबादी के 'रंज लीडर को बहुत है, मगर आराम के साथ' की तर्ज का नेता है। 'लांछन' एक मनोवैज्ञानिक कहानी है जिसमें तीन पक्ष हैं—पहला, चालबाज चिड़ीमार जिसका प्रतिनिधित्व मुन्नू और रजा मियां करते हैं; दूसरा, देवी जो आत्माभिमान से ओतप्रोत सांसारिक अनुभवों से हीन स्त्री है; तथा तीसरा, देवी का पति श्यामकिशोर जो परिस्थितियों पर काबू रख पाने में असमर्थ रहता है। लांछन का मूल स्वर यह है—'देवी इक्के से उतरकर अंदर चली गयी। चिड़िया एक बार पकड़े जाने पर भी फड़फड़ायी, किन्तु पैरों में लासा लगे होने के कारण उड़ न सकी, और शिकारी ने उसे अपनी झोली में रख लिया। वह अभागिनी क्या फिर कभी आकाश में उड़ेगी ? क्या उसे डालियों पर चहकना नसीब होगा ?'

'जुलूस', 'पत्नीसेपति', 'समर-यात्रा', 'शराब की दुकान', 'मैकू', 'आहुति', 'जेल', 'होली का उपहार' और 'अनुभव' भारतीय स्वतंत्रता-आदोलन के दौरान गांधीवादी-कथ्यों की कहानियाँ हैं। इनमें से कुछ में उन्होंने गांधीवाद को सीधे-सीधे स्वीकार कर लिया है तो कुछ में तार्किक-विरोध भी प्रस्तुत किया है। बहरहाल, सरकारी-सेवा से मुक्ति के उपरान्त कलम और विचार की उनकी शक्ति को इन कहानियों में आसानी से रेखांकित किया जा सकता है। 'ठाकुर का कुआँ' के बारे में मेरे मित्र कालीचरण प्रेमी की स्पष्ट राय यह है कि वर्तमान दलित-साहित्य में उपलब्ध उच्च-स्तरीय दलित-कहानियों के बीच इसे आसानी से रखा जा सकता है। यह एक अनुभवजन्य कहानी है।

इस संकलन के रूप में धनपतराय श्रीवास्तव्य की नवाबराय से लेकर प्रेमचंद तक की ओजपूर्ण कथा-यात्रा पाठकों के सम्मुख है। उनकी समस्त ज़ब्तशुदा कहानियाँ एक ही जिल्द में पहली बार प्रस्तुत की जा रही हैं। पूर्ण विश्वास है कि पाठक इसका हृदय से स्वागत करेंगे।

एक बात और, इस संकलन में कहानियों को उनके रचनाकाल अथवा प्रकाशनकाल के क्रम में रखा गया है न कि मूल 'सोज़े वतन' तथा 'समर-यात्रा व अन्य कहानियाँ' में संग्रहीत रचनाओं के यथाक्रम में।

एम-70, नवीन शाहदरा —**बलराम अग्रवाल**
दिल्ली-110032 23 जुलाई, 1999

अनुक्रम

सोज़े वतन

लेखक

नवाब राय

प्रथम प्रकाशन : 1908 ई०
ब्रिटिश शासन द्वारा ज़ब्ती : उसी वर्ष
प्रकाशक : मुंशी दयानरायण निगम
'नया ज़माना' कार्यालय, कानपुर

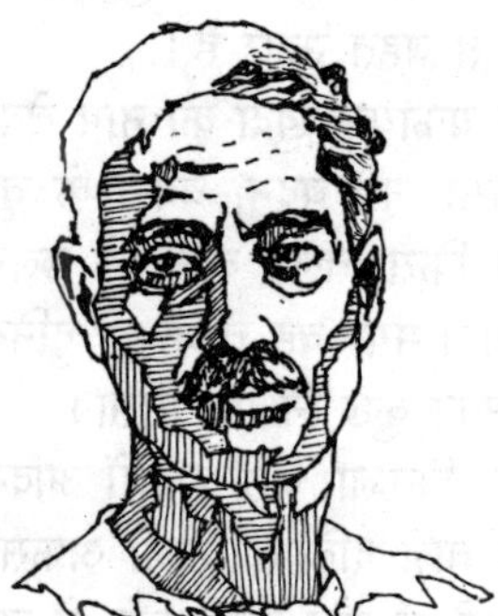

दुनिया का सबसे अनमोल रतन

अमृतराय व प्रेमचंद के अनुसार 1907 में लिखित
उनकी पहली उर्दू कहानी
'सोज़े वतन' (1908) से पूर्व प्रकाशन अप्राप्य

1

दिलफिगार एक कंटीले पेड़ के नीचे दामन चाक किए बैठा हुआ खून के आँसू बहा रहा था। वह सौंदर्य की देवी यानी मलका दिलफरेब का सच्चा और जान देने वाला प्रेमी था। उन प्रेमियों में नहीं, जो इत्र-फुलेल में बसकर और शानदार कपड़ों में सजकर आशिक के वेश में माशूकियत का दम भरते हैं। बल्कि उन सीधे-सादे, भोले-भाले फिदाइयों में जो जंगल और पहाड़ों से सर टकराते हैं और फरियाद मचाते फिरते हैं। दिलफरेब ने उससे कहा था कि अगर तू मेरा सच्चा प्रेमी है, तो जा और दुनिया की सबसे अनमोल चीज लेकर मेरे दरबार में आ। तब मैं तुझे अपनी गुलामी में कबूल करूँगी। अगर तुझे वह चीज न मिले तो खबरदार इधर रुख न करना, वर्ना सूली पर खिंचवा दूँगी। दिलफिगार को अपनी भावनाओं के प्रदर्शन का, शिकवे-शिकायत का, प्रेमिका के सौंदर्य-दर्शन का तनिक भी अवसर न दिया गया। दिलफरेब ने ज्योंही यह फैसला सुनाया उसके चोबदारों ने गरीब दिलफिगार को धक्के देकर निकाल दिया। और आज तीन दिन से यह आफत का मारा आदमी उसी कंटीले पेड़ के नीचे उसी भयानक मैदान में बैठा हुआ सोच रहा है कि क्या करूँ ? दुनिया की सबसे अनमोल चीज मुझको मिलेगी? नामुमकिन ! और वह है क्या? कारूँ का खजाना? आबे-हयात ? खुसरो का ताज ? जामे-जम ? तख्ते ताऊस ? परवेज की दौलत ? नहीं, यह चीजें हर्गिज नहीं। दुनिया में जरूर इनसे भी महँगी, इनसे भी अनमोल चीजें मौजूद हैं, मगर वह क्या हैं ? कैसे मिलेंगी ? या खुदा, मेरी मुश्किल क्योंकर आसान होगी ?

दिलफिगार इन्हीं ख्यालों में चक्कर खा रहा था और अक्ल कुछ काम नहीं करती थी। मुनीर शामी को हातिम-सा मददगार मिल गया। ऐ काश, कोई मेरा भी मददगार हो जाता। ऐ काश, मुझे भी उस चीज का, जो दुनिया की सबसे बेशकीमती चीज है, नाम बतला दिया जाता ! बला से वह चीज हाथ न आती मगर मुझे इतना तो मालूम हो जाता कि वह किस किस्म की चीज है। मैं घड़े बराबर मोती की खोज में जा सकता हूँ। मैं समुंदर का गीत, पत्थर का दिल, मौत की आवाज और इनसे

भी ज्यादा बेनिशान चीजों की तलाश में कमर कस सकता हूँ। मगर दुनिया की सबसे अनमोल चीज ! यह मेरी कल्पना की उड़ान से बहुत ऊपर है।

आसमान पर तारे निकल आए थे। दिलफिगार यकायक खुदा का नाम लेकर उठा और एक तरफ को चल खड़ा हुआ। भूखा-प्यासा, नंगे बदन, थकन के चूर, वह बरसों वीरानों और आबादियों की खाक छानता फिरा, तलवे काँटों से छलनी हो गए, शरीर में हड्डियाँ-ही-हड्डियाँ दिखाई देने लगीं। मगर वह चीज, जो दुनिया की सबसे बेशकीमती चीज थी, न मिली और न उसका कुछ निशान मिला।

एक रोज वह भूलता-भटकता एक मैदान में जा निकला, जहाँ हजारों आदमी गोल बाँधे खड़े थे। बीच में कई अमामे और चोग वाले दढ़ियल काजी अफसरी शान से बैठे हुए आपस में कुछ सलाह-मशविरा कर रहे थे और इस जमात से जरा दूर पर एक सूली खड़ी थी। दिलफिगार कुछ तो कमजोरी की वजह से और कुछ यहाँ की कैफियत देखने के इरादे से ठिठक गया। क्या देखता है कि कई लोग नंगी तलवारें लिए, एक कैदी को, जिसके हाथ-पैरों में जंजीरें थीं, पकड़े चले आ रहे हैं। सूली के पास पहुँचकर सब सिपाही रुक गए और कैदी की हथकड़ियाँ-बेड़ियाँ सब उतार ली गईं। इस अभागे आदमी का दामन सैकड़ों बेगुनाहों के खून के छींटों से रंगीन था, और उसका दिल नेकी के खयाल और रहम की आवाज से जरा भी परिचित न था। उसे 'काला-चोर' कहते थे। सिपाहियों ने उसे सूली के तख्ते पर खड़ा कर दिया, मौत की फाँसी उसकी गर्दन में डाल दी और जल्लादों ने तख्ता खींचने का इरादा किया कि वह अभागा मुजरिम चीखकर बोला—खुदा के वास्ते मुझे एक पल के लिए फाँसी से उतार दो ताकि अपने दिल की आखिरी आरजू निकाल लूँ।

यह सुनते ही चारों तरफ सन्नाटा छा गया। लोग अचंभे में आकर ताकने लगे। काजियों ने एक मरने वाले आदमी की अंतिम याचना को रद्द करना उचित न समझा और बदनसीब पापी काला-चोर जरा देर के लिए फाँसी से उतार लिया गया।

इसी भीड़ में एक खूबसूरत भोला-भाला लड़का एक छड़ी पर सवार होकर अपने पैरों पर उछल-उछल फर्ज़ी घोड़ा दौड़ा रहा था और अपनी सादगी की दुनिया में ऐसा मगन था कि जैसे वह इस वक्त सचमुच अरबी घोड़े का शहसवार है। उसका चेहरा उस सच्ची खुशी से कमल की तरह खिला हुआ था जो चंद दिनों के लिए बचपन ही में हासिल होती है और जिसकी याद हमको मरते दम तक नहीं भूलती। उसका दिल अभी तक पाप की गर्द और धूल से अछूता था और मासूमियत उसे अपनी गोद में खिला रही थी।

बदनसीब काला-चोर फाँसी से उतरा। हजारों आँखें उस पर गड़ी हुई थीं। वह उस लड़के के पास आया और उसे गोद में उठाकर प्यार करने लगा। उसे इस

वक्त वह जमाना याद आया जब वह खुद ऐसा ही भोला-भाला, ऐसा ही खुश-व-खुर्रम और दुनिया की गंदगियों से ऐसा ही पाक-साफ था। माँ गोदियों में खिलाती थी, बाप बलाएँ लेता था और सारा कुनबा जान न्योछावर करता था। आह, काले-चोर के दिल पर इस वक्त बीते हुए दिनों की याद का इतना असर हुआ कि उसकी आँखों से, जिन्होंने दम तोड़ती हुई लाशों को तड़पते देखा और न झपकीं, आँसू का एक कतरा टपक पड़ा। दिलफिगार ने लपककर उस अनमोल मोती को हाथ में ले लिया और उसके दिल ने कहा—बेशक यह दुनिया की सबसे अनमोल चीज है जिस पर तख्ते-ताऊस और जामे-जम और आबे-हयात और जरे-परवेज सब न्यौछावर हैं।

इस ख्याल से खुश होता वह, कामयाबी की उम्मीद में सरमस्त, दिलफिगार अपनी माशूका दिलफरेब के शहर मीनोसवाद को चला। मगर ज्यों-ज्यों मंजिलें तय होती जाती थीं उसका दिल बैठा जाता था कि कहीं उस चीज की, जिसे मैं दुनिया की सबसे बेशकीमती चीज समझता हूँ, दिलफरेब की आँखों में कद्र न हुई तो मैं फाँसी पर चढ़ा दिया जाऊँगा और इस दुनिया से नामुराद जाऊँगा। लेकिन जो हो सो हो, अब तो किस्मत-आजमाई है। आखिरकार पहाड़ और दरिया तय करते शहर मीनोसवाद में आ पहुँचा और दिलफरेब की ड्योढ़ी पर जाकर विनती की कि थकान से टूटा हुआ दिलफिगार खुदा के फजल से हुक्म की तामील करके आया है, और आपके कदम चूमना चाहता है। दिलफरेब ने फौरन अपने सामने बुला भेजा और एक सुनहरे परदे की ओट से फरमाइश की कि वह अनमोल चीज पेश करो। दिलफिगार ने आशा और भय की एक विचित्र-मनःस्थिति में वह बूँद पेश की और उसकी सारी कैफियत बहुत पुरअसर लफ्जों में बयान की। दिलफरेब ने पूरी कहानी बहुत गौर से सुनी और वह भेंट हाथ में लेकर जरा देर तक गौर करने के बाद बोली—दिलफिगार, बेशक तूने दुनिया की एक बेशकीमत चीज ढूँढ निकाली, तेरी हिम्मत और तेरी सूझ-बूझ की दाद देती हूँ ! मगर यह दुनिया की सबसे बेशकीमती चीज नहीं, इसलिए तू यहाँ से जा और फिर कोशिश कर, शायद अब की तेरे हाथ वह मोती लगे और तेरी किस्मत में मेरी गुलामी लिखी हो। जैसाकि मैंने पहले ही बतला दिया था, मैं तुझे फाँसी पर चढ़वा सकती हूँ, मगर मैं तेरी जाँबख्शी करती हूँ इसलिए कि तुझमें वह गुण मौजूद है, जो मैं अपने प्रेमी में देखना चाहती हूँ और मुझे यकीन है कि तू जरूर कभी-न-कभी कामयाब होगा।

नाकाम और नामुराद दिलफिगार इस माशूकाना इनायत से जरा दिलेर होकर बोला—ऐ दिल की रानी, बड़ी मुद्दत के बाद तेरी ड्योढ़ी पर सजदा करना नसीब होता है। फिर खुदा जाने ऐसे दिन कब आएँगे ? क्या तू अपने जान देने वाले आशिक के बुरे हाल पर तरस न खाएगी और क्या अपने रूप की झलक दिखाकर इस जलते हुए दिलफिगार को आने वाली सख्तियों को झेलने की ताकत न देगी ? तेरी एक मस्त निगाह के नशे से चूर होकर मैं वह कर सकता हूँ जो आज तक

किसी से न बन पड़ा हो।

दिलफरेब आशिक की यह चाव भरी बातें सुनकर गुस्सा हो गई और हुक्म दिया कि इस दीवाने को खड़े-खड़े दरबार से निकाल दो। चोबदार ने फौरन गरीब दिलफिगार को धक्का देकर यार के कूचे से बाहर निकाल दिया।

कुछ देर तक तो दिलफिगार अपनी निष्ठुर प्रेमिका की इस कठोरता पर आँसू बहाता रहा, और फिर सोचने लगा कि अब कहाँ जाऊँ। मुद्दतों रास्ते नापने और जंगलों में भटकने के बाद आँसू की यह बूँद मिली थी; अब ऐसी कौन-सी चीज है जिसकी कीमत इस आबदार मोती से ज्यादा हो। हजरते खिज्र ! तुमने सिकन्दर को आबे-हयात के कुएँ का रास्ता दिखाया था, क्या मेरी बाँह न पकड़ोगे ? सिकन्दर सारी दुनिया का मालिक था। मैं तो एक बेघरबार मुसाफिर हूँ। तुमने कितनी-ही डूबती किश्तियाँ किनारे लगाई हैं, मुझ गरीब का बेड़ा भी पार करो। ऐ आलीमुकाम जिबरील ! कुछ तुम्हीं इस नीमजान दुखी आशिक पर तरस खाओ। तुम खुदा के एक खास दरबारी हो, क्या मेरी मुश्किल आसान न करोगे ? गरज यह कि दिलफिगार ने बहुत फरियाद मचाई मगर उसका हाथ पकड़ने के लिए कोई सामने न आया। आखिर निराश होकर वह पागलों की तरह दुबारा एक तरफ को चल खड़ा हुआ।

दिलफिगार ने पूरब से पश्चिम तक और उत्तर से दक्खिन तक कितने ही जंगलों और वीरानों की खाक छानी। कभी बर्फिस्तानी चोटियों पर सोया, कभी डरावनी घाटियों में भटकता फिरा। मगर जिस चीज की धुन थी वह न मिली, यहाँ तक कि उसका शरीर हड्डियों का एक ढाँचा रह गया।

एक रोज वह शाम के वक्त किसी नदी के किनारे खस्ताहाल पड़ा हुआ था। बेखुदी के नशे में चौंका तो क्या देखता है कि चंदन की एक चिता बनी हुई है और उस पर एक युवती सुहाग का जोड़ा पहने सोलहों सिंगार किए बैठी है। उसकी जाँघ पर उसके प्यारे पति का सर है। हजारों आदमी गोल बाँधे खड़े हैं और फूलों की बरखा कर रहे हैं। यकायक चिता में से खुद-ब-खुद एक लपक उठी। सती का चेहरा उस वक्त एक पवित्र भाव से आलोकित हो रहा था, चिता की पवित्र लपटें उसके गले से लिपट गईं और दम-के-दम में वह फूल-सा शरीर राख का ढेर हो गया। प्रेमिका ने अपने को प्रेमी पर न्योछावर कर दिया और दो प्रेमियों के सच्चे, पवित्र, अमर प्रेम की अंतिम लीला आँख से ओझल हो गई। जब सब लोग अपने घरों को लौटे तो दिलफिगार चुपके से उठा और अपने चाकदामन कुरते में यह राख का ढेर समेट लिया और इस मुट्ठी भर राख को दुनिया की सबसे अनमोल चीज समझता हुआ, सफलता के नशे में चूर, यार के कूचे की तरफ चला। अबकी ज्यों-ज्यों वह अपनी मंजिल के करीब आता था, उसकी हिम्मत बढ़ती जाती थी। कोई उसके दिल में बैठा हुआ कह रहा था—अबकी तेरी जीत है। और इस खयाल ने उसके दिल को जो-जो सपने दिखाए उसकी चर्चा व्यर्थ है। आखिरकार वह शहर मीनोसवाद

में दाखिल हुआ और दिलफरेब की ऊँची ड्योढ़ी पर जाकर खबर दी कि दिलफिगार सुर्ख-रू होकर लौटा है, और हुजूर के सामने आना चाहता है। दिलफरेब ने जाँबाज आशिक को फौरन दरबार में बुलाया और उस चीज के लिए, जो दुनिया की सबसे बेशकीमती चीज थी, हाथ फैला दिया। दिलफिगार ने हिम्मत करके उसकी चाँदी जैसी कलाई को चूम लिया और मुट्ठी भर राख को उसकी हथेली में रखकर सारी कैफियत दिल को पिघला देने वाले लफ्जों में कह सुनाई और अपनी सुंदर प्रेमिका के होठों से अपनी किस्मत का मुबारक फैसला सुनने के लिए इंतजार करने लगा। दिलफरेब ने उस मुट्ठी भर राख को आँखों से लगा लिया और कुछ देर तक विचारों के सागर में डूबे रहने के बाद बोली—ऐ जान निछावर करने वाले आशिक दिलफिगार! बेशक यह राख जो तू लाया है, जिसमें लोहे को सोना कर देने की सिफत है, दुनिया की बहुत बेशकीमती चीज है और मैं सच्चे दिल से तेरी अहसानमंद हूँ कि तूने ऐसी अनमोल भेंट दी। मगर दुनिया में इससे भी ज्यादा अनमोल कोई चीज है। जा, उसे तलाश कर और तब मेरे पास आ। मैं तहेदिल से दुआ करती हूँ कि खुदा तुझे कामयाब करे।

यह कहकर वह सुनहरे परदे से बाहर आई और माशूकाना अदा से अपने रूप का जलवा दिखाकर फिर नजरों से ओझल हो गई। एक बिजली-सी कौंधी और फिर बादलों के परदे में छिप गई। अभी दिलफिगार के होश-हवास ठिकाने पर न आने पाए थे कि चोबदार ने मुलायमियत से उसका हाथ पकड़कर यार के कूचे से उसको निकाल दिया और फिर तीसरी बार वह प्रेम का पुजारी निराशा के अथाह समुंदर में गोता खाने लगा।

दिलफिगार का हियाव छूट गया। उसे यकीन हो गया कि मैं दुनिया में इसी तरह नाशाद और नामुराद मर जाने के लिए पैदा किया गया था और अब इसके सिवा और कोई चारा नहीं कि किसी पहाड़ पर चढ़कर नीचे कूद पड़ूँ ताकि माशूक के जुल्मों की फरियाद करने के लिए एक हड्डी भी बाकी न रहे। वह दीवाने की तरह उठा और गिरता-पड़ता एक गगनचुम्बी पहाड़ की चोटी पर जा पहुँचा। किसी और समय वह ऐसे ऊँचे पहाड़ पर चढ़ने का साहस न कर सकता था मगर इस वक्त जान देने के जोश में उसे वह पहाड़ एक मामूली टेकरी से ज्यादा ऊँचा न नजर आया। करीब था कि वह नीचे कूद पड़े कि हरे-हरे कपड़े पहने हुए और हरा अमामा बाँधे एक बुजुर्ग एक हाथ में तसबीह और दूसरे हाथ में लाठी लिए बरामद हुए और हिम्मत बढ़ाने वाले स्वर में बोले—दिलफिगार, नादान दिलफिगार, यह क्या बुजदिलों जैसी हरकत है ! तू मुहब्बत का दावा करता है और तुझे इतनी भी खबर नहीं कि मजबूत इरादा मुहब्बत के रास्ते की पहली मंजिल है ? मर्द बन और यों हिम्मत न हार। पूरब की तरफ एक देश है जिसका नाम हिंदोस्तान है, वहाँ जा और तेरी आरजू पूरी होगी।

यह कहकर हजरते-खिज्र गायब हो गए। दिलफिगार ने शुक्रिये की नमाज

अदा की और ताजा हौसले, ताजा जोश और अलौकिक सहायता का सहारा पाकर खुश-खुश पहाड़ से उतरा और हिंदोस्तान की तरफ चल पड़ा।

मुद्दतों तक काँटों से भरे हुए जंगलों, आग बरसाने वाले रेगिस्तानों, कठिन घाटियों और अलंघ्य पर्वतों को तय करने के बाद दिलफिगार हिंद की पाक सरजमीन में दाखिल हुआ और एक ठंडे पानी के सोते में सफर की तकलीफें धोकर थकान के मारे नदी के किनारे लेट गया। शाम होते-होते वह एक चटियल मैदान में पहुँचा जहाँ बेशुमार अधमरी और बेजान लाशें बिना कफन के पड़ी हुई थीं। चील-कौए और वहशी दरिंदे मरे पड़े थे और सारा मैदान खून से लाल हो रहा था। यह डरावना दृश्य देखते ही दिलफिगार का जी दहल गया। या खुदा, किस मुसीबत में जान फँसी। मरने वालों का कराहना, सिसकना और एड़ियाँ रगड़कर जान देना, दरिंदों का हड्डियों को नोचना और गोश्त के लोथड़ों को लेकर भागना, ऐसा हौलनाक सीन दिलफिगार ने कभी न देखा था। यकायक उसे खयाल आया, यह लड़ाई का मैदान है और यह लाशें सूरमा सिपाहियों की हैं। इतने में करीब से कराहने की आवाज आई। दिलफिगार उस तरफ फिरा तो देखा कि एक लंबा-तगड़ा आदमी, जिसका मर्दाना चेहरा जान निकलने की कमजोरी से पीला हो गया है, जमीन पर सर झुकाए पड़ा हुआ है। सीने से खून का फव्वारा जारी है, मगर आबदार तलवार की मूठ पंजे से अलग नहीं हुई। दिलफिगार ने एक चीथड़ा लेकर घाव के मुँह पर रख दिया ताकि खून रुक जाए और बोला—ऐ जवांमर्द, तू कौन है ? जवांमर्द ने यह सुनकर आँखें खोलीं और वीरों की तरह बोला—क्या तू नहीं जानता मैं कौन हूँ ? क्या तूने आज इस तलवार की काट नहीं देखी ? मैं अपनी माँ का बेटा और भारत का सपूत हूँ। यह कहते-कहते उसकी त्योरियों पर बल पड़ गए। पीला चेहरा गुस्से से लाल हो गया और आबदार शमशीर फिर अपना जौहर दिखाने के लिए चमक उठी। दिलफिगार समझ गया कि यह इस वक्त मुझे दुश्मन समझ रहा है, नरमी से बोला—ऐ जवांमर्द, मैं तेरा दुश्मन नहीं हूँ। अपने वतन से निकला हुआ एक गरीब मुसाफिर हूँ। इधर भूलता-भटकता आ निकला। बराय मेहरबानी मुझसे यहाँ की कुल कैफियत बयान कर।

यह सुनते ही घायल सिपाही बहुत मीठे स्वर में बोला—अगर तू मुसाफिर है तो आ और मेरे खून से तर पहलू में बैठ जा क्योंकि यही दो अंगुल जमीन है जो मेरे पास बाकी रह गई है और जो सिवाय मौत के कोई नहीं छीन सकता। अफसोस है कि तू यहाँ ऐसे वक्त में आया जब हम तेरा आतिथ्य-सत्कार करने के योग्य नहीं। हमारे बाप-दादा का देश आज हमारे हाथ से निकल गया और इस वक्त हम बेवतन हैं। मगर (पहलू बदलकर) हमने हमलावर दुश्मन को बता दिया कि राजपूत अपने देश के लिए कैसी बहादुरी से जान देता है। यह आस-पास जो लाशें तू देख रहा है, यह उन लोगों की हैं, जो इस तलवार के घाट उतरे हैं। (मुस्कराकर) और गो कि मैं बेवतन हूँ, मगर गनीमत है कि दुश्मन की जमीन पर मर रहा हूँ। (सीने

के घाव से चीथड़ा निकालकर) क्या, तूने यह मरहम रख दिया ? खून निकलने दे, इस रोकने से क्या फायदा ? क्या मैं अपने ही देश में गुलामी करने के लिए जिंदा रहूँ ? नहीं, ऐसी जिंदगी से मर जाना अच्छा। इससे अच्छी मौत मुमकिन नहीं।

जवांमर्द की आवाज मद्धिम हो गई, अंग ढीले पड़ गए, खून इतना ज्यादा बहा कि खुद-ब-खुद बंद हो गया, रह-रहकर एकाध बूँद टपक पड़ता था। आखिरकार सारा शरीर बेदम हो गया, दिल की हरकत बंद हो गई और आँखें मुँद गईं। दिलफिगार ने समझा अब काम तमाम हो गया कि मरने वाले ने धीमे से कहा—"भारतमाता की जय !" और उसके सीने से खून का आखिरी कतरा निकल पड़ा। एक सच्चे देशप्रेमी और देशभक्त ने देशभक्ति का हक अदा कर दिया। दिलफिगार पर इस दृश्य का बहुत गहरा असर पड़ा और उसके दिल ने कहा, बेशक दुनिया में खून के इस कतरे से ज्यादा अनमोल चीज कोई नहीं हो सकती। उसने फौरन उस खून की बूँद को, जिसके आगे यमन का लाल भी हेच है, हाथ में ले लिया और इस दिलेर राजपूत की बहादुरी पर हैरत करता हुआ अपने वतन की तरफ रवाना हुआ और सख्तियाँ झेलता आखिरकार बहुत दिनों के बाद रूप की रानी मलका दिलफरेब की ड्योढ़ी पर जा पहुँचा और पैगाम दिया कि दिलफिगार सुर्ख-रू और कामयाब होकर लौटा है और दरबार में हाजिर होना चाहता है। दिलफरेब ने उसे फौरन हाजिर होने का हुक्म दिया। खुद हस्बे-मामूल सुनहरे परदे की ओट में बैठी और बोली—दिलफिगार, अबकी तू बहुत दिनों के बाद वापस आया है। ला, दुनिया की सबसे बेशकीमती चीज कहाँ है ?

दिलफिगार ने मेहंदी-रची हथेलयों को चूमते हुए खून का वह कतरा उस पर रख दिया और उसकी पूरी कैफियत पुरजोश लहजे में कह सुनाई। वह खामोश भी न होने पाया था कि यकायक वह सुनहरा परदा हट गया और दिलफिगार के सामने हुस्न का एक दरबार सजा हुआ नजर आया जिसकी एक-एक नाजनीन जुलेखा से बढ़कर थी। दिलफरेब बड़ी शान के साथ सुनहरी मसनद पर सुशोभित हो रही थी। दिलफिगार हुस्न का यह तिलिस्म देखकर अचंभे में पड़ गया और चित्रलिखित-सा खड़ा रहा कि दिलफरेब मसनद से उठी और कई कदम आगे बढ़कर उससे लिपट गई। गानेवालियों ने खुशी के गाने शुरू किए, दरबारियों ने दिलफिगार को नजरें भेंट कीं और चाँद-सूरज को बड़ी इज्जत के साथ मसनद पर बैठा दिया। जब वह लुभावना गीत बंद हुआ तो दिलफरेब खड़ी हो गई और हाथ जोड़कर दिलफिगार से बोली—ऐ जाँनिसार आशिक दिलफिगार ! मेरी दुआएँ बर आईं और खुदा ने मेरी सुन ली और तुझे कामयाब व सुर्ख-रू किया। आज से तू मेरा मालिक है और मैं तेरी लौंडी !

यह कहकर उसने एक रत्नजटित मंजूषा मँगाई और उसमें से एक तख्ती निकाली जिस पर सुनहरे अक्षरों में लिखा हुआ था—

'खून का वह आखिरी कतरा तो वतन की हिफाजत में गिरे दुनिया की सबसे अनमोल चीज है।' ☐

सांसारिक प्रेम और देश-प्रेम

प्रकाशन तिथि की उपलब्धता के आधार पर आलोचकों द्वारा मान्य प्रेमचंद की पहली उर्दू कहानी; 'इश्के दुनिया व हुब्बे वतन' शीर्षक से 'ज़माना', अप्रैल 1908 में प्रकाशित

1

शहर लन्दन के एक पुराने टूटे-फूटे होटल में, जहाँ शाम ही से अंधेरा हो जाता है, जिस हिस्से में फैशनेबुल लोग आना ही गुनाह समझते हैं—और जहाँ जुआ, शराबखोरी और बदलचलनी के बड़े भयानक दृश्य हरदम आँख के सामने रहते हैं—उस होटल में, उस बदचलनी के अखाड़े में इटली का नामवर देश-प्रेमी मैजिनी खामोश बैठा हुआ है। उसका सुंदर चेहरा पीला है, आँखों में चिंता बरस रही है, होंठ सूखे हुए हैं और शायद महीनों से हजामत नहीं बनी। कपड़े मैले-कुचैले हैं। कोई व्यक्ति जो मैजिनी को पहले से न जानता हो, उसे देखकर यह खयाल करने से नहीं रुक सकता कि हो-न-हो यह भी उन्हीं अभागे लोगों में है जो अपनी वासनाओं के गुलाम होकर जलील-से-जलील काम करते हैं।

मैजिनी अपने विचारों में डूबा हुआ है। आह, बदनसीब कौम ! ऐ मजलूम इटली ! क्या तेरी किस्मत कभी न सुधरेगी ? क्या तेरे सैकड़ों सपूतों का खून जरा भी रंग न लाएगा ? क्या तेरे देश से निकाले हुए हजारों जाँनिसारों की आहों में जरा भी तासीर नहीं ? क्या तू अन्याय और अत्याचार और गुलामी के फंदे में हमेशा गिरफ्तार रहेगी ? शायद तुझमें अभी सुधरने की, स्वतंत्र होने की योग्यता नहीं आई। शायद तेरी किस्मत में कुछ दिनों और जिल्लत और बर्बादी झेलनी लिखी है। आजादी, हाय आजादी, तेरे लिए मैंने कैसे-कैसे दोस्त, जान से प्यारे दोस्त, कुर्बान किए। कैसे-कैसे नौजवान, होनहार नौजवान, जिनकी माँएँ और बीवियाँ आज उनकी कब्र पर आँसू बहा रही हैं और अपने कष्टों और आपदाओं से तंग आकर उनके वियोग के कष्ट में अभागे, आफत के मारे मैजिनी को शाप दे रही हैं। कैसे-कैसे शेर जो दुश्मनों के सामने पीठ फेरना न जानते थे। क्या यह सब कुर्बानियां, यह सब भेंटें काफी नहीं हैं ? आजादी, तू ऐसी कीमती चीज है ! हाँ, तो फिर मैं क्यों जिंदा हूँ ? क्या यह देखने के लिए कि मेरा प्यारा वतन, मेरा प्यारा देश, धोखेबाज अत्याचारी दुश्मनों के पैरों तले रौंदा जाए ? मेरे प्यारे भाई, मेरे प्यारे हमवतन,

अत्याचार का शिकार बने ? नहीं, मैं यह देखने के लिए जिंदा नहीं रह सकता!

मैजिनी इन्हीं ख्यालों में डूबा हुआ था कि उसका दोस्त रफेती जो उसके साथ निर्वासित किया गया था, इस कोठरी में दाखिल हुआ। उसके हाथ में एक बिस्कुट का टुकड़ा था। रफेती उम्र में अपने दोस्त से दो-चार बरस छोटा था। भंगिमा से सज्जनता झलक रही थी। उसने मैजिनी का कंधा पकड़कर हिलाया और कहा—जोजेफ, यह लो, कुछ खा लो।

मैजिनी ने चौंककर सर उठाया और बिस्कुट देखकर बोला—यह कहाँ से लाए ? तुम्हारे पास पैसे कहाँ थे ?

रफेती—पहले खा लो फिर यह बातें पूछना, तुमने कल शाम से कुछ नहीं खाया है।

मैजिनी—पहले यह बता दो, कहाँ से लाए ? जेब में तम्बाकू का डिब्बा भी नजर आता है। इतनी दौलत कहाँ हाथ लगी ?

रफेती—पूछकर क्या करोगे ? वही अपना नया कोट जो माँ ने भेजा था, गिरो रख आया हूँ।

मैजिनी ने एक ठंडी साँस ली, आँखों से आँसू टप-टप जमीन पर गिर पड़े। रोते हुए बोला—यह तुमने क्या हरकत की, क्रिसमस के दिन आते हैं, उस वक्त क्या पहनोगे ? क्या इटली के एक लखपती व्यापारी का इकलौता बेटा क्रिसमस के दिन भी ऐसे ही फटे-पुराने कोट में बसर करेगा, ऐं ?

रफेती—क्यों, क्या उस वक्त तक कुछ आमदनी न होगी ? हम-तुम दोनों नए जोड़े बनवाएँगे और अपने प्यारे देश की आने वाली आजादी के नाम पर खुशियाँ मनाएँगे।

मैजिनी—आमदनी की तो कोई सूरत नजर नहीं आती। जो लेख मासिक पत्रिकाओं के लिए लिखे गऐ थे, वह वापस ही आ गए। घर से जो कुछ मिलता है, वह कब का खत्म हो चुका। अब और कौन-सा जरिया है।

रफेती—अभी क्रिसमस को हफ्ता भर पड़ा है। अभी से उसकी क्या फिक्र करें। और अगर मान लो यही कोट पहना तो क्या? तुमने नहीं मेरी बीमारी में डॉक्टर की फीस के लिए मैग्डलीन की अँगूठी बेच डाली थी ? मैं जल्दी ही यह बात उसे लिखने वाला हूँ, देखना तुम्हें कैसा बनाती है।

2

क्रिसमस का दिन है। लन्दन में चारों तरफ खुशियों की गर्मबाजारी है। छोटे-बड़े, अमीर-गरीब सब अपने-अपने घर खुशियाँ मना रहे हैं और अपने अच्छे-से-अच्छे कपड़े पहनकर गिरजाघरों में जा रहे हैं। कोई उदास सूरत नजर नहीं आती। ऐसे वक्त मैजिनी और रफेती दोनों उसी छोटी-सी अंधेरी कोठरी में सर झुकाए खामोश

बैठे हैं। मैजिनी ठंडी आहें भर रहा है और रफेती रह-रहकर दरवाजे पर आता है और बदमस्त शराबियों को और दिनों से ज्यादा बहकते और दीवानेपन की हरकतें करते देखकर अपनी गरीबी और मुहताजी की फिक्र दूर करना चाहता है। अफसोस ! इटली का सरताज, जिसकी एक ललकार पर हजारों आदमी अपना खून बहाने के लिए तैयार हो जाते थे, आज ऐसा मुहताज हो रहा है कि उसे खाने का ठिकाना नहीं। यहाँ तक कि आज सुबह से उसने एक सिगार भी नहीं पिया। तम्बाकू ही दुनिया की वह नेमत थी जिससे वह हाथ नहीं खींच सकता था और वह भी आज उसे नसीब न हुआ। मगर इस वक्त उसे अपनी फिक्र नहीं। रफेती—नौजवान, खुशहाल, खूबसूरत और होनहार रफेती की फिक्र जी पर भारी हो रही है। वह पूछता है कि मुझे क्या हक है कि मैं एक ऐसे आदमी को अपने साथ गरीबी की तकलीफें झेलने पर मजबूर करूँ जिसके स्वागत के लिए दुनिया की सब नेमतें बाँहें खोले खड़ी हैं।

इतने में एक चिट्ठीरसा ने पूछा—जोजेफ मैजिनी यहाँ कहीं रहता है। अपनी चिट्ठी ले जा।

रफेती ने खत ले लिया और खुशी के जोश से उछलकर बोला—जोजेफ, यह तो मैग्डलीन का खत है।

मैजिनी ने चौंककर खत ले लिया और बड़ी बेसब्री से खोला। लिफाफा खोलते ही थोड़े से बालों का एक गुच्छा गिर पड़ा, तो मैग्डलीन ने क्रिसमस के उपहार के रूप में भेजा था। मैजिनी ने उस गुच्छे को चूमा और उसे उठाकर अपने सीने की जेब में खोंस लिया। खत में लिखा था—

माई डियर जोजेफ,

यह तुच्छ भेंट स्वीकार करो। भगवान् करे तुम्हें एक सौ क्रिसमस देखने नसीब हों। इस यादगार को हमेशा अपने पास रखना और गरीब मैग्डलीन को भूलना मत। मैं और क्या लिखूँ। कलेजा मुँह को आया जाता है। हाय जोजेफ, मेरे प्यारे, मेरे स्वामी, मेरे मालिक जोजेफ, तू मुझे कब तक तड़पाएग।। अब जब्त नहीं होता। आँखों में आँसू उमड़े आते हैं। मैं तेरे साथ मुसीबतें झेलूँगी, भूखों मरूँगी, यह सब मुझे गवारा है, मगर तुझसे जुदा रहना गवारा नहीं। तुझे कसम है, तुझे अपने ईमान की कसम है, तुझे अपने वतन की कसम, तुझे मेरी कसम, यहाँ आ जा, ये आँखें तरस रही हैं, कब तुझे देखूँगी। क्रिसमस करीब है, मुझे क्या, जब तक जिंदा हूँ, तेरी हूँ।

तुम्हारी—मैग्डलीन

3

मैग्डलीन का घर स्विट्ज़रलैंड में था। वह एक समृद्ध व्यापारी की बेटी थी और

अनिंद्य सुंदरी। आंतरिक सौंदर्य में भी उसका जोड़ मिलना मुश्किल था। कितने ही अमीर और रईस लोग उसका पागलपन सर में रखते थे, मगर वह किसी को कुछ खयाल में न लाती थी। मैजिनी जब इटली से भागा तो स्विट्जरलैंड में आकर शरण ली। मैग्डलीन उस वक्त भोली-भाली जवानी की गोद में खेल रही थी। मैजिनी की हिम्मत और कुर्बानियों की तारीफ़ें पहले ही सुन चुकी थी। कभी-कभी अपनी माँ के साथ उसके यहाँ आने लगी और आपस का मिलना-जुलना जैसे-जैसे बढ़ा और मैजिनी के भीतरी सौंदर्य का ज्यों-ज्यों उसके दिल पर गहरा असर होता गया, उसकी मुहब्बत उसके दिल में पक्की होती गई। यहाँ तक कि उसने एक दिन खुद लाज-शर्म को किनारे रखकर मैजिनी के पैरों पर सिर रख दिया और कहा—मुझे अपनी सेवा में स्वीकार कर लीजिए।

मैजिनी पर भी उस वक्त जवानी छाई हुई थी, देश की चिंताओं ने अभी दिल को ठंडा नहीं किया था। जवानी की पुरजोश उम्मीदें दिल में लहरें मार रही थीं, मगर उसने संकल्प कर लिया था कि मैं देश और जाति पर अपने को न्योछावर कर दूँगा। और इस संकल्प पर कायम रहा। एक ऐसी सुंदर युवती के नाजुक-नाजुक होठों से ऐसी दरख्वास्त सुनकर रद कर देना मैजिनी ही जैसे संकल्प के पक्के, हियाव के पूरे आदमी का काम था।

मैग्डलीन भीगी-भीगी आँखें लिए उठी मगर निराश न हुई थी। इस असफलता ने उसके दिल में प्रेम की आग और भी तेज कर दी और गो आज मैजिनी को स्विट्जरलैंड छोड़े कई साल गुजरे मगर वफादार मैग्डलीन अभी तक मैजिनी को नहीं भूली। दिनों के साथ उसकी मुहब्बत और भी गाढ़ी और सच्ची होती जाती है।

मैजिनी खत पढ़ चुका तो एक लंबी आह भरकर रफेती से बोला—देखा मैग्डलीन क्या कहती है ?

रफेती—उस गरीब की जान लेकर दम लोगे !

मैजिनी फिर खयाल में डूबा—मैग्डलीन, तू नौजवान है, सुंदर है, भगवान् ने तुझे अकूत दौलत दी है; तू क्यों एक गरीब, दुखियारे, कंगाल, फक्कड़, परदेश में मारे-मारे फिरने वाले आदमी के पीछे अपनी जिंदगी मिट्टी में मिला रही है ! मुझ जैसा मायूस आफत का मारा हुआ तुझे क्योंकर खुश रख सकेगा? नहीं, नहीं, मैं ऐसा स्वार्थी नहीं हूँ; दुनिया में बहुत-से ऐसे हँसमुख खुशहाल नौजवान हैं जो तुझे खुश रख सकते हैं, जो तेरी पूजा कर सकते हैं। क्यों तू उनमें से किसी को अपनी गुलामी में नहीं ले लेती। मैं तेरे प्रेम, सच्चे, नेक और निःस्वार्थ प्रेम का आदर करता हूँ। मगर मेरे लिए, जिसका दिल देश और जाति पर समर्पित हो चुका है, तू एक प्यारी और हमदर्द बहन के सिवा और कुछ नहीं हो सकती। मुझमें ऐसी क्या खूबी है, ऐसे कौन से गुण हैं कि तुझ जैसी देवी मेरे लिए ऐसी मुसीबतें झेल रही है। आह मैजिनी, कम्बख्त मैजिनी,

तू कहीं का न हुआ। जिनके लिए तूने अपने को न्योछावर कर दिया, वह तेरी सूरत से नफरत करते हैं। जो तेरे हमदर्द हैं, वह समझते हैं तू सपने देख रहा है।

इन ख्यालों से बेबस होकर मैजिनी ने कलम-दावात निकाली और मैग्डलीन को खत लिखना शुरू किया।

4

प्यारी मैग्डलीन,

तुम्हारा खत उस अनमोल तोहफे के साथ आया। मैं तुम्हारा हृदय से कृतज्ञ हूँ कि तुमने मुझ जैसे बेकस और बेबस आदमी को इस भेंट के काबिल समझा। मैं उसकी हमेशा कद्र करूँगा। यह मेरे पास हमेशा एक सच्चे, निःस्वार्थ और अमर प्रेम की स्मृति के रूप में रहेगी और जिस वक्त यह मिट्टी का शरीर कब्र की गोद में जाएगा मेरी आखिरी वसीयत यह होगी कि यह यादगार मेरे जनाजे के साथ दफन कर दी जाए। मैं शायद खुद उस ताकत का अंदाजा नहीं लगा सकता जो मुझे इस खयाल से मिलती है, कि दुनिया में जहाँ चारों तरफ मेरे बारे में बदगुमानियाँ फैल रही हैं, कम-से-कम एक ऐसी नेक औरत है जो मेरी नीयत की सफाई और मेरी बुराइयों से पाक कोशिश पर सच्ची निष्ठा रखती है और शायद तुम्हारी हमदर्दी का यकीन है कि मैं जिंदगी की ऐसी कठिन परीक्षाओं में सफल होता जाता हूँ।

मगर प्यारी बहन, मुझे कोई तकलीफ नहीं है। तुम मेरी तकलीफों के खयाल से अपना दिल मत दुखाना। मैं बहुत आराम में हूँ। तुम्हारे प्रेम जैसी अक्षयनिधि पाकर भी अगर मैं कुछ थोड़े से शारीरिक कष्टों का रोना रोऊँ तो मुझ जैसा अभागा आदमी दुनिया में कौन रहेगा।

मैंने सुना है, तुम्हारी सेहत रोज-ब-रोज गिरती जाती है। मेरा जी बेअख्तियार चाहता है कि तुझे देखूँ। काश, मैं आजाद होता; काश, मेरा दिल इस काबिल होता कि तुझे भेंट चढ़ा सकता। मगर एक पजमुर्दा उदास दिल तेरे काबिल नहीं। मैग्डलीन, खुदा के वास्ते अपनी सेहत का ख्याल रक्खो। मुझे शायद इससे ज्यादा और किसी बात की तकलीफ न होगी कि प्यारी मैग्डलीन तकलीफ में है और मेरे लिए ! तेरा पाकीजा चेहरा इस वक्त निगाहों के सामने है। मेगा ! देखो मुझसे नाराज न हो। खुदा की कसम, मैं तुम्हारे काबिल नहीं हूँ। आज क्रिसमस का दिन है, तुम्हें क्या तोहफा भेजूँ। खुदा तुम पर हमेशा अपनी बेइंतहा बरकतों का साया रक्खे। अपनी माँ को मेरी तरफ से सलाम कहना। तुम लोगों को देखने की इच्छा है। देखें कब तक पूरी होती है।

तेरा—जोजेफ

5

इस वाकये के बाद बहुत दिन गुजर गए। जोजेफ मैजिनी फिर इटली पहुँचा और रोम में पहली बार जनता के राज्य का ऐलान किया गया। तीन आदमी राज्य की व्यवस्था के लिए निर्वाचित किए गए। मैजिनी भी उनमें एक था। मगर थोड़े ही दिनों में फ्रांस की ज्यादतियों और पीडमांट के बादशाह की दगाबाजियों की बदौलत इस जनता के राज का खात्मा हो गया और उसके कर्मचारी और मंत्री अपनी जानें लेकर भाग निकले। मैजिनी अपने विश्वसनीय मित्रों की दगाबाजी और मौका-परस्ती पर पेचोताब खाता हुआ, खस्ताहाल और परेशान, रोम की गलियों की खाक छानता फिरता था। उसका यह सपना कि रोम को मैं जरूर एक दिन जनता के राज का केन्द्र बनाकर छोड़ूँगा, पूरा होकर फिर तितर-बितर हो गया।

दोपहर का वक्त था, धूप से परेशान होकर वह एक पेड़ की छाया में जरा दम लेने के लिए ठहर गया कि सामने से एक लेडी आती हुई दिखाई दी। उसका चेहरा पीला था, कपड़े बिल्कुल सफेद और सादा, उम्र तीस से ज्यादा। मैजिनी आत्म-विस्मृति की दशा में था कि यह स्त्री प्रेम से व्यग्र होकर उसके गले लिपट गई। मैजिनी ने चौंककर देखा, बोला—प्यारी मैग्डलीन, तुम हो ! यह कहते-कहते उसकी आँखें भीग गईं। मैग्डलीन ने रोकर कहा—जोजेफ ! और मुँह से कुछ न निकला।

दोनों खामोश कई मिनट तक रोते रहे। आखिर मैजिनी बोला—तुम यहाँ कब आईं, मेगा ?

मैग्डलीन—मैं यहाँ कई महीने से हूँ, मगर तुमसे मिलने की कोई सूरत नहीं निकलती थी। तुम्हें काम-काज में डूबा हुआ देखकर और यह समझकर कि अब तुम्हें मुझ जैसी औरत की हमदर्दी की जरूरत बाकी नहीं रही, तुमसे मिलने की कोई जरूरत न देखती थी। (रुककर) क्यों जोजेफ, यह क्या कारण है कि अक्सर लोग तुम्हारी बुराई किया करते हैं ? क्या वह अंधे हैं, क्या भगवान् ने उन्हें आँखें नहीं दीं ?

जोजेफ—मेगा, शायद वह लोग सच कहते होंगे। फिलहाल मुझमें वह गुण नहीं हैं जो मैं शान के मारे अक्सर कहा करता हूँ कि मुझमें हैं, या जिन्हें तुम अपनी सरलता और पवित्रता के कारण मुझमें मौजूद समझती हो। मेरी कमजोरियाँ रोज-ब-रोज मुझे मालूम होती जाती हैं।

मैग्डलीन—जभी तो तुम इस काबिल हो कि मैं तुम्हारी पूजा करूँ। मुबारक है वह इंसान जो खुदी को मिटाकर अपने को हेच समझने लगे। जोजेफ, भगवान् के लिए मुझे इस तरह अपने से मत अलग करो। मैं तुम्हारी हो गई हूँ और मुझे विश्वास है कि तुम वैसे ही पाक-साफ हो जैसा हमारा ईसू था। यह खयाल मेरे मन पर अंकित हो गया है और अगर उसमें जरा कमजोरी आ गई थी तो तुम्हारी इस वक्त

की बातचीत ने उसे और भी पक्का कर दिया। बेशक तुम फरिश्ते हो। मगर मुझे अफसोस है कि दुनिया में क्यों लोग इतने तंग-दिल और अंधे होते हैं और खासतौर पर वह लोग जिन्हें मैं तंग-खयाल से ऊपर समझती थी। रफेती, रसारीनो पलाइनो, बर्नाबास यह सब-के-सब तुम्हारे दोस्त हैं। तुम उन्हें अपना दोस्त समझते हो, मगर वह सब तुम्हारे दुश्मन हैं और उन्होंने मुझसे मेरे सामने सैकड़ों ऐसी बातें तुम्हारे बारे में कही हैं जिनका मैं मरकर भी यकीन नहीं कर सकती। वह सब गलत, झूठ बकते हैं। हमारा प्यारा जोजेफ वैसा ही है जैसा मैं समझती थी बल्कि उससे भी अच्छा। क्या यह भी तुम्हारी एक जाती खूबी नहीं है कि तुम अपने दुश्मनों को भी अपना दोस्त समझते हो ?

जोजेफ से अब सब्र न हो सका। मैग्डलीन के मुरझाए हुए पीले-पीले हाथों को चूमकर कहा—प्यारी मेगा, मेरे दोस्त बेकसूर हैं और मैं खुद दोषी हूँ। (रोकर) जो कुछ उन्होंने कहा वह सब मेरे ही इशारे और मर्जी के अनुसार था, मैंने तुमसे दगा की मगर मेरी प्यारी बहन, यह सिर्फ इसलिए था कि तुम मेरी तरफ से बेपरवाह हो जाओ और अपनी जवानी के बाकी दिन खुशी से बसर करो। मैं बहुत शर्मिंदा हूँ। मैंने तुम्हें जरा भी न समझा था। मैं तुम्हारे प्रेम की गहराई से अपरिचित था क्योंकि मैं जो चाहता था उसका उल्टा असर हुआ। मगर मेगा, मैं माफी चाहता हूँ।

मैग्डलीन—हाय जोजेफ, तुम मुझसे माफी माँगते हो। ऐं, तुम तो दुनिया के सब इंसानों से ज्यादा नेक, ज्यादा सच्चे और ज्यादा लायक हो ! मगर हाँ, बेशक तुमने मुझे बिल्कुल न समझा था जोजेफ ! यह तुम्हारी गल़ती थी। मुझे ताज्जुब तो यह है कि तुम्हारा ऐसा पत्थर का दिल कैसे हो गया।

जोजेफ—मेगा, ईश्वर जानता है, जब मैंने रफेती को यह सब सिखा-पढ़ाकर तुम्हारे पास भेजा है, उस वक्त मेरे दिल की क्या कैफियत थी। मैं जो दुनिया में नेकनामी को सबसे ज्यादा कीमती समझता हूँ और मैं, जिसने दुश्मनों के जाती हमलों को कभी पूरी तरह काटे बिना न छोड़ा, अपने मुँह से सिखाऊँ कि जाकर मुझे बुरा कहो ! मगर यह केवल इसलिए था कि तुम अपने शरीर का ध्यान रखो और मुझे भूल जाओ।

सच्चाई यह थी कि मैजिनी ने मैग्डलीन के प्रेम को रोज-ब-रोज बढ़ते देखकर एक खास हिकमत की थी। उसे खूब मालूम था कि मैग्डलीन के प्रेमियों में से कितने ही ऐसे हैं जो उससे ज्यादा सुंदर, ज्यादा दौलतमंद और ज्यादा अक्ल वाले हैं, मगर वह किसी को खयाल में नहीं लाती। मुझमें उसके लिए जो खास आकर्षण है, वह मेरे कुछ खास गुण हैं और अगर मेरे ऐसे मित्र, जिनका आदर मैग्डलीन भी करती है, उससे मेरी शिकायत करके इन गुणों का महत्त्व उसके दिल से मिटा दें तो वह खुद-ब-खुद मुझे भूल जाएगी। पहले तो उसके दोस्त इस काम के लिए तैयार न होते थे मगर इस डर से कि कहीं मैग्डलीन ने घुल-घुलकर जान दे दी तो मैजिनी

जिंदगी भर हमें माफ न करेगा, उन्होंने यह अप्रिय काम स्वीकार कर लिया था। वह स्विट्जरलैंड गए और जहाँ तक उनकी जबान में ताकत थी, अपने दोस्त की पीठ पीछे बुराई करने में खर्च की। मगर मैग्डलीन पर मुहब्बत का रंग ऐसा गहरा चढ़ा हुआ था, कि इन कोशिशों का इसके सिवाय और कोई नतीजा न हो सकता था जो हुआ। वह एक रोज बेकरार होकर घर से निकल खड़ी हुई और रोम में आकर एक सराय में ठहर गई। यहाँ उसका रोज का नियम था कि मैजिनी के पीछे-पीछे उसकी निगाह से दूर घूमा करती मगर उसे आश्वस्त और अपनी सफलता से प्रसन्न देखकर उसे छेड़ने का साहस न करती थी। आखिरकार जब फिर उस पर असफलताओं का वार हुआ और वह फिर दुनिया में बेकस और बेबस हो गया तो मैग्डलीन ने समझा, अब इसको किसी हमदर्द की जरूरत है। और पाठक देख चुके हैं जिस तरह वह मैजिनी से मिली।

6

मैजिनी रोम से फिर इंगलिस्तान पहुँचा और यहाँ एक अरसे तक रहा। सन् 1870 में उसे खबर मिली कि सिसली की रिआया बगावत पर आमादा है और उन्हें मैदाने-जंग में लाने के लिए एक उभारने वाले की जरूरत है। बस वह फौरन सिसली पहुँचा, मगर उसके जाने के पहले शाही-फौज ने बागियों को दबा दिया था। मैजिनी जहाज से उतरते ही गिरफ्तार करके एक कैदखाने में डाल दिया गया। मगर चूँकि अब वह बहुत बुड्ढा हो गया था, शाही हुक्काम ने इस डर से कि कहीं वह कैद की तकलीफों से मर जाए तो जनता को संदेह होगा कि बादशाह की प्रेरणा से वह कत्ल कर डाला गया, उसे रिहा कर दिया। निराश और टूटा हुआ दिल लिए मैजिनी फिर स्विट्जरलैंड की तरफ रवाना हुआ। उसकी जिंदगी की तमाम उम्मीदें खाक में मिल गईं। इसमें शक नहीं कि इटली के एकताबद्ध हो जाने के दिन बहुत पास आ गए थे मगर उसकी हुकूमत की हालत उससे हर्गिज बेहतर न थी जैसी आस्ट्रिया या नेपल्स के शासन-काल में। अंतर यह था कि पहले वह एक दूसरी कौम की ज्यादतियों से परेशान थे, अब अपनी कौम के हाथों। इन निरंतर असफलताओं ने दृढ़व्रती मैजिनी के दिल में यह खयाल पैदा किया कि शायद जनता की राजनीतिक शिक्षा इस हद तक नहीं हुई है, कि वह अपने लिए एक प्रजातांत्रिक शासन-व्यवस्था की बुनियाद डाल सके और इसी नियत से वह स्विट्जरलैंड जा रहा था कि वहाँ से एक जबर्दस्त कौमी अखबार निकाले क्योंकि इटली में उसे अपने विचारों को फैलाने की इजाजत न थी। वह रात भर नाम बदलकर रोम में ठहरा। फिर वहाँ से अपनी जन्मभूमि जिनेवा में आया और अपनी नेक माँ की कब्र पर फूल चढ़ाए। इसके बाद स्विट्जरलैंड की तरफ चला और साल भर तक कुछ विश्वसनीय मित्रों की सहायता से अखबार निकालता रहा। मगर निरंतर चिंता और कष्टों ने उसे बिल्कुल

कमजोर कर दिया था। सन् 1870 में वह सेहत के खयाल से इंगलिस्तान आ रहा था कि आल्प्स पर्वत की तलहटी में निमोनिया की बीमारी ने उसके जीवन का अंत कर दिया और वह एक अरमानों से भरा हुआ दिल लिए स्वर्ग को सिधारा। इटली का नाम मरते दम तक उसकी जबान पर था। यहाँ भी उसके बहुत-से समर्थक और हमदर्द शरीक थे। उसका जनाजा बड़ी धूम से निकला। हजारों आदमी साथ थे और एक बड़ी सुहानी खुली हुई जगह पर पानी के एक साफ चश्मे के किनारे पर इस कौम के लिए मर मिटने वाले को सुला दिया गया।

7

मैजिनी को कब्र में सोए हुए आज तीन दिन गुजर गए। शाम का वक्त था, सूरज की पीली किरणें इस ताजा कब्र पर हसरत भरी आँखों से ताक रही हैं। तभी एक अधेड़ खूबसूरत औरत, सुहाग के जोड़े पहने, लड़खड़ाती हुई आई। वह मैग्डलीन थी। उसका चेहरा शोक में डूबा हुआ था, बिल्कुल मुर्झाया हुआ, कि जैसे अब इस शरीर में जान बाकी नहीं रही। वह इस कब्र के सिरहाने बैठ गई और अपने सीने पर खुंसे हुए फूल उस पर चढ़ाए, फिर घुटनों के बल बैठकर सच्चे दिल से दुआ करती रही। जब खूब अंधेरा हो गया, बर्फ पड़ने लगी तो वह चुपके से उठी और खामोश सर झुकाए करीब के एक गाँव में जाकर रात बसर की और भोर की बेला अपने मकान की तरफ रवाना हुई।

मैग्डलीन अब अपने घर की मालिक थी। उसकी माँ बहुत जमाना हुआ, मर चुकी थी। उसने मैजिनी के नाम से एक आश्रम बनवाया और खुद आश्रम की ईसाई लेडियों के लिबास में वहाँ रहने लगी। मैजिनी का नाम उसके लिए एक निहायत पुरदर्द और दिलकश गीत से कम न था। हमदर्दों और कद्रदानों के लिए उसका घर उनका अपना घर था। मैजिनी के खत उसकी इंजील और मैजिनी का नाम उसका ईश्वर था। आसपास के गरीब लड़कों और मुफलिस बीवियों के लिए यही बरकत से भरा हुआ नाम जीविका का साधन था। मैग्डलीन तीन बरस तक जिंदा रही और जब मरी तो अपनी आखिरी वसीयत के मुताबिक उसी आश्रम में दफन की गई। उसका प्रेम मामूली प्रेम न था, एक पवित्र और निष्कलंक भाव था और वह हमको उन प्रेम-रस में डूबी हुई गोपियों की याद दिलाता है जो श्रीकृष्ण के प्रेम में वृंदावन की कुंजों और गलियों में मंडलाया करती थीं, जो उससे मिले होने पर भी उससे अलग थीं और जिनके दिलों में प्रेम के सिवा और किसी चीज की जगह न थी। मैजिनी का आश्रम आज तक कायम है और गरीब और साधु-संत अभी तक मैजिनी का पवित्र नाम लेकर वहाँ हर तरह का सुख पाते हैं। □

यही मेरा वतन है

प्रथमतः 'सोज़े वतन' (1908) में संकलित

1

आज पूरे साठ बरस के बाद मुझे अपने वतन, प्यारे वतन का दर्शन फिर नसीब हुआ। जिस वक्त मैं अपने प्यारे देश से विदा हुआ और किस्मत मुझे पच्छिम की तरफ ले चली, मेरी उठती जवानी थी। मेरी रगों में ताजा खून दौड़ता था और सीना उमंगों और बड़े-बड़े इरादों से भरा था। मुझे प्यारे हिन्दुस्तान से किसी जालिम की सख्तियों और इंसाफ के जबर्दस्त हाथों ने अलग नहीं किया था। नहीं, जालिम का जुल्म और कानून की सख्तियाँ मुझसे जो चाहें करा सकती हैं मगर मेरा वतन मुझसे नहीं छुड़ा सकतीं। यह मेरे बुलंद इरादे और बड़े-बड़े मंसूबे थे जिन्होंने मुझे देश-निकाला दिया। मैंने अमरीका में खूब व्यापार किया, खूब दौलत कमाई और खूब पेश किये। भाग्य से बीवी ऐसी पायी जो अपने रूप में बेजोड़ थी, जिसकी खूबसूरती का चर्चा सारे अमरीका में फैला हुआ था और जिसके दिल में किसी ऐसे ख्याल की गुंजाइश भी न थी जिसका मुझसे संबंध न हो। मैं उस पर दिलोजान से न्योछावर था और वह मेरे लिए सब कुछ थी। मेरे पाँच बेटे हुए, सुन्दर, हृष्ट-पुष्ट और नेक, जिन्होंने व्यापार को और भी चमकाया और जिनके भोले, नन्हें बच्चे उस वक्त मेरी गोद में बैठे हुए थे जब मैंने प्यारी मातृभूमि का अंतिम दर्शन करने के लिए कदम उठाया। मैंने बेशुमार दौलत, वफादार बीवी, सपूत बेटे और प्यारे-प्यारे जिगर के टुकड़े, ऐसी-ऐसी अनमोल नेमतें छोड़ दीं। इसलिए कि प्यारी भारतमाता का अंतिम दर्शन कर लूँ। मैं बहुत बुड्ढा हो गया था। दस और हों तो पूरे सौ बरस का हो जाऊँ, और अब अगर मेरे दिल में कोई आरजू बाकी है तो यही कि अपने देश की खाक में मिल जाऊँ। यह आरजू कुछ आज ही मेरे मन में पैदा न हुई, उस वक्त भी थी जबकि मेरी बीवी अपनी मीठी बातों और नाजुक अदाओं से मेरा दिल खुश किया करती थी; जबकि मेरे नौजवान बेटे सवेरे आकर अपने बूढ़े बाप को अदब से सलाम करते थे। उस वक्त भी मेरे जिगर में एक काँटा-सा खटकता था और वह काँटा यह था कि मैं यहाँ अपने देश से निर्वासित हूँ। यह देश मेरा नहीं है, मैं इस देश का नहीं हूँ। धन मेरा था, बीवी मेरी थी, लड़के मेरे थे और जायदादें मेरी थीं, मगर जाने क्यों मुझे रह-रहकर अपनी मातृभूमि के टूटे-फूटे झोंपड़े, चार-छः बीघा मौरूसी जमीन और बचपन के लंगोटिया-यारों की याद

सताया करती थी और अक्सर खुशियों की धूमधाम में भी यह खयाल चुटकी लिया करता कि काश, अपने देश में होता !

2

मगर जिस वक्त बम्बई में जहाज से उतरा और काले कोट-पतलून पहने, टूटी-फूटी अंग्रेजी बोलते मल्लाह देखे; फिर अंग्रेजी दुकानें, ट्रामवे और मोटर-गाड़ियाँ नजर आयीं; फिर रबड़ वाले पहियों वाली गाड़ियों और मुँह में चुरुट दाबे आदमियों से मुठभेड़ हुई। फिर रेल का विक्टोरिया टर्मिनस स्टेशन देखा; और रेल पर सवार होकर अपने गाँव को चला, प्यारे गाँव को जो हरी-भरी पहाड़ियों के बीच में आबाद था, तो मेरी आँखों में आँसू भर आये। मैं खूब रोया, क्योंकि यह मेरा प्यारा देश न था, यह वो देश न था जिसके दर्शन की लालसा हमेशा मेरे दिल में लहरें लिया करती थी। यह कोई और देश था। वह अमरीका था, इंग्लिस्तान था, मगर प्यारा भारत नहीं था।

रेलगाड़ी जंगलों, पहाड़ों, नदियों और मैदानों को पार करके मेरे प्यारे गाँव के पास पहुँची जो किसी जमाने में फूल-पत्तों की बहुतायत और नदी-नालों की प्रचुरता में स्वर्ग से होड़ करता था। मैं गाड़ी से उतरा तो मेरा दिल बाँसों उछल रहा था—अब अपना प्यारा घर देखूँगा, अपने बचपन के प्यारे साथियों में मिलूँगा। मुझे उस वक्त यह बिल्कुल याद न रहा कि मैं नब्बे बरस का बूढ़ा आदमी हूँ। ज्यों-ज्यों मैं गाँव के पास पहुँचता था, मेरे कदम जल्द-जल्द उठते थे और दिल में एक ऐसी खुशी लहरें मार रही थी जिसे बयान नहीं किया जा सकता। हर चीज पर आँखें फाड़-फाड़कर निगाह डालता —अहा, यह वो नाला है जिसमें हम रोज घोड़े नहलाते और खुद गोते लगाते थे मगर अब इसके दोनों तरफ काँटेदार तारों की चहारदीवारी खिंची हुई थी और सामने एक बंगला था जिसमें दो-तीन अंग्रेज बंदूकें लिये इधर-उधर ताक रहे थे। नाले में नहाने या नहलाने की सख्त मनाही थी। गाँव में गया और आँखें बचपन के साथियों को ढूँढ़ने लगीं। मगर अफसोस, वे सब-के-सब मौत का निवाला बन चुके थे और मेरा टूटा-फूटा झोंपड़ा जिसकी गोद में बरसों तक खेला था, जहाँ बचपन और बेफिक्रियों के मजे लूटे थे, जिसका नक्शा अभी तक आँखों में फिर रहा है, वह अब एक मिट्टी का ढेर बन गया था। जगह गैर-आबाद न थी। सैकड़ों आदमी चलते-फिरते नजर आये, जो अदालत और कलक्टरी और थाने-पुलिस की बातें कर रहे थे। उनके चेहरे बेजान और फिक्र में डूबे हुए थे और वह सब दुनिया की परेशानियों से टूटे हुए मालूम होते थे। मेरे साथियों के से हृष्ट-पुष्ट, सुन्दर, गोरे-चिट्टे नौजवान कहीं न दिखायी दिये। वह अखाड़ा जिसकी मेरे हाथों ने बुनियाद डाली थी, वहाँ अब एक टूटा-फूटा स्कूल था और उसमें गिनती के बीमार शक्ल-सूरत के बच्चे; जिनके चेहरों पर भूख लिखी थी, चिथड़े लगाये बैठे ऊँघ रहे थे। नहीं, यह मेरा देश नहीं है। यह देश देखने के लिए मैं इतनी दूर से

नहीं आया। यह कोई और देश है, मेरा प्यारा देश नहीं है।

उस बरगद के पेड़ की तरफ दौड़ा जिसकी सुहानी छाया में हमने बचपन के मजे लूटे थे, जो हमारे बचपन का हिंडोला और जवानी की आरामगाह था ! इस प्यारे बरगद को देखते ही रोना-सा आने लगा और ऐसी हसरत भरी, तड़पाने वाली और दर्दनाक यादें ताजी हो गयीं कि घंटों जमीन पर बैठकर रोता रहा। यही प्यारा बरगद है जिसकी फुनगियों पर हम चढ़ जाते थे, जिसकी जटाएं हमारा झूला थीं और जिसके फल हमें सारी दुनिया की मिठाइयों से ज्यादा मजेदार और मीठे मालूम होते थे। वह मेरे गले में बाँहें डालकर खेलने वाले हमजोली जो कभी रूठते थे, कभी मनाते थे, वह कहाँ गये ? आह, मैं बेघरबार मुसाफिर क्या अब अकेला हूँ ? यहाँ मेरा कोई साथी नहीं ? इस बरगद के पास अब थाना था और पेड़ के नीचे एक कुर्सी पर कोई लाल पगड़ी बाँधे बैठा हुआ था। उसके आसपास दस-बीस और लाल पगड़ी वाले हाथ बाँधे खड़े थे और एक अधनंगा अकाल का मारा आदमी जिस पर जभी-अभी चाबुकों की बौछार हुई थी, पड़ा सिसक रहा था। मुझे खयाल आया, यह मेरा प्यारा देश नहीं है, यह कोई और देश है, यह योरप है, अमरीका है, मगर मेरा प्यारा देश नहीं है, हरगिज नहीं।

3

इधर से निराश होकर मैं उस चौपाल की ओर चला जहाँ शाम को पिताजी गाँव के और बड़े-बूढ़ों के साथ हुक्का पीते और हँसी-दिल्लगी करते थे। हम भी उस टाट पर कलाबाजियाँ खाया करते थे। कभी-कभी वहाँ पंचायत भी बैठती थी जिसके सरपंच हमेशा पिताजी ही होते थे। इसी चौपाल से लगी हुई एक गोशाला थी जहाँ गाँवभर की गायें रखी जाती थीं और हम यहीं बछड़ों के साथ कुलेलें किया करते थे। अफसोस, अब इस चौपाल का पता न था। वहाँ अब गाँव के टीका लगाने का स्टेशन और एक डाकखाना था। उन दिनों इसी चौपाल से लगा हुआ एक कोल्हाड़ा था जहाँ जाड़े के दिनों में ईख पेरी जाती थी और गुड़ की महक से दिमाग तर हो जाता था। हम और हमारे हमजोली घंटों गंडेरियों के इंतजार में बैठे रहते थे और गंडेरियाँ काटने वाले मजदूर के हाथों की तेजी पर अचरज करते थे। यहाँ सैकड़ों बार मैंने कच्चा रस और पक्का दूध मिलाकर पिया था। यहाँ आसपास के घरों से औरतें और बच्चे अपने-अपने घड़े लेकर आते और उन्हें रस के भरवाकर ले जाते। अफसोस, वह कोल्हू अभी ज्यों-के-त्यों गड़े हुए हैं मगर देखो, कोल्हाड़े की जगह पर अब एक सन लपेटने वाली मशीन है और उसके सामने एक तंबोली और सिगरेट की दुकान है। इन, दिल को छलनी करने वाले दृश्यों से दुखी होकर मैंने एक आदमी से जो सूरत से शरीफ नजर आता था, कहा—बाबा, मैं परदेशी मुसाफिर हूँ, रातभर पड़े रहने के लिए मुझे जगह दे दो। इस आदमी ने मुझे सर से पैर तक घूरकर देखा

और बोला—आगे जाओ, यहाँ जगह नहीं है। मैं आगे गया और यहाँ से फिर हुक्म मिला—आगे जाओ। पाँचवीं बार सवाल करने पर एक साहब ने मुट्ठी भर चने मेरे हाथ पर रख दिये। चने मेरे हाथ से छूटकर गिर पड़े और आँखों से आँसू बहने लगे। हाय, यह मेरा प्यारा देश नहीं है, यह कोई और देश है। यह हमारा मेहमान और मुसाफिर की आवभगत करने वाला प्यारा देश नहीं, हरगिज नहीं।

मैंने एक सिगरेट की डिबिया ली और एक सुनसान जगह पर बैठकर बीते दिनों की याद बरने लगा कि यकायक मुझे उस धर्मशाला का खयाल आया जो मेरे परदेश जाते वक्त बन रही थी। मैं उधर की तरफ लपका कि रात किसी तरह वहीं काटूँ, मगर अफसोस, हाय अफसोस, धर्मशाला की इमारत ज्यों-की-त्यों थी लेकिन उसमें गरीब मुसाफिरों के रहने के लिए जगह न थी। शराब और शराबखोरी, जुआ और बदचलनी का वहाँ अड्डा था। यह हालत देखकर बरबस दिल से एक ठंडी आह निकली, मैं जोर से चीख उठा—नहीं-नहीं और हजार बार नहीं; यह मेरा वतन, मेरा प्यारा देश, मेरा प्यारा भारत नहीं है। यह कोई और देश है। यह योरप है, अमरीका है, मगर भारत हरगिज नहीं।

4

अंधेरी रात थी। गीदड़ और कुत्ते अपने राग अलाप रहे थे। मैं दर्दभरा दिल लिये उसी नाले के किनारे जाकर बैठ गया और सोचने लगा कि अब क्या करूँ ? क्या फिर अपने प्यारे बच्चों के पास लौट जाऊँ और अपनी नामुराद मिट्टी अमरीका की खाक में मिलाऊँ ? अब तो मेरा कोई वतन न था। पहले मैं वतन से अलग जरूर था, मगर प्यारे वतन की याद दिल में बनी हुई थी। अब बेवतन हूँ, मेरा कोई वतन नहीं। इसी सोच-विचार में बहुत देर तक चुपचाप घुटनों में सर दिये बैठा रहा। रात आँखों-ही-आँखों में कट गयी, घड़ियाल ने तीन बजाये और किसी के गाने की आवाज कानों में आयी। दिल ने गुदगुदाया, यह तो वतन का नग़्मा है, अपने देश का राग है। मैं झट उठ खड़ा हुआ। क्या देखता हूँ कि पंद्रह-बीस औरतें, बूढ़ी, कमजोर, सफेद धोतियाँ पहने, हाथों में लोटे लिये, स्नान को जा रही हैं और गाती जाती हैं—

प्रभु, मेरे अवगुन चित्त न धरो...

इस मादक और तड़पा देने वाले राग से मेरे दिल की जो हालत हुई उसका बयान करना मुश्किल है। मैंने अमरीका की चंचल-से-चंचल, हँसमुख-से-हँसमुख सुन्दरियों की अलाप सुनी थी और बहुत बार उनकी जबानों से मुहब्बत और प्यार के बोल सुने थे जो मोहक गीतों से भी ज्यादा मीठे थे। मैंने प्यारे बच्चों के अधूरे बोलों और तोतली बानी का आनन्द उठाया था। मैंने सुरीली चिड़ियों का चहचहाना सुना था। मगर जो लुत्फ़, जो मजा, जो आनन्द मुझे इस गीत में आया वह जिन्दगी

में कभी और हासिल न हुआ था। मैंने खुद गुनगुनाना शुरू किया—

प्रभु, मेरे अवगुन चित्त न धरो...

तन्मय हो रहा था कि फिर मुझे बहुत-से आदमियों की बोलचाल सुनायी पड़ी और कुछ लोग हाथों में पीतल के कमंडल लिये शिव-शिव, हर-हर, गंगे-गंगे, नारायण-नारायण कहते हुए दिखायी दिये। मेरे दिल ने फिर गुदगुदाया, यह तो मेरे देश, प्यारे देश की बातें हैं। मारे खुशी के दिल बाग-बाग हो गया। मैं इन आदमियों के साथ हो लिया और एक-दो-तीन-चार-पाँच-छहः मील पहाड़ी रास्ता पार करने के बाद हम उस नदी के किनारे पहुँचे जिसका नाम पवित्र है, जिसकी लहरों में डुबकी लगाना और जिसकी गोद में मरना हर हिन्दू सबसे बड़ा पुण्य समझता है। गंगा मेरे प्यारे गाँव से छः-सात मील पर बहती थी और किसी जमाने में सुबह के वक्त घोड़े पर चढ़कर गंगा-माता के दर्शन को आया करता था। उनके दर्शन की कामना मेरे दिल में हमेशा थी। यहाँ मैंने हजारों आदमियों को इस सर्द, ठिठुरते हुए पानी में डुबकी लगाते देखा। कुछ लोग बालू पर बैठ गायत्री मंत्र जप रहे थे। कुछ लोग हवन करने में लगे हुए थे। कुछ लोग माथे पर टीके लगा रहे थे। कुछ और लोग वेदमंत्र सस्वर पढ़ रहे थे। मेरे दिल ने फिर गुदगुदाया और मैं जोर से कह उठा—हाँ-हाँ, यही मेरा देश है, यही मेरा प्यारा वतन है, यही मेरा भारत है। और इसी के दर्शन की, इसी की मिट्टी में मिल जाने की आरजू मेरे दिल में थी।

5

मैं खुशी से पागल हो रहा था। मैंने अपना पुराना कोट और पतलून उतार फेंका और जाकर गंगा माता की गोद में गिर पड़ा, जैसे कोई नासमझ, भोला-भाला बच्चा दिन भर पराये लोगों के साथ रहने के बाद शाम को अपनी प्यारी माँ की गोद में दौड़कर चला आये, उसकी छाती से चिपट जाये। हाँ, अब अपने देश में हूँ। यह मेरा प्यारा वतन है, यह लोग मेरे भाई हैं, गंगा मेरी माता है।

मैंने ठीक गंगा के किनारे एक छोटी-सी कुटिया बनवा ली है। अब मुझे सियाराम—नाम जपने के और कोई काम नहीं है। मैं प्रातः-सायं गंगास्नान करता हूँ और मेरी प्रबल इच्छा है कि इसी स्थान पर मेरे प्राण निकलें और मेरी अस्थियाँ गंगा माता की लहरों की भेंट हो।

मेरी स्त्री और मेरे पुत्र बार-बार बुलाते हैं, मगर अब मैं गंगा माता का तट और अपना प्यारा देश छोड़कर वहाँ नहीं जा सकता। अपनी मिट्टी गंगा जी को ही सोंपूँगा। अब संसार की कोई आकांक्षा मुझे इस स्थान से नहीं हटा सकती, क्यांकि यह मेरा प्यारा देश और यही मेरी प्यारी मातृभूमि है। बस, मेरी उत्कट इच्छा यही है कि मैं अपनी प्यारी मातृभूमि मैं ही अपने प्राण विसर्जन करूँ। □

शेख मखमूर

प्रथमतः 'सोज़े वतन', (1908) में संकलित

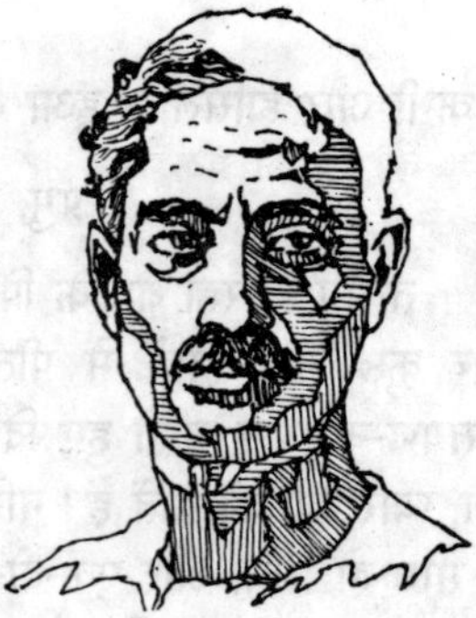

1

मुल्के जन्नतनिशां के इतिहास में वह बहुत अंधेरा वक्त था जब शाह किशवर की फतहों की बाढ़ बड़े जोर-शोर के साथ उस पर आई। सारा देश तबाह हो गया। आजादी की इमारतें ढह गईं और जानोमाल के लाले पड़ गए। शाह बामुराद खूब जी तोड़कर लड़ा, खूब बहादुरी का सबूत दिया और अपने खानदान के तीन लाख सूरमाओं को अपने देश पर चढ़ा दिया; मगर विजेता की पत्थर काट देने वाली तलवार के मुकाबले में उसकी यह मर्दाना जाँबाजियाँ बेअसर साबित हुईं। मुल्क पर शाह किशवरकुशा की हुकूमत का सिक्का जम गया और शाह बामुराद अकेला और तनहा बेयारो-मददगार अपना सब कुछ आजादी के नाम पर कुर्बान करके एक झोंपड़े में जिंदगी बसर करने लगा।

यह झोंपड़ा पहाड़ी इलाके में था। आसपास जंगली कौमें आबाद थीं और दूर-दूर तक पहाड़ों के सिलसिले नजर आते थे। इस सुनसान जगह में शाह बामुराद मुसीबत के दिन काटने लगा। दुनिया में अब उसका कोई दोस्त न था। वह दिन भर आबादी से दूर एक चट्टान पर अपने खयाल में मस्त बैठा रहता था। लोग समझते थे कि यह कोई ब्रह्मज्ञान के नशे में चूर सूफी है। शाह बामुराद को यों बसर करते एक जमाना बीत गया और जवानी की विदाई और बुढ़ापे के स्वागत की तैयारियाँ होने लगीं।

तब एक रोज शाह बामुराद बस्ती के सरदार के पास गया और उससे कहा—मैं अपनी शादी करना चाहता हूँ। उसकी तरफ से पैगाम सुनकर वह अचंभे में आ गया मगर चूँकि दिल में शाह साहब के कमाल और फकीरी में गहरा विश्वास रखता था, पलटकर जवाब न दे सका और अपनी कुँआरी नौजवान बेटी उनकी भेंट की। तीसरे साल इस युवती की कामनाओं की वाटिका में एक नौरस पौधा उगा। शाह साहब खुशी के मारे जामे में फूले न समाए। बच्चे को गोद में उठा लिया और हैरत में डूबी हुई माँ के सामने जोश भरे लहजे में बोले—'खुदा का शुक्र है कि मुल्के-जन्नतनिशां का वारिस पैदा हुआ।'

बच्चा बढ़ने लगा। अक्ल और जहानत में, हिम्मत और ताकत में, वह अपनी दुगनी उमर के बच्चों से बढ़कर था। सुबह होते ही गरीब रिन्दा बच्चे का बनाव-सिंगार

करके और उसे नाश्ता खिलाकर अपने काम-धंधों में लग जाती थी और शाह साहब बच्चे की उंगली पकड़कर उसे आबादी से दूर चट्टान पर ले जाते। वहाँ कभी उसे पढ़ाते, कभी हथियार चलाने की मश्क कराते और कभी उसे शाही कायदे समझाते। बच्चा था तो कमसिन, मगर इन बातों में ऐसा जी लगाता और ऐसे चाव से लगा रहता गोया उसे अपने वंश का हाल मालूम है। मिजाज भी बादशाहों जैसा था। गाँव का एक-एक लड़का उसके हुक्म का फरमाबरदार था। माँ उस पर गर्व करती, बाप फूला न समाता और सारे गाँव के लोग समझते कि वह शाह साहब के जप-तप का असर है।

बच्चा मसऊद देखते-देखते एक सात साल का नौजवान शहजादा हो गया। देखकर देखने वाले के दिल को एक नशा-सा होता था। एक रोज शाम का वक्त था, शाह साहब अकेले सैर करने गए और जब लौटे तो उनके सर पर एक जड़ाऊ ताज शोभा दे रहा था। रिन्दा उनका यह हुलिया देखकर सहम गई और मुँह से कुछ बोल न सकी। तब उन्होंने नौजवान मसऊद को गले से लगाया, उसी वक्त उसे नहलाया-धुलाया और एक चट्टान के तख्त पर बैठाकर दर्द-भरे लहजे में बोले—मसऊद, मैं आज तुमसे रुखसत होता हूँ और तुम्हारी अमानत तुम्हें सौंपता हूँ। यह उसी मुल्के-जन्नतनिशां का ताज है। कोई वह जमाना था, कि यह ताज तुम्हारे बदनसीब बाप के सर पर जेब देता था, अब वह तुम्हें मुबारक हो। रिन्दा! प्यारी बीवी ! तेरा बदकिस्मत शौहर किसी जमाने में इस मुल्क का बादशाह था और अब तू उसकी मलिका है। मैंने यह राज़ तुमसे अब तक छिपाया था, मगर हमारे अलग होने का वक्त बहुत पास है। अब छिपाकर क्या करूँ। मसऊद, तुम अभी बच्चे हो, मगर दिलेर और समझदार हो। मुझे यकीन है कि तुम अपने बूढ़े बाप की आखिरी वसीयत पर ध्यान दोगे और उस पर अमल करने की कोशिश करोगे। यह मुल्क तुम्हारा है, यह ताज तुम्हारा है और यह रिआया तुम्हारी है। तुम इन्हें अपने कब्जे में लाने की मरते दम तक कोशिश करते रहना और अगर तुम्हारी तमाम कोशिशें नाकाम हो जाएँ और तुम्हें भी यही बेसरोसामानी की मौत नसीब हो तो यही वसीयत तुम अपने बेटे से कर देना और यह ताज जो उसकी अमानत होगी उसके सुपुर्द करना। मुझे तुमसे और कुछ नहीं कहना है, खुदा तुम दोनों को खुशोखुर्रम रखे और तुम्हें मुराद को पहुँचाए।

यह कहते-कहते शाह साहब की आँखें बंद हो गईं। रिन्दा दौड़कर उनके पैरों से लिपट गई और मसऊद रोने लगा। दूसरे दिन सुबह गाँव के लोग जमा हुए और पहाड़ी गुफा की गोद में लाश रख दी।

2

शाह किशवरकुशा ने आधी सदी तक खूब इंसाफ के साथ राज किया मगर

किशवरकुशा दोयम ने सिंहासन पर आते ही अपने अक्लमंद बाप के मंत्रियों को एक सिरे से बर्खास्त कर दिया और अपनी मर्जी के मुआफिक नए-नए वजीर और सलाहकार नियुक्त किए। सल्तनत का काम रोज-ब-रोज बिगड़ने लगा। सरदारों ने बेइंसाफी पर कमर बाँधी और हुक्काम रिआया पर जोर-जबर्दस्ती करने लगे। यहाँ तक कि खानदाने मुरादिया के एक पुराने नमकखोर ने मौका अच्छा देखकर बगावत का झंडा बुलंद कर दिया। आसपास के लोग उसके झंडे के नीचे जमा होने लगे और कुछ ही हफ्तों में एक बड़ी फौज कायम हो गई और मसऊद भी नमकखोर सरदार की फौज में आकर मामूली सिपाहियों का काम करने लगा।

मसऊद का अभी यौवन का आरंभ था। दिल में मर्दाना जोश और बाजुओं में शेरों की कूवत मौजूद थी। ऐसा लंबा-तड़ंगा, सुंदर नौजवान बहुत कम किसी ने देखा होगा। शेरों के शिकार का उसे इश्क था। दूर-दूर तक जंगल दरिंदों से खाली हो गए। सवेरे से शाम तक उसे सैरो-शिकार के सिवा कोई धंधा न था। लबोलहजा ऐसा दिलकश पाया था कि जिस वक्त मस्ती में आकर कोई कौमी गीत छेड़ देता तो राह चलते मुसाफिरों और पहाड़ी औरतों का ठट लग जाता था। कितने ही भोले-भाले दिलों पर उसकी मोहिनी सूरत नक्श थी, कितनी ही आँखें उसे देखने को तरसतीं और कितनी ही जानें उसकी मुहब्बत की आग में घुलती थीं। मगर मसऊद पर अभी तक किसी का जादू न चला था। हाँ, अगर उसे मुहब्बत थी तो उसकी आबदार शमशीर से जो उसने बाप से विरसे में पाई थी। इस तेग को वह जान से ज्यादा प्यार करता था। बेचारा खुद नंगे बदन रहता मगर उसके लिए तरह-तरह के म्यान बनवाए थे। उसे एक दम के लिए अपने पहलू से अलग न करता। सच है दिलेर सिपाही की तलवार उसकी निगाहों में दुनिया की तमाम चीजों से ज्यादा प्यारी होती है। खासकर वह आबदार खंजर जिसका जौहर बहुत से मौकों पर परखा जा चुका हो। इसी तेग से मसऊद ने कितने ही जंगली दरिंदों को मारा था, कितने ही लुटेरों और डाकुओं को मौत का मजा चखाया था और उसे पूरा यकीन था कि यही तलवार किसी दिन किशवरकुशा दोयम के सर पर चमकेगी और उसकी शहरग के खून से अपनी जबान तर करेगी।

एक रोज वह एक शेर का पीछा करते-करते बहुत दूर निकल गया। धूप सख्त थी, भूख और प्यास से जी बेताब हुआ, मगर वहाँ न कोई मेवे का दरख्त नजर आया न कोई बहता हुआ पानी का सोता जिसमें भूख और प्यास की आग बुझाता। हैरान और परेशान खड़ा था कि सामने से एक चांद जैसी सुंदर युवती हाथ में बर्छी लिये और बिजली की तरह तेज घोड़े पर सवार आती हुई दिखाई दी। पसीने की मोती जैसी बूँदें उसके माथे पर झलक रही थीं और अंबर की सुगंध में बसे हुए बाल दोनों कंधों पर एक सुहानी बेतकल्लुफी से बिखरे हुए थे। दोनों की निगाहें चार हुईं और मसऊद का दिल हाथ से जाता रहा। उस गरीब ने आज तक दुनिया

को जला डालने वाला ऐसा हुस्न न देखा था। उसके ऊपर एक सकता-सा छा गया। यह जवान औरत उस जंगल में मलिका शेर अफगन के नाम से मशहूर थी।

मलिका ने मसऊद को देखकर घोड़े की बाग खींच ली और गर्म लहजे में बोली—क्या तू वही नौजवान है, जो मेरे इलाके के शेरों का शिकार किया करता है? बतला तेरी इस गुस्ताखी की क्या सजा दूँ ?

यह सुनते ही मसऊद की आँखें लाल हो गईं और बरबस हाथ तलवार की मूठ पर जा पहुँचा मगर जब्त करके बोला—इस सवाल का जवाब मैं खूब देता, अगर आपके बजाय यह किसी दिलेर मर्द की जबान से निकलता !

इन शब्दों ने मलिका के गुस्से की आग को और भी भड़का दिया। उसने घोड़े को चमकाया और बर्छी उछालती सर पर आ पहुँची और वार-पर-वार करने शुरू किए। मसऊद के हाथ-पाँव बेहद थकान से चूर रहे थे और मलिका शेर अफगन बर्छी चलाने की कला में बेजोड़ थी। उसने चरके-पर-चरके लगाए, यहाँ तक कि मसऊद घायल होकर घोड़े से गिर पड़ा। उसने अब तक मलिका के वारों को काटने के सिवाय खुद एक हाथ भी न चलाया था।

तब मलिका घोड़े से कूदी और अपना रूमाल फाड़-फाड़कर मसऊद के जख्म बाँधने लगी। ऐसा दिलेर और गैरतमंद जवाँमर्द उसकी नजर से आज तक न गुजरा था। वह उसे बहुत आराम से उठवा कर अपने खेमे में लाई और पूरे दो हफ्ते तक उसकी परिचर्या में लगी रही। यहाँ तक कि घाव भर गया और मसऊद का चेहरा फिर पूरनमासी के चाँद की तरह चमकने लगा। मगर हसरत यह थी कि अब मलिका ने उसके पास आना-जाना छोड़ दिया।

एक रोज मलिका शेर अफगन ने मसऊद को दरबार में बुलाया और यह बोली—ऐ घमंडी नौजवान ! खुदा का शुक्र है कि तू मेरी बर्छी की चोट से अच्छा हो गया। अब मेरे इलाके से जा, तेरी गुस्ताखी माफ करती हूँ। मगर आइंदा मेरे इलाके में शिकार के लिए आने की हिम्मत न करना। फिलहाल ताकीद के तौर पर तेरी तलवार छीन ली जाएगी ताकि तू घमंड के नशे से चूर होकर फिर इधर कदम बढ़ाने की हिम्मत न करे।

मसऊद ने नंगी तलवार म्यान से खींच ली और कड़ककर बोला—जब तक मेरे दम-में-दम है, कोई यह तलवार मुझसे नहीं ले सकता। यह सुनते ही एक देव-जैसा लंबा-तड़ंगा हैकल पहलवान ललकार कर बढ़ा और मसऊद की कलाई पर तेगे का तुला हुआ हाथ चलाया। मसऊद ने वार खाली दिया और सँभलकर तेगे का वार किया तो पहलवान की गर्दन की पट्टी तक बाकी न रही। यह कैफियत देखते ही मलिका की आँखों से चिंगारियाँ उड़ने लगीं। भयानक गुस्से के स्वर में बोली—खबरदार, यह शख्स यहाँ से जिंदा न जाने पावे। चारों तरफ से आजमाए हुए मजबूत सिपाही पिल पड़े और मसऊद पर तलवारों और बर्छियों की बौछार

पड़ने लगी।

मसऊद का जिस्म जख्मों से छलनी हो गया। खून के फव्वारे जारी थे और खून की प्यासी तलवारें जबान खोले बार-बार उसकी तरफ लपकती थीं और उसका खून चाटकर अपनी प्यास बुझा लेती थीं। कितनी ही तलवारें उसकी ढाल से टकराकर टूट गईं, कितने ही बहादुर सिपाही जख्मी होकर तड़पने लगे और कितने ही उस दुनिया को सिधारे। मगर मसऊद के हाथ में वह आबदार शमशीर ज्यों-की-त्यों बिजली की तरह कौंधती और सुथराव करती रही। यहाँ तक कि इस फन के कमाल को समझने वाली मलिका नें खुद उसकी तारीफ का नारा बुलंद किया और उसके तेगे को चूमकर बोली—मसऊद ! तू बहादुरी के समुंदर का मगर है। शेरों के शिकार में वक्त बर्बाद मत कर। दुनिया में शिकार के अलावा और भी ऐसे मौके हैं जहाँ तू अपने आबदार तेगे का जौहर दिखा सकता है। जा, और मुल्कोकौम की खिदमत कर। सैरो-शिकार हम जैसी औरतों के लिए छोड़ दे।

मसऊद के दिल ने गुदगुदाया, प्यार की बानी जबान तक आई मगर बाहर निकल न सकी और उसी वक्त वह अपने दिल में किसी की पलकों की टीस लिए हुए तीन हफ्तों के बाद अपनी बेकरार माँ के कदमों पर जा गिरा।

3

नमकखोर सरदार की फौज रोज-ब-रोज बढ़ने लगी। पहले तो वह अंधेरे के पर्दे में शाही खजानों पर हाथ बढ़ाता रहा, धीरे-धीरे एक बाकायदा फौज तैयार हो गई, यहाँ तक कि सरदार को शाही फौजों के मुकाबले में अपनी तलवार आजमाने का हौसला हुआ, और पहली लड़ाई में चौबीस किले इस नई फौज के हाथ आ गए। शाही फौज ने लड़ने में जरा भी कसर न की मगर वह ताकत, वह जोश, वह जज्बा जो सरदार नमकखोर और उसके दोस्तों के दिलों को हिम्मत के मैदान में आगे बढ़ाता रहता था, किशवरकुशा दोयम के सिपाहियों में गायब था। लड़ाई के कलाकौशल, हथियारों की खूबी और ऊपर दिखाई पड़ने वाली शान-शौकत के लिहाज से दोनों फौजों का कोई मुकाबला न था। बादशाह के सिपाही लहीम-शहीम, लम्बे-तड़ंगे और आजमाए हुए थे। उनके साज-सामान और तौर-तरीके से देखने वालों के दिलों पर एक डर-सा छा जाता था और वहम भी यह गुमान न कर सकता था कि इस जबर्दस्त जमात के मुकाबले में निहत्थी-सी अधनंगी और बेकायदा सरदारी फौज एक पल के लिए भी पैर जमा सकेगी। मगर जिस वक्त 'मारो' की दिल बढ़ाने वाली पुकार हवा में गूँजी, एक अजीबो-गरीब नजारा सामने आया। सरदार के सिपाही तो नारे मारकर आगे धावा करते थे और बादशाह की फौज भागने की राह पर दबी हुई निगाहें डालती थी। दम-के-दम में मोर्चे गुबार की तरह फट गए और जब मस्कात के मजबूत किले में सरदार नमकखोर शाही किलेदार की

मसनद पर अमीराना ठाट-बाट से बैठा और अपनी फौज की कारगुजारियों और जाँबाजियों के इनाम देने के लिए एक तश्त में सोने के तमगे मँगवाकर रखे तो सबसे पहले जिस सिपाही का नाम पुकारा गया वह नौजवान मसऊद था।

मसऊद पर इस वक्त उसकी फौज घमंड करती थी। लड़ाई के मैदान में सबसे पहले उसी की तलवार चमकती थी और धावे के वक्त सबसे पहले उसी के कदम उठते थे। दुश्मन के मोर्चों में ऐसा बेधड़क घुसता था जैसे आसमान में चमकता हुआ लाल तारा। उसकी तलवार के वार कयामत थे और उसके तीर का निशाना मौत का संदेश।

मगर टेढ़ी चाल की तकदीर से उसका यह प्रताप, यह प्रतिष्ठा न देखी गई। कुछ थोड़े से आजमाए हुए अफसर जिनके तेगों की चमक मसऊद के तेग के सामने मंद पड़ गई थी, उससे खार खाने लगे और उसे मिटा देने की तदबीरें सोचने लगे। संयोग से उन्हें मौका भी जल्द हाथ आ गया।

किशवरकुशा दोयम ने बागियों को कुचलने के लिए अब की एक जबर्दस्त फौज रवाना की और मीर शुजा को उसका सिपहसालार बनाया जो लड़ाई के मैदान में अपने वक्त का इसफंदियार था। सरदार नमकखोर ने यह खबर पाई तो हाथ-पाँव फूल गए। मीर शुजा के मुकाबले में आना अपनी हार को बुलाना था। आखिरकार यह राय तय पाई कि इस जगह से आबादी का निशान मिटाकर हम लोग किलेबंद हो जाएँ। उस वक्त नौजवान मसऊद से उठकर बड़े पुरजोश लहजे में कहा—

'नहीं, हम किलेबंद न होंगे, हम मैदान में रहेंगे और हाथों-हाथ दुश्मन का मुकाबला करेंगे। हमारे सीनों की हड्डियाँ ऐसी कमजोर नहीं हैं कि तीर-तुपुक के निशाने बर्दाश्त न कर सकें। किलेबंद होना इस बात का ऐलान है कि हम आमने-सामने नहीं लड़ सकते। क्या आप लोग, जो शाह बामुराद के नामलेवा हैं, भूल गए कि इसी मुल्क पर उसने अपने खानदान के तीन लाख सपूतों को फूल की तरह चढ़ा दिया ? नहीं, हम हर्गिज किलेबंद न होंगे। हम दुश्मन के मुकाबले में ताल ठोंककर आएँगे और अगर खुदा इंसाफ करने वाला है तो जरूर हमारी तलवारें दुश्मनों के गले मिलेंगी और हमारी बर्छियाँ उनके पहलू में जगह पाएँगी।'

सैकड़ों निगाहें मसऊद के पुरजोश चेहरे की तरफ उठ गईं। सरदारों की त्योरियों पर बल पड़ गए और सिपाहियों के सीने जोश से धड़कने लगे। सरदार नमकखोर ने उसे गले से लगा लिया और बोले—मसऊद, तेरी हिम्मत और हौसले की दाद देता हूँ। तू हमारी फौज की शान है। तेरी सलाह मर्दाना सलाह है। बेशक हम किलेबंद न होंगे। हम दुश्मन के मुकाबले में ताल ठोंककर आएँगे और अपने प्यारे जन्नतनिशाँ के लिए अपना खून पानी की तरह बहाएँगे। तू हमारे लिए आगे-आगे चलने वाली मशाल है और हम सब आज इसी रोशनी में कदम आगे बढ़ाएँगे।

मसऊद ने चुने हुए सिपाहियों का एक दस्ता तैयार किया और कुछ इस दमखम और कुछ इस जोशोखरोश से मीर शुजा पर टूटा कि उसकी सारी फौज में खलबली पड़ गई। सरदार नमकखोर ने जब देखा कि शाही फौज के कदम डगमगा रहे हैं, तो अपनी पूरी ताकत से बादल और बिजली की तरह लपका और तेगों से तेगे और बर्छियों से बर्छियाँ खड़कने लगीं। तीन घंटे तक बला का शोर मचा रहा, यहाँ तक कि शाही फौज के कदम उखड़ गए और वह सिपाही जिसकी तलवार मीर शुजा से गले मिली मसऊद था।

तब सरदारी फौज और अफसर सब-के-सब लूट के माल पर टूटे और मसऊद जख्मों से चूर और खून में रंगा हुआ अपने कुछ जान पर खेलने वाले दस्तों के साथ मस्कात के किले की तरफ लौटा मगर जब होश ने आँखें खोलीं और हवास ठिकाने हुए तो क्या देखता है कि मैं एक सजे हुए कमरे में मखमली गद्दे पर लेटा हुआ हूँ। फूलों की सुहानी महक और लंबी छरहरी सुंदरियों के जमघट से कमरा चमन बना हुआ था। ताज्जुब से इधर-उधर ताकने लगा कि इतने में एक अप्सरा-जैसी सुंदर युवती तश्त में फूलों का हार लिए धीरे-धीरे आती हुई दिखाई दी कि जैसे बहार फूलों की डाली पेश करने आ रही है। उसे देखते ही उन लंबी सुंदरियों ने आँखें बिछाईं और उसकी हिनाई हथेली को चूमा। मसऊद देखते ही पहचान गया। यह मलिका शेर अफगन थी।

मलिका ने फूलों का हार मसऊद के गले में डाला। हीरे-जवाहरात उस पर चढ़ाए और सोने के तारों से टँकी हुई मसनद पर बड़ी आन-बान से बैठ गई। साजिंदों ने बीन ले-लेकर विजयी अतिथि के स्वागत में सुहाने राग अलापने शुरू किए।

यहाँ तो नाच-गाने की महफिल थी उधर आपसी डाह ने नए-नए शिगूफे खिलाए। सरदार से शिकायत की कि मसऊद जरूर दुश्मन से जा मिला है और आज जान-बूझकर फौज का एक दस्ता लेकर लड़ने को गया था ताकि उसे खाक और खून में सुलाकर सरदारी फौज को बेचिराग कर दे। इसके सबूत में कुछ जाली खत भी दिखाए गए और इस कमीनी कोशिश में जबान की ऐसी चालाकी से काम लिया कि आखिर सरदार को इन बातों पर यकीन आ गया। पौ फटे जब मसऊद मलिका शेर अफगन के दरबार से विजय का हार गले में डाले सरदार को बधाई देने गया तो बजाय इसके कि कद्रदानी का सिरोपा और बहादुरी का तमगा पाए, उसको खरी-खोटी बातों के तीर का निशाना बनाया गया और हुक्म मिला कि तलवार कमर से खोलकर रख दे।

मसऊद स्तंभित रह गया। यह तेगा मैंने अपने बाप से विरसे में पाया है और यह मेरे पिछले बड़प्पन की आखिरी यादगार है। यह मेरी बाँहों की ताकत और मेरा सहयोगी और मददगार है। इसके साथ कैसी-कैसी स्मृतियाँ जुड़ी हुई हैं, क्या मैं

जीते जी इसे अपने पहलू से अलग कर दूँ ? अगर मुझ पर कोई आदमी लड़ाई के मैदान से कदम हटाने का इल्जाम लगा सकता, अगर कोई शख्स इस तेगे का इस्तेमाल मेरे मुकाबिले में ज्यादा कारगुजारी के साथ कर सकता, अगर मेरी बाँहों में तेगा पकड़ने की ताकत न होती तो खुदा की कसम, मैं खुद ही तेगा कमर से खोलकर रख देता। मगर खुदा का शुक्र है कि मैं इन इल्जामों से बरी हूँ। फिर क्यों मैं इसे हाथ से जाने दूँ ? क्या इसलिए कि मेरी बुराई चाहने वाले कुछ थोड़े से डाहियों ने सरदार नमकखोर का मन मेरी तरफ से फेर दिया है। ऐसा नहीं हो सकता।

मगर फिर उसे खयाल आया, मेरी सरकशी पर सरदार और भी गुस्सा हो जाएँगे और यकीनन मुझसे तलवार शमशीर के जोर से छीन ली जाएगी। ऐसी हालत में मेरे ऊपर जान छिड़कने वाले सिपाही कब अपने को काबू में रख सकेंगे। जरूर आपस में खून की नदियाँ बहेंगी ओर भाई-भाई का सिर कटेगा। खुदा न करे कि मेरे सबब से ये दर्दनाक मार-काट हो। यह सोचकर उसने चुपके से शमशीर सरदार नमकखोर के बगल में रख दी और खुद सर नीचा किए जब्त की इंतहाई कूवत से गुस्से को दबाता हुआ खेमे से बाहर निकल आया।

मसऊद पर सारी फौज गर्व करती थी और उस पर जानें वारने के लिए हथेली में सर लिए रहती थी। जिस वक्त उसने तलवार खोली है, दो हजार सूरमा सिपाही म्यान पर हाथ रखे और शोले बरसाती हुई आँखों से ताकते कनौतियाँ बदल रहे थे। मसऊद के एक जरा से इशारे की देर थी और दम-के-दम में लाशों के ढेर लग जाते। मगर मसऊद बहादुरी ही में बेजोड़ न था, जब्त और धीरज में भी उसका जवाब न था। उसने यह जिल्लत और बदनामी सब गवारा की, तलवार देना गवारा किया, बगावत का इल्जाम लेना गवारा किया और अपने साथियों के सामने सर झुकाना गवारा किया मगर यह गवारा न किया कि उसके कारण फौज में बगावत और हुक्म न मानने का खयाल पैदा हो। और ऐसे नाजुक वक्त में जबकि कितने ही दिलेर जिन्होंने लड़ाई की आजमाइश में अपनी बहादुरी का सबूत दिया था, जब्त हाथ से खो बैठते और गुस्से की हालत में एक-दूसरे के गले काटते, खामोश रहा और उसके पैर नहीं डगमगाए। उसकी पेशानी पर जरा भी बल न आया, उसके तेवर जरा भी न बदले। उसने खून बरसाती हुई आँखों से दोस्तों को अलविदा कहा और हसरत-भरा दिल लिए उठा और एक गुफा में छिप बैठा और जब सूरज डूबने पर वहाँ से उठा तो उसके दिल ने फैसला कर लिया था कि बदनामी का दाग माथे से मिटाऊँगा और डाहियों को शर्मिंदगी के गड्ढे में गिराऊँगा।

मसऊद ने फकीरों का भेस अख्तियार किया, सर पर लोहे की टोपी के बजाय लंबी जटाएँ बनाईं, जिस्म पर जिरहबख्तर के बजाय गेरुए रंग का बाना सजाया, हाथ में तलवार के बजाय फकीरों का प्याला लिया। जंग के नारे के बजाय फकीरों

की सदा बुलंद की और अपना नाम शेख मखमूर रख दिया। मगर यह जोगी दूसरे जोगियों की तरह धूनी रमाकर न बैठा और न उस तरह का प्रचार शुरू किया। वह दुश्मन की फौज में जाता और सिपाहियों की बातें सुनता। कभी उनकी मोर्चेबंदियों पर निगाह दौड़ाता, कभी उनके दमदमों और किलों की दीवारों का मुआइना करता। तीन बार सरदार नमकखोर दुश्मन के पंजे से ऐसे वक्त निकले जबकि उन्हें जान बचाने की कोई आस न रही थी। और यह सब शेख मखमूर की करामात थी। मिनकाद का किला जीतना कोई आसान बात न थी। पाँच हजार बहादुर सिपाही उसकी हिफाजत के लिए कुर्बान होने को तैयार बैठे थे। तीस तोपें आग के गोले उगलने के लिए मुँह खोले हुए थीं और दो हजार सधे हुए तीरंदाज हाथों में मौत का पैगाम लिए हुक्म का इंतजार कर रहे थे। मगर जिस वक्त सरदार नमकखोर अपने दो हजार बहादुरों के साथ इस किले पर चढ़ा तो पाँचों हजार दुश्मन सिपाही काठ के पुतले बन गए। तोपों के मुँह बंद हो गए और तीरंदाजों के तीर हवा में उड़ने लगे। और यह सब शेख मखमूर की करामात थी। शाह साहब वहीं मौजूद थे। सरदार दौड़कर उनके कदमों पर गिर पड़ा और उनके पैरों की धूल माथे पर लगाई।

4

किशवरकुशा दोयम का दरबार सजा हुआ है। अंगूरी शराब का दौर चल रहा है और दरबार के बड़े-बड़े अमीर और रईस अपने-अपने दर्जे के हिसाब से अदब के साथ घुटना मोड़े बैठे हैं। यकायक भेदियों ने खबर दी कि मीर शुजा की हार हुई और वह जान से मारे गए। यह सुनकर किशवरकुशा के चेहरे पर चिंता के लक्षण दिखाई पड़े। सरदारों को संबोधित करके बोले—आप लोगों में ऐसा दिलेर कौन है जो इस बदमाश सरदार का सर कलम करके हमारे सामने पेश करे। इसकी गुस्ताखियाँ अब हद से आगे बढ़ी जाती हैं। आप ही लोगों के बड़े-बूढ़ों ने यह मुल्क तलवार के जोर से मुरादिया खानदान से छीना था। क्या आप उन्हीं पुरखों की औलाद नहीं हैं ? यह सुनते ही सरदारों में एक सन्नाटा छा गया, सबके चेहरे पर हवाइयाँ उड़ने लगीं और किसी की हिम्मत न पड़ी कि बादशाह की दावत कबूल करे। आखिरकार शाह किशवरकुशा के बुड्ढे चचा खुद उठे और बोले—ऐ शाह जवाँबख्त ! मैं तेरी दावत कबूल करता हूँ। अगरचे मैं बुड्ढा हो गया हूँ और बाजुओं में तलवार पकड़ने की ताकत बाकी नहीं रही, मगर मेरे खून में वही गर्मी और दिल में वही जोश है जिनकी बदौलत हमने यह मुल्क शाह बामुराद से लिया था। या तो मैं इस नापाक कुत्ते की हस्ती खाक में मिला दूँगा या इस कोशिश में अपनी जान निसार कर दूँगा, ताकि अपनी आँखों से सल्तनत की बर्बादी न देखूँ। यह कहकर अमीर पुरतदबीर वहाँ से उठा और मुस्तैदी से जंगी तैयारियों में लग गया। उसे मालूम था कि यह

आखिरी मुकाबिला है और अगर इसमें नाकाम रहे तो मर जाने के सिवाय और कोई चारा नहीं है। उधर सरदार नमकखोर धीरे-धीरे राजधानी की तरफ बढ़ता आता था, यकायक उसे खबर मिली कि अमीर पुरतदबीर बीस हजार पैदल और सवारों के साथ मुकाबले के लिए आ रहा है।

यह सुनते ही सरदार नमकखोर की हिम्मतें छूट गईं। अमीर पुरतदबीर बुढ़ापे के बावजूद अपने वक्त का एक ही सिपहंसालार था। उसका नाम सुनकर बड़े-बड़े बहादुर कानों पर हाथ रख लेते थे। सरदार नमकखोर का खयाल था कि अमीर कहीं एक कोने में बैठे खुदा की इबादत करते होंगे। मगर उनको अपने मुकाबले में देखकर उसके होश उड़ गए कि कहीं ऐसा न हो कि हार से हम अपनी सारी जीत खो बैठें और बरसों की मेहनत पर पानी फिर जाए। सब की यही सलाह हुई कि वापस चलना ही ठीक है। उस वक्त शेख मखमूर ने कहा—ऐ सरदार नमकखोर! तूने मुल्के जन्नतनिशाँ को छुटकारा दिलाने का बीड़ा उठाया है। क्या इन्हीं हिम्मतों से तेरी आरजुएँ पूरी होंगी ? तेरे सरदार और सिपाहियों ने कभी मैदान से कदम पीछे नहीं हटाया, कभी पीठ नहीं दिखाई, तीरों की बौछार को तुमने पानी की फुहार समझा और बंदूकों की बाढ़ को फूलों की बहार। क्या इन चीजों से इतनी जल्दी तुम्हारा जी भर गया ? तुमने यह लड़ाई सल्तनत को बढ़ाने के कमीने इरादे से नहीं छेड़ी है। तुम सच्चाई और इंसाफ की लड़ाई लड़ रहे हो। क्या तुम्हारा जोश इतनी जल्दी ठंडा हो गया ? क्या तुम्हारी इंसाफ की तलवार की प्यास इतनी जल्दी बुझ गई ? तुम खूब जानते हो कि इंसाफ और सच्चाई की जीत जरूर होगी, तुम्हारी इन बहादुरियों का इनाम खुदा के दरबार से जरूर मिलेगा। फिर अभी से क्यों हौंसले छोड़ देते हो ? क्या बात है, अगर अमीर पुरतदबीर बड़ा दिलेर और इरादे का पक्का सिपाही है। अगर वह शेर है तो तुम शेर-मर्द हो; अगर उसकी तलवार लोहे की है तो तुम्हारा तेगा फौलाद का है; अगर उसके सिपाही जान पर खेलने वाले हैं तो तुम्हारे सिपाही भी सर कटाने के लिए तैयार हैं। हाथों में तेगा मज़बूत पकड़ो और खुदा का नाम लेकर दुश्मन पर टूट पड़ो। तुम्हारे तेवर कहे देते हैं कि मैदान तुम्हारा है।

इस पुरजोश तकरीर ने सरदारों के हौंसले उभार दिए। उनकी आँखें लाल हो गईं, तलवारें पहलू बदलने लगीं और कदम बरबस लड़ाई के मैदान की तरफ बढ़े। शेख मखमूर ने तब फकीरी बाना उतार फेंका, फकीरी प्याले को सलाम किया और हाथों में वही तलवार और ढाल लेकर जो किसी वक्त मसऊद से छीने गए थे, सरदार नमकखोर के साथ-साथ सिपाहियों और अफसरों का दिल बढ़ाते शेरों की तरह बिफरता हुआ चला। आधी रात का वक्त था, अमीर के सिपाही अभी मंजिलें मारे चले आते थे। बेचारे दम भी न लेने पाये थे कि एकाएक सरदार नमकखोर के आ पहुँचने की खबर पाई। होश उड़ गए और हिम्मतें टूट गईं। मगर अमीर शेर

की तरह गरजकर खेमे से बाहर आया और दम-के-दम में अपनी सारी फौज दुश्मन के मुकाबले में कतार बाँधकर खड़ी कर दी कि जैसे एक माली था कि आया और इधर-उधर बिखरे हुए फूलों को एक गुलदस्ते में सजा गया।

दोनों फौजें काले-काले पहाड़ों की तरह आमने-सामने खड़ी हैं। और तोपों का आग बरसाना ज्वालामुखी का दृश्य प्रस्तुत कर रहा था। उनकी घनगरज आवाज से बला का शोर मच रहा था। यह पहाड़ धीरे-धीरे आगे बढ़ते गए। यकायक वह टकराए और कुछ इस जोर से टकराए कि जमीन काँप उठी और घमासान की लड़ाई शुरू हो गई। मसऊद का तेगा इस वक्त एक बला हो रहा था, जिधर पहुँचता लाशों के ढेर लग जाते और सैकड़ों सर उस पर भेंट चढ़ जाते।

पौ फटे तक तेगे यों ही खड़का किए और यों ही खून का दरिया बहता रहा। जब दिन निकला तो लड़ाई का मैदान मौत का बाजार हो रहा था। जिधर निगाह उठती थी, मरे हुओं के सर और हाथ-पैर लहू में तैरते दिखाई देते थे। यकायक शेख मखमूर की कमान से एक तीर बिजली बनकर निकला और अमीर पुरतदबीर की जान के घोंसले पर गिरा और उसके गिरते ही शाही फौज भाग निकली और सरदारी फौज फतेह का झंडा उठाए राजधानी की तरफ बढ़ी।

5

जब यह जीत की लहर-जैसी फौज शहर की दीवार के अंदर दाखिल हुई तो शहर के मर्द और औरत, जो बड़ी मुद्दत से गुलामी की सख्तियाँ झेल रहे थे, उसकी अगवानी के लिए निकल पड़े। सारा शहर उमड़ आया। लोग सिपाहियों को गले लगाते थे और उन पर फूलों की बरखा करते थे कि जैसे बुलबुलें थीं जो बहेलिये के पंजे से रिहाई पाने पर बाग में फूलों को चूम रही थीं। लोग शेख मखमूर के पैरों की धूल माथे पर लगाते थे और सरदार नमकखोर के पैरों पर खुशी के आँसू बहाते थे।

अब मौका था कि मसऊद अपना जोगिया भेस उतार फेंके और ताजोतख्त का दावा पेश करे। मगर जब उसने देखा कि मलिका शेर अफगन का नाम हर आदमी की जबान पर है तो खामोश हो रहा। वह खूब जानता था कि अगर मैं अपने दावे को साबित कर दूँ तो मलिका का दावा खत्म हो जाएगा। मगर तब भी यह नामुमकिन था कि सख्त मारकाट के बिना यह फैसला हो सके। एक पुरजोश और आरज़ूमंद दिल के लिए इस हद तक जब्त करना मामूली बात न थी। जब से उसने होश सँभाला, यह खयाल कि मैं इस मुल्क का बादशाह हूँ, उसके रग-रेशे में घुल गया था। शाह बामुराद की वसीयत उसे एक दम को भी न भूलती थी। दिन को वह बादशाहत के मनसबे बाँधता और रात को बादशाहत के सपने देखता। यह यकीन कि मैं बादशाह हूँ, उसे बादशाह बनाए हुए था। अफसोस, आज वह मंसूबे

टूट गए और वह सपना तितर-बितर हो गया। मगर मसऊद के चरित्र में मर्दाना जब्त अपनी हद तक पहुँच गया था। उसने उफ तक न की, एक ठंडी आह भी न भरी, बल्कि पहला आदमी जिसने मलिका के हाथों को चूमा और उसके सामने सर झुकाया, वह फकीर मखमूर था। हाँ, ठीक उस वक्त जबकि वह मलिका के हाथ को चूम रहा था, उसकी जिंदगी भर की लालसाएँ आँसू की एक बूँद बनकर मलिका की मेहंदी-रची हथेली पर गिर पड़ी कि जैसे मसऊद ने अपनी लालसा का मोती मलिका को सौंप दिया। मलिका ने हाथ खींच लिया और फकीर मखमूर के चेहरे पर मुहब्बत से भरी हुई निगाह डाली। जब सल्तनत के सब दरबारी भेंट दे चुके, तब तोपों की सलामियाँ दगने लगीं, शहर में धूमधाम का बाजार गर्म हो गया और खुशियों के जलसे चारों तरफ नजर आने लगे।

राजगद्दी के तीसरे दिन मसऊद खुदा की इबादत में बैठा हुआ था कि मलिका शेर अफगन अकेले उसके पास आई और बोली—मसऊद, मैं एक नाचीज तोहफा तुम्हारे लिए लाई हूँ और वह मेरा दिल है। क्या तुम उसे मेरे हाथ से कबूल करोगे ? मसऊद अचंभे से ताकता रह गया, मगर जब मलिका की आँखें मुहब्बत के नशे में डूबी हुई पाईं तो चाव के मारे उठा और उसे सीने से लगाकर बोला—मैं तो मुद्दत से तुम्हारी बर्छी की नोक का घायल हूँ, मेरी किस्मत है कि आज तुम मरहम रखने आई हो।

6

मुल्के जन्नतनिशां अब आजादी और खुशहाली का घर है। मलिका शेर अफगन को अभी गद्दी पर बैठे साल भर से ज्यादा नहीं गुजरा मगर सल्तनत का कारबार बहुत अच्छी तरह और खूबी से चल रहा है और इस बड़े काम में उसका प्यारा शौहर मसऊद, जो अभी तक फकीर मखमूर के नाम से मशहूर है, उसका सलाहकार और मददगार है।

रात का वक्त था, शाही दरबार सजा हुआ था, बड़े-बड़े वजीर अपने पद के अनुसार बैठे हुए थे और नौकर जर्क-बर्क वर्दियाँ पहने हाथ बाँधे खड़े थे कि एक खिदमतगार ने आकर अर्ज की—दोनों जहान की मलिका, एक गरीब औरत बाहर खड़ी है और आपके कदमों का बोसा लेने की गुजारिश करती है। दरबारी चौंके और मलिका ने ताज्जुब-भरे लहजे में कहा—अंदर हाजिर करो। खिदमतगार बाहर चला गया और जरा देर में एक बुढ़िया लाठी टेकती हुई आई और अपनी पिटारी से एक जड़ाऊ ताज निकालकर बोली—तुम लोग इसे ले लो, अब यह मेरे किसी काम का नहीं रहा। मियाँ ने मरते वक्त इसे मसऊद को देकर कहा था कि तुम इसके मालिक हो, मगर अपने जिगर के टुकड़े मसऊद को कहाँ ढूँढ़ूँ। रोते-रोते अंधी हो गई, सारी दुनिया की खाक छानी, मगर उसका कहीं पता न लगा। अब जिंदगी से तंग आ

गई हूँ, जीकर क्या करूँगी। यह अमानत मेरे पास है, जिसका जी चाहे ले ले।

दरबार में सन्नाटा छा गया। लोग हैरत के मारे मूरत-से बन गए कि जैसे एक जादूगर था जो उंगली के इशारे से सबका दम बंद किए हुए था। यकायक मसऊद अपनी जगह से उठा और रोता हुआ जाकर रिन्दा के पैरों पर गिर पड़ा। रिन्दा अपने जिगर के टुकड़े को देखते ही पहचान गई, उसे छाती से लगा लिया और वह जड़ाऊ ताज उसके सर पर रखकर बोली—साहबो, यही मेरा प्यारा मसऊद और शाहे-बामुराद का बेटा है, तुम लोग इसकी रिआया हो, यह ताज इसका है, यह मुल्क इसका है और सारी खिलकत इसकी है। आज से यह अपने मुल्क का बादशाह है, अपनी कौम का खादिम।

दरबार में कयामत का शोर मचने लगा, दरबारी उठे और मसऊद को हाथोंहाथ ले जाकर तख्त पर मलिका शेर अफगन के बगल में बिठा दिया। भेंटें दी जाने लगीं, सलामियाँ दगने लगीं, नफीरियों ने खुशी का गीत गाया और बाजों ने जीत का शोर मचाया। मगर जब जोश की यह खुशी जरा कम हुई और लोगों ने रिन्दा को देखा तो वह मर गई थी। आरजूओं के पूरे होते ही जान निकल गई। गोया आरजूएँ रूह बनकर उसके मिट्टी के तन को जिंदा रखे हुए थीं। □

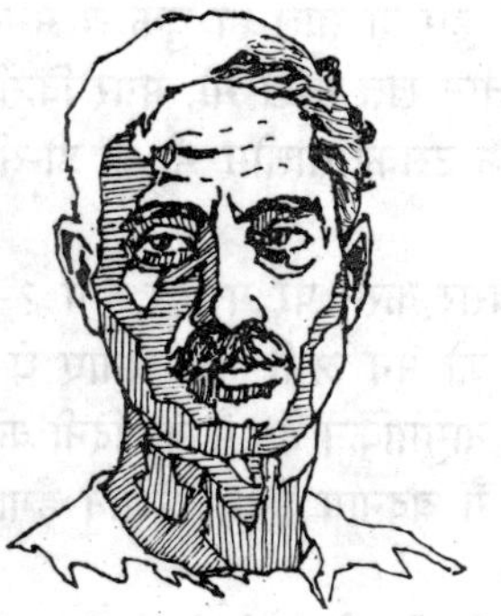

शोक का पुरस्कार

'सिलः-ए-सितम' शीर्षक से
प्रथमतः 'सोज़े वतन' (1908) में संकलित

1

आज तीन दिन गुजर गए। शाम का वक्त था। मैं युनिवर्सिटी हॉल से खुश-खुश चला आ रहा था। मेरे सैकड़ों दोस्त मुझे बधाइयाँ दे रहे थे। मारे खुशी के मेरी बाँछें खिल जाती थीं। मेरी जिंदगी की सबसे प्यारी आरजू कि मैं एम. ए. पास हो जाऊँ पूरी हो गई थी और ऐसी खूबी से जिसकी मुझे तनिक भी आशा न थी। मेरा नंबर अव्वल था। वाइस-चांसलर साहब ने खुद मुझसे हाथ मिलाया था और मुस्कराकर कहा था कि भगवान् तुम्हें और भी बड़े कामों की शक्ति दे। मेरी खुशी की कोई सीमा न थी। मैं नौजवान था, सुंदर था, स्वस्थ था, रुपये-पैसे की न मुझे इच्छा थी और न कुछ कमी, माँ-बाप बहुत कुछ छोड़ गए थे। दुनिया में सच्ची खुशी पाने के लिए जिन चीजों की जरूरत है वह सब मुझे प्राप्त थीं। और सबसे बढ़कर पहलू में एक हौसलामंद दिल था जो ख्याति प्राप्त करने के लिए अधीर हो रहा था।

घर आया, दोस्तों ने यहाँ भी पीछा न छोड़ा, दावत की ठहरी। दोस्तों की खातिर-तवाजो में बारह बज गए, लेटा तो बरबस खयाल मिस लीलावती की तरफ जा पहुँचा जो मेरे पड़ोस में रहती थी और जिसने मेरे साथ बी. ए. का डिप्लोमा हासिल किया था। भाग्यशाली होगा वह व्यक्ति जो मिस लीला को ब्याहेगा, कैसी सुंदर है ! कितना मीठा गला है ! कैसा हँसमुख स्वभाव ! मैं कभी-कभी उसके यहाँ प्रोफेसर साहब से दर्शनशास्त्र में सहायता लेने के लिए जाया करता था। वह दिन शुभ होता था जब प्रोफेसर साहब घर पर न मिलते थे। मिस लीला मेरे साथ बड़े तपाक से पेश आती और मुझे ऐसा मालूम होता था कि मैं ईसा मसीह के शरण में आ जाऊँ तो उसे मुझे अपना पति बना लेने में आपत्ति न होगी। वह शेली, बायरन और कीट्स की प्रेमी थी और मेरी रुचि भी बिल्कुल उसी के समान थी। हम जब अकेले होते तो अक्सर प्रेम और प्रेम के दर्शन पर बातें करने लगते और उसके मुँह से भावों में डूबी हुई बातें सुन-सुनकर मेरे दिल में गुदगुदी पैदा होने लगती थी। मगर अफसोस, मैं अपना मालिक न था। मेरी शादी एक ऊँचे घराने में कर दी गई थी और अगरचे मैंने अब तक अपनी बीवी की सूरत भी न देखी थी मगर मुझे पूरा-पूरा विश्वास था कि मुझे उसकी संगत में वह आनंद नहीं मिल

सकता जो मिस लीला की संगत में संभव है। शादी हुए दो साल हो चुके थे मगर उसने मेरे पास एक खत भी न लिखा था। मैंने दो-तीन खत लिखे भी, मगर किसी का जवाब न मिला। इससे मुझे शक हो गया था कि उसकी तालीम भी यों ही-सी है।

आह ! क्या मैं इसी लड़की के साथ जिंदगी बसर करने पर मजबूर हूँगा ?—इस सवाल ने मेरे उन तामाम किलों को ढहा दिया जो मैंने अभी-अभी बनाए थे। क्या मैं मिस लीला से हमेशा के लिए हाथ धो लूँ ? नामुमकिन है। मैं कुमुदिनी को छोड़ दूँगा, मैं अपने घर वालों से नाता तोड़ लूँगा, मैं बदनाम हूँगा, परेशान हूँगा, मगर मिस लीला को जरूर अपना बनाऊँगा।

इन्हीं खयालों के असर में मैंने अपनी डायरी लिखी और उसे मेज पर खुला छोड़कर बिस्तर पर लेट रहा और सोचते-सोचते सो गया।

सवेरे उठकर देखता हूँ तो बाबू निरंजनदास मेरे सामने कुर्सी पर बैठे हैं। उनके हाथ में डायरी थी जिसे वह ध्यानपूर्वक पढ़ रहे थे। उन्हें देखते ही मैं बड़े चाव से लिपट गया। अफसोस, अब उस देवोपम स्वभाव वाले नौजवान की सूरत देखनी न नसीब होगी। अचानक मौत ने उसे हमेशा के लिए हमसे अलग कर दिया। कुमुदिनी के सगे भाई थे, बहुत स्वस्थ, सुंदर और हँसमुख; उम्र मुझसे दो ही चार साल ज्यादा थी, ऊँचे पद पर नियुक्त थे, कुछ दिनों से इसी शहर में तबदील होकर आ गए थे। मेरी और उनकी गाढ़ी दोस्ती हो गई थी। मैंने पूछा—क्या तुमने डायरी पढ़ ली ?

निरंजन—हाँ।

मैं—मगर कुमुदिनी से कुछ न कहना।

निरंजन—बहुत अच्छा, न कहूँगा।

मैं—इस वक्त किसी सोच में हो। मेरा डिप्लोमा देखा ?

निरंजन—घर से खत आया है, पिताजी बीमार हैं, दो-तीन दिन में जाने वाला हूँ।

मैं—शौक से जाइए, ईश्वर उन्हें जल्दी स्वस्थ करे।

निरंजन—तुम भी चलोगे ? न मालूम कैसा पड़े, कैसा न पड़े।

मैं—मुझे तो इस वक्त माफ कर दो।

निरंजनदास यह कहकर चले गए। मैंने हजामत बनाई, कपड़े बदले और मिस लीलावती से मिलने का चाव मन में लेकर चला। वहाँ जाकर देखा तो ताला पड़ा हुआ है। मालूम हुआ कि मिस साहिबा की तबीयत दो-तीन दिन से खराब थी। आब-हवा बदलने के लिए नैनीताल चली गई हैं। अफसोस, मैं हाथ मलकर रह गया। क्या लीला मुझसे नाराज थी ? उसने मुझे क्यों खबर नहीं दी। लीला, क्या तू बेवफा है, तुझसे बेवफाई की उम्मीद न थी। फौरन पक्का इरादा कर लिया कि आज की डाक से नैनीताल चल दूँ। मगर घर आया तो लीला का खत मिला।

काँपते हुए हाथों से खोला, लिखा था—मैं बीमार हूँ, मेरे जीने की कोई उम्मीद नहीं है, डॉक्टर कहते हैं कि 'प्लेग' है। जब तक तुम आओगे, शायद मेरा किस्सा तमाम हो जाएगा। आखिरी वक्त तुमसे न मिलने का सख्त सदमा है। मेरी याद दिल में कायम रखना। मुझे सख्त अफसोस है कि तुमसे मिलकर नहीं आई। मेरा कुसूर माफ करना और अपनी अभागिनी लीला को भुला मत देना। खत मेरे हाथ से छूटकर गिर पड़ा। दुनिया आँखों में अँधेरी हो गई, मुँह से एक ठंडी आह निकली। बिना एक क्षण गँवाये मैंने बिस्तर बाँधा और नैनीताल चलने के लिए तैयार हो गया। घर से निकला ही था कि प्रोफेसर बोस से मुलाकात हो गई। कॉलेज से चले आ रहे थे, चेहरे पर शोक लिखा हुआ था। मुझे देखते ही उन्होंने जेब से एक तार निकालकर मेरे सामने फेंक दिया। मेरा कलेजा धक् से हो गया। आँखों में अंधेरा छा गया, तार कौन उठाता है, हाय मारकर बैठ गया। लीला, तू इतनी जल्द मुझसे जुदा हो गई ! मैं रोता हुआ घर आया और चारपाई पर मुँह ढाँपकर खूब रोया। नैनीताल जाने का इरादा खत्म हो गया। दस-बारह दिन तक मैं उन्माद की-सी दशा में इधर-उधर घूमता रहा। दोस्तों की सलाह हुई कि कुछ रोज के लिए कहीं घूमने चले जाओ। मेरे दिल में भी यह बात जम गई। निकल खड़ा हुआ और दो महीने तक विंध्याचल, पारसनाथ वगैरह पहाड़ियों में आवारा फिरता रहा। ज्यों-त्यों करके नई-नई जगहों और दृश्यों की सैर से तबीयत को जरा तस्कीन हुई। मैं आबू में था जब मेरे नाम तार पहुँचा कि मैं कॉलेज की असिस्टेंट प्रोफेसरी के लिए चुना गया हूँ। जी तो न चाहता था कि फिर इस शहर में आऊँ, मगर प्रिंसिपल के खत ने मजबूर कर दिया। लाचार, लौटा और अपने काम में लग गया। जिंदादिली नाम को न बाकी रही थी। दोस्तों की संगत से भागता और हँसी-मजाक से चिढ़ मालूम होती।

एक रोज शाम के वक्त मैं अपने अंधेरे कमरे में लेटा हुआ कल्पनालोक की सैर कर रहा था कि सामने वाले मकान से गाने की आवाज आई। आह, क्या आवाज थी, तीर की तरह दिल में चुभी जाती थी, स्वर कितना करुण था ! इस वक्त मुझे अंदाजा हुआ कि गाने में क्या असर होता है। तमाम रोंगटे खड़े हो गए, कलेजा मसोसने लगा और दिल पर एक अजीब वेदना-सी छा गई। आँखों से आँसू बहने लगे। हाय, यह लीला का प्यारा गीत था—

पिया मिलन है कठिन बावरी

मुझसे जब्त न हो सका, मैं एक उन्माद की-सी दशा में उठा और जाकर सामने वाले मकान का दरवाजा खटखटाया। मुझे उस वक्त यह चेतना न रही कि एक अजनबी आदमी के मकान पर आकर खड़े हो जाना और उसके एकांत में विघ्न डालना परले दर्जे की असभ्यता है।

3

एक बुढ़िया ने दरवाजा खोल दिया और मुझे खड़े देखकर लपकी हुई अंदर गई। मैं भी उसके साथ चला गया। देहलीज तय करते ही एक बड़े कमरे में पहुँचा। उस पर एक सफेद फर्श बिछा हुआ था। गावतकिए भी रखे थे। दीवारों पर खूबसूरत तस्वीरें लटक रही थीं और एक सोलह-सत्रह साल का सुंदर नौजवान जिसकी अभी मसें भीग रही थीं, मसनद के करीब बैठा हुआ हारमोनियम पर गा रहा था। मैं कसम खा सकता हूँ कि ऐसा सुंदर स्वस्थ नौजवान मेरी नजर से कभी नहीं गुजरा। चाल-ढाल से सिख मालूम होता था। मुझे देखते ही चौंक पड़ा और हारमोनियम छोड़कर खड़ा हो गया। शर्म से सिर झुका लिया और कुछ घबराया हुआ-सा नजर आने लगा। मैंने कहा—माफ कीजिएगा, मैंने आपको बड़ी तकलीफ दी। आप इस फन के उस्ताद मालूम होते हैं। खासकर जो चीज अभी आप गा रहे थे, वह मुझे पसंद है।

नौजवान ने अपनी बड़ी-बड़ी आँखों से मेरी तरफ देखा और सर नीचा कर लिया और होठों ही में कुछ अपने नौसिखियेपन की बात कही। मैंने फिर पूछा—आप यहाँ कब से हैं ?

नौजवान—तीन महीने के करीब होता है।

मैं—आपका शुभ नाम ?

नौजवान—मुझे मेहरसिंह कहते हैं।

मैं बैठ गया और बहुत गुस्ताखाना बेतकल्लुफी से मेहरसिंह का हाथ पकड़कर बिठा दिया और फिर माफी माँगी। उस वक्त की बातचीत से मालूम हुआ कि वह पंजाब का रहने वाला है और यहाँ पढ़ने के लिए आया हुआ है। शायद डॉक्टरों ने सलाह दी थी कि पंजाब की आब-हवा उसके लिए ठीक नहीं है। मैं दिल में तो झेंपा कि एक स्कूल के लड़के के साथ बैठकर ऐसी बुतकल्लुफी से बातें कर रहा हूँ, मगर संगीत के प्रेम ने इस खयाल को रहने न दिया। रस्मी परिचय के बाद मैंने फिर प्रार्थना की कि वही चीज छेड़िए। मेहरसिंह ने आँखें नीची करके जवाब दिया कि मैं अभी बिल्कुल नौसिखिया हूँ।

मैं—यह तो आप अपनी जबान से न कहिए।

मेहरसिंह—(झेंपकर) आप कुछ फरमाएं, हारमोनियम हाजिर है।

मैं—इन फन में बिल्कुल कोरा हूँ वर्ना आपकी फरमाइश जरूर पूरी करता।

इसके बाद मैंने बहुत आग्रह किया मगर मेहरसिंह झेंपता ही रहा। मुझे स्वभावतः शिष्टाचार से घृणा है। हालाँकि इस वक्त मुझे रूखा होने का कोई हक न था मगर जब मैंने देखा कि वह किसी तरह न मानेगा तो जरा रुखाई से बोला—खैर जाने दीजिए। मुझे अफसोस है कि मैंने आपका बहुत वक्त बर्बाद किया। माफ कीजिए। यह कहकर उठ खड़ा हुआ। मेरी रोनी सूरत देखकर शायद मेहरसिंह को उस वक्त तरस आ गया, उसने झेंपते हुए मेरा हाथ पकड़ लिया और बोला—आप तो नाराज

हुए जाते हैं।

मैं—मुझे आपसे नाराज होने का हक हासिल नहीं।

मेहरसिंह—अच्छा बैठ जाइए, मैं आपकी फरमाइश पूरी करूँगा। मगर मैं अभी बिल्कुल अनाड़ी हूँ।

मैं बैठ गया और मेहरसिंह ने हारमोनियम पर वही गीत अलापना शुरू किया—

पिया मिलन है कठिन बावरी

कैसी सुरीली तान थी, कैसी मीठी आवाज, कैसा बेचैन करने वाला भाव ! उसके गले में वह रस था जिसका बयान नहीं हो सकता। मैंने देखा कि गाते-गाते खुद उसकी आँखों में आँसू भर आए। मुझ पर इस वक्त एक मोहक सपने की-सी दशा छाई हुई थी। एक बहुत मीठा, नाजुक, दर्दनाक असर दिल पर हो रहा था जिसे बयान नहीं किया जा सकता। एक हरे-भरे मैदान का नक्शा आँखों के सामने खिंच गया और लीला, प्यारी लीला उस मैदान पर बैठी हुई मेरी तरफ हसरतनाक आँखों से ताक रही थी। मैंने एक लंबी आह भरी और बिना कुछ कहे उठ खड़ा हुआ। इस वक्त मेहरसिंह ने मेरी तरफ ताका, उसकी आँखों में मोती के कतरे डबडबाए हुए थे और बोला—कभी-कभी तशरीफ लाया कीजिएगा।

मैंने सिर्फ इतना जवाब दिया—मैं आपका बहुत कृतज्ञ हूँ।

4

धीरे-धीरे मेरी यह हालत हो गई कि जब तक मेहरसिंह के यहाँ जाकर दो-चार गाने न सुन लूँ, जी को चैन न आता। शाम हुई और मैं जा पहुँचा। कुछ देर तक गानों की बहार लूटता और तब उसे पढ़ाता। ऐसे जहीन और समझदार लड़के को पढ़ाने में मुझे खास मजा आता था। मालूम होता था कि मेरी एक-एक बात उसके दिल पर नक्श हो रही है। जब तक मैं पढ़ाता वह पूरे जी-जान से कान लगाए बैठा रहता। जब उसे देखता, पढ़ने-लिखने में डूबा हुआ पाता। साल भर में अपने भगवान् के दिए हुए जेहन की बदौलत उसने अंग्रेजी में अच्छी योग्यता प्राप्त कर ली। मामूली चिट्ठियाँ लिखने लगा और दूसरा साल गुजरते-गुजरते वह अपने स्कूल के कुल छात्रों से बाजी ले गया। जितने मुदर्रिस थे, सब उसकी अक्ल पर हैरत करते और सीधा, नेकचलन ऐसा कि कभी झूठ-मूठ भी किसी ने उसकी शिकायत नहीं की। वह अपने सारे स्कूल की उम्मीद और रौनक था लेकिन बावजूद सिख होने के उसे खेल-कूद में रुचि न थी। मैंने उसे कभी क्रिकेट में नहीं देखा। शाम होते ही सीधे घर चला आता और लिखने-पढ़ने में लग जाता।

मैं धीरे-धीरे उससे इतना हिल-मिल गया कि बजाय शिष्य के उसको अपना दोस्त समझने लगा। उम्र के लिहाज से उसकी समझ आश्चर्यजनक थी। देखने में

सोलह-सत्रह साल से ज्यादा न मालूम होता मगर जब कभी मैं रवानी में आकर दुर्बोध कवि-कल्पनाओं और कोमल भावों की उसके सामने व्याख्या करता तो मुझे उसकी भंगिमा से ऐसा मालूम होता कि एक-एक बारीकी को समझ रहा है। एक दिन मैंने उससे पूछा—मेहरसिंह, तुम्हारी शादी हो गई ?

मेहरसिंह ने शरमाकर जवाब दिया—अभी नहीं।

मैं—तुम्हें कैसी औरत पसंद है ?

मेहरसिंह—मैं शादी करूँगा ही नहीं।

मैं—क्या ?

मेहरसिंह—मुझ जैसे जाहिल गँवार के साथ शादी करना कोई औरत पसंद न करेगी।

मैं—बहुत कम ऐसे नौजवान होंगे जो तुमने ज्यादा लायक हों या तुमसे ज्यादा समझ रखते हों।

मेहरसिंह ने मेरी तरफ अचंभे से देखकर कहा—आप दिल्लगी करते हैं।

मैं—दिल्लगी नहीं, मैं सच कहता हूँ। मुझे खुद आश्चर्य होता है कि इतने दिनों में तुमने इतनी योग्यता क्योंकर पैदा कर ली। अभी तुम्हें अंग्रेजी शुरू किए तीन बरस से ज्यादा नहीं हुए।

मेहरसिंह—क्या मैं किसी पढ़ी-लिखी लेडी को खुश रख सकूँगा ?

मैं—(जोश से) बेशक !

5

गर्मी का मौसम था। मैं हवा खाने शिमले गया हुआ था। मेहरसिंह भी मेरे साथ था। वहाँ मैं बीमार पड़ा। चेचक निकल आई। तमाम जिस्म में फफोले पड़ गए। पीठ के बल चारपाई पर पड़ा रहता। उस वक्त मेहरसिंह ने मेरे साथ जो-जो एहसान किए वह मुझे हमेशा याद रहेंगे। डॉक्टरों की सख्त मनाही थी कि वह मेरे कमरे में न आवे। मगर मेहरसिंह आठों पहर मेरे ही पास बैठा रहता। मुझे खिलाता-पिलाता, उठाता-बिठाता। रात-रात भर चारपाई के करीब बैठकर जागते रहना मेहरसिंह ही का काम था। सगा भाई भी इससे ज्यादा सेवा नहीं कर सकता था। एक महीना गुजर गया। मेरी हालत रोज-ब-रोज बिगड़ती जाती थी। एक रोज मैंने डॉक्टर को मेहरसिंह से कहते हुए सुना कि इनकी हालत नाजुक है। मुझे यकीन हो गया कि अब न बचूँगा, मगर मेहरसिंह कुछ ऐसी दृढ़ता से मेरी सेवा-सुश्रुषा में लगा हुआ था कि जैसे वह मुझे जबर्दस्ती मौत के मुँह से बचा लेगा। एक रोज शाम के वक्त मैं कमरे में लेटा हुआ था कि किसी के सिसकी लेने की आवाज आई। वहाँ मेहरसिंह को छोड़कर और कोई न था। मैंने पूछा—मेहरसिंह, मेहरसिंह, तुम रोते हो !

मेहरसिंह ने जब्त करके कहा—नहीं, रोऊँ क्यों ? और मेरी तरफ बड़ी दर्द-भरी

आँखों से देखा।

मैं—तुम्हारे सिसकने की आवाज आई।

मेहरसिंह—वह कुछ बात न थी। घर की याद आ गई थी।

मैं—सच बोलो।

मेहरसिंह की आँखें फिर डबडबा आईं। उसने मेज पर से आईना उठाकर मेरे सामने रख दिया। हे नारायण ! मैं खुद अपने को पहचान न सका। चेहरा इतना ज्यादा बदल गया था। रंगत बजाय सुर्ख के सियाह हो रही थी और चेचक के बदनुमा दागों ने सूरत बिगाड़ दी थी। अपनी यह बुरी हालत देखकर मुझसे भी जब्त न हो सका और आँखें डबडबा गईं। वह सौंदर्य, जिस पर मुझे इतना गर्व था, बिल्कुल विदा हो गया था।

6

मैं शिमले से वापस आने की तैयारी कर रहा था। मेहरसिंह उसी रोज मुझसे विदा होकर अपने घर चला गया था। मेरी तबीयत उचाट हो रही थी। असबाब सब बँध चुका था कि एक गाड़ी मेरे दरवाजे पर आकर रुकी और उसमें से कौन उतरा ? मिस लीला ! मेरी आँखों को विश्वास न हो रहा था, चकित होकर ताकने लगा। मिस लीलावती ने आगे बढ़कर मुझे सलाम किया और हाथ मिलाने को बढ़ाया। मैंने भी बौखलाहट में हाथ तो बढ़ा दिया पर अभी तक यह यकीन नही हुआ था कि मैं सपना देख रहा हूँ या हकीकत है। लीला के गालों पर वह लाली न थी, न वह चुलबुलापन बल्कि वह बहुत गंभीर और पीली-पीली-सी हो रही थी। आखिर मेरी हैरत कम न होते देखकर उसने मुस्कराने की कोशिश करते हुए कहा—तुम कैसे जेंटिलमैन हो कि एक शरीफ लेडी को बैठने के लिए कुर्सी भी नहीं देते !

मैंने अंदर से कुर्सी लाकर उसके लिए रख दी, मगर अभी तक यही समझ रहा था कि सपना देख रहा हूँ।

लीलावती ने कहा—शायद तुम मुझे भूल गए।

मैं—भूल तो उम्र भर नहीं सकता मगर आँखों को एतबार नहीं आता।

लीला—तुम तो बिल्कुल पहचाने नहीं जाते।

मैं—तुम भी तो वह नहीं रहीं। मगर आखिर यह भेद क्या है, क्या तुम स्वर्ग से लौट आईं ?

लीला—मैं तो नैनीताल में अपने मामा के यहाँ थी।

मैं—और वह चिट्ठी मुझे किसने लिखी थी और तार किसने दिया था ?

लीला—मैंने ही।

मैं—क्यों ? तुमने मुझे यह धोखा क्यों दिया ? शायद तुम अंदाजा नहीं कर सकतीं कि मैंने तुम्हारे शोक में कितनी पीड़ा सही है।

मुझे उस वक्त एक अनोखा गुस्सा आया—यह फिर मेरे सामने क्यों आ गई ! मर गई थी तो मरी ही रहती !

लीला—इसमें एक गुर था, मगर यह बातें तो फिर होती रहेंगी। आओ, इस वक्त तुम्हें अपनी एक लेडी-फ्रेंड से इंट्रोड्यूस कराऊँ, वह तुमसे मिलने की बहुत इच्छुक है।

मैंने अचरज से पूछा—मुझसे मिलने की ! मगर लीलावती ने इसका कुछ जवाब न दिया और मेरा हाथ पकड़कर गाड़ी के सामने ले गई। उसमें एक युवती हिंदुस्तानी कपड़े पहने बैठी हुई थी। मुझे देखते-ही उठ खड़ी हुई और हाथ बढ़ा दिया। मैंने लीला की तरफ सवाल करती हुई आँखों से देखा।

लीला—क्या तुमने नहीं पहचाना ?

मैं—मुझे अफसोस है कि मैंने आपको पहले कभी नहीं देखा और अगर देखा भी हो तो घूँघट की आड़ से क्योंकर पहचान सकता हूँ।

लीला—यह तुम्हारी बीवी कुमुदिनी है !

मैंने आश्चर्य के स्वर में कहा—कुमुदिनी यहाँ !

लीला—कुमुदिनी, मुँह खोल दो और अपने प्यारे पति का स्वागत करो।

कुमुदिनी ने काँपते हाथों से जरा-सा घूँघट उठाया। लीला ने सारा मुँह खोल दिया और ऐसा मालूम हुआ कि जैसे बादल से चाँद निकल आया। मुझे ख्याल आया, मैंने यह चेहरा कहीं देखा है। कहाँ ? आह, उसकी नाक पर भी तो वही तिल है, उंगली में वही अंगूठी भी है।

लीला—क्या सोचते हो, अब पहचाना ?

मैं—मेरी अक्ल कुछ काम नहीं करती। हू-ब-हू यही हुलिया मेरे एक प्यारे दोस्त मेहरसिंह का है।

लीला—(मुस्कराकर) तुम तो हमेशा निगाह के तेज बनते थे, इतना भी नहीं पहचान सकते !

मैं खुशी से फूल उठा—कुमुदिनी मेहरसिंह के भेस में ! मैंने उसी वक्त उसे गले से लगा लिया और खूब दिल खोलकर प्यार किया। इन कुछ क्षणों में मुझे जो खुशी हासिल हुई उसके मुकाबले में जिंदगी भर की खुशियाँ हेच हैं। हम दोनों आलिंगन-पाश में बँधे हुए थे। कुमुदिनी, प्यारी कुमुदिनी के मुँह से आवाज न निकलती थी। हाँ, आँखों से आँसू जारी थे।

मिस लीला बाहर खड़ी कोमल आँखों से यह दृश्य देख रही थी। मैंने उसके हाथों को चूमकर कहा—प्यारी लीला, तुम सच्ची देवी हो, जब तक जिएँगे तुम्हारे कृतज्ञ रहेंगे।

लीला के चेहरे पर एक हल्की-सी मुस्कराहट दिखाई दी। बोली—अब तो शायद तुम्हें मेरे शोक का काफी पुरस्कार मिल गया। ❑

समर-यात्रा
व
अन्य कहानियाँ

लेखक

प्रेमचंद

प्रथम प्रकाशन : 1932 ई॰
ब्रिटिश शासन द्वारा ज़ब्ती : उसी वर्ष
प्रकाशक : सरस्वती प्रेस, बनारस, एवं
हिन्दुस्तानी पब्लिशिंग हाउस, इलाहाबाद

कानूनी कुमार

प्रथमतः हिन्दी मासिक 'माधुरी', अगस्त 1929 में प्रकाशित

1

मि॰ कानूनी कुमार, एम॰ एल॰ ए॰, अपने ऑफिस में समाचार-पत्रों, पत्रिकाओं और रिपोर्टों का एक ढेर लिए बैठे हैं। देश की चिन्ताओं से उनकी देह स्थूल हो गयी है; सदैव देशोद्धार की फिक्र में पड़े रहते हैं। सामने पार्क है। उसमें कई लड़के खेल रहे हैं। कुछ परदेवाली स्त्रियाँ भी हैं। फेंसिंग के सामने बहुत से भिखमंगे बैठे हैं, एक चायवाला एक वृक्ष के नीचे चाय बेच रहा है।

कानूनी कुमार–(आप-ही-आप) देश की दशा कितनी खराब होती चली जाती है। गवर्नमेंट कुछ नहीं करती। बस दावतें खाना और मौज उड़ाना उसका काम है। (पार्क की ओर देखकर) आह ! यह कोमल कुमार सिगरेट पी रहे हैं। शोक ! महाशोक ! कोई कुछ नहीं कहता, कोई इसको रोकने की कोशिश भी नहीं करता। तम्बाकू कितनी जहरीली चीज है, बालकों को इससे कितनी हानि होती है, यह कोई नहीं जानता। (तम्बाकू की रिपोर्ट देखकर) ओफ ! रोंगटे खड़े हो जाते हैं। जितने बालक अपराधी होते हैं, उनमें पिचत्तर प्रति सैकड़े सिगरेटबाज होते हैं। बड़ी भयंकर दशा है। हम क्या करें ! लाख स्पीचें दो, कोई सुनता ही नहीं। इसको कानून से रोकना चाहिए, नहीं तो अनर्थ हो जायगा। (कागज पर नोट करता है) तम्बाकू-बहिष्कार-बिल पेश करूँगा। कौंसिल खुलते ही वह बिल पेश कर देना चाहिए।

(एक क्षण के बाद फिर पार्क की ओर ताकता है, और पहरेदार महिलाओं को घास पर बैठे देखकर लम्बी साँस लेता है)

गजब है, गजब है; कितना घोर अन्याय! कितना पाशविक व्यवहार !! यह कोमलांगी सुन्दरियाँ चादर में लिपटी हुई कितनी भद्दी, कितनी फूहड़ मालूम होती हैं। अभी तो देश का यह हाल हो रहा है। (रिपोर्ट देखकर) स्त्रियों की मृत्यु-संख्या बढ़ रही है। तपेदिक उछलता चला आता है, प्रसूत की बीमारी आँधी की तरह चढ़ी आती है और हम हैं कि आँखें बन्द किये पड़े हैं। बहुत जल्दी ऋषियों की यह भूमि, यह वीर-प्रसविनी जननी रसातल को चली जायगी, इसका कहीं निशान भी न रहेगा। गवर्नमेंट को क्या फिक्र ! लोग कितने पाषाण हो गये हैं। आँखों के सामने यह अत्याचार देखते हैं और जरा भी नहीं चौंकते। यह मृत्यु का शैथिल्य है। यहाँ भी

कानूनी जरूरत है। एक ऐसा कानून बनना चाहिए, जिससे कोई स्त्री परदे में न रह सके। अब समय आ गया है कि इस विषय में सरकार कदम बढ़ावे। कानून की मदद के बगैर कोई सुधार नहीं हो सकता और यहाँ कानूनी मदद की जितनी जरूरत है, उतनी और कहाँ हो सकती है। माताओं पर देश का भविष्य अवलम्बित है। परदा-हटाव-बिल पेश होना चाहिए। जानता हूँ बड़ा विरोध होगा; लेकिन गवर्नमेंट को साहस से काम लेना चाहिए, ऐसे नपुंसक विरोध के भय से उद्धार के कार्य में बाधा नहीं पड़ी चाहिए। (कागज पर नोट करता है।) यह बिल भी असेंबली के खुलते ही पेश कर देना होगा। बहुत विलम्ब हो चुका, अब विलम्ब की गुंजाइश नहीं है। वरना मरीज का अन्त हो जायगा।

(मसौदा बनाने लगता है—हेतु और उद्देश्य—)

सहसा एक भिक्षुक सामने आकर पुकारता है—जय हो सरकार की, लक्ष्मी फूलें-फलें।

कानूनी—हट जाओ, यू सुअर, कोई काम क्यों नहीं करता ?

भिक्षुक—बड़ा धर्म होगा सरकार, मारे भूख के आँखों-तले अँधेरा...

कानूनी—चुप रहो सुअर; हट जाओ सामने से, अभी निकल जाओ, बहुत दूर निकल जाओ।

(मसौदा छोड़कर फिर आप-ही-आप)

यह ऋषियों की भूमि आज भिक्षुकों की भूमि हो रही है। जहाँ देखिए, वहाँ रेवड़-के-रेवड़ और दल-के-दल भिखारी ! यह गवर्नमेंट की लापरवाही की बरकत है। इंगलैंड में कोई भिक्षुक भीख नहीं माँग सकता। पुलिस पकड़कर काल-कोठरी में बन्द कर दे। किसी सभ्य देश में इतने भिखमंगे नहीं हैं। यह पराधीन गुलाम भारत है, जहाँ ऐसी बातें इस बीसवीं सदी में भी सम्भव हैं। उफ ! कितनी शक्ति का अपव्यय हो रहा है। (रिपोर्ट निकालकर) ओह ! पचास लाख ! पचास लाख आदमी केवल भिक्षा माँगकर गुजर करते हैं और क्या ठीक है कि संख्या इसकी दुगनी न हो। यह पेशा लिखाना कौन पसन्द करता है। एक करोड़ से कम भिखारी इस देश में नहीं है। यह तो भिखारियों की बात हुई, जो द्वार-द्वार झोली लिये घूमते हैं। इसके उपरांत टीकाधारी, कोपीनधारी और जटाधारी समुदाय भी तो हैं, जिनकी संख्या कम-से-कम दो करोड़ होगी। जिस देश में इतने हरामखोर, मुफ्त का माल उड़ानेवाले; दूसरों की कमाई पर मोटे होने वाले प्राणी हों, उसकी दशा क्यों न इतनी हीन हो। आश्चर्य यही है कि अब तक देश जीवित कैसे है ? (नोट करता है) एक बिल की सख्त जरूरत है, तुरन्त पेश करना चाहिए—नाम हो 'भिखमंगा-बहिष्कार-बिल'। खूब जूतियाँ चलेंगी, धर्म के सूत्रधार खूब नोचेंगे, खूब गालियाँ देंगे, गवर्नमेंट भी कन्नी काटेगी; मगर सुधार का मार्ग तो कंटकाकीर्ण है ही। तीनों बिल मेरे ही नाम से हों, फिर देखिए, कैसी खलबली मचती है।

(आवाज आती है—चाय गरम ! चाय गरम !! मगर ग्राहकों की संख्या बहुत कम है। कानूनी कुमार का ध्यान चायवाले की ओर आकर्षित हो जाता है।)

कानूनी—(आप-ही-आप) चायवाले की दुकान पर एक भी ग्राहक नहीं, कैसा मूर्ख देश है ! इतनी बलवर्द्धक वस्तु और ग्राहक कोई नहीं ! सभ्य देशों में पानी की जगह चाय पी जाती है। (रिपोर्ट देखकर) इंग्लैंड में पाँच करोड़ पौण्ड की चाय जाती है। इंग्लैंड वाले मूर्ख नहीं है। उनका आज संसार पर आधिपत्य है, इसमें चाय का कितना बड़ा भाग है, कौन इसका अनुमान कर सकता है ? यहाँ बेचारा चायवाला खड़ा है और कोई उसके पास नहीं फटकता। चीन वाले चाय पी-पीकर स्वाधीन हो गये ; मगर हम चाय न पियेंगे। क्या अकल है। गवर्नमेंट का सारा दोष है। कीटों से भरे हुए दूध के लिए इतना शोर मचता है; मगर चाय को कोई नहीं पूछता, जो कीटों से खाली, उत्तेजक और पुष्टिकारक है ! सारे देश की मति मारी गयी है। (नोट करता है) गवर्नमेंट से प्रश्न करना चाहिए। असेबली खुलते ही प्रश्नों का ताँता बाँध दूँगाः

प्रश्न—क्या गवर्नमेंट बतायेगी कि गत पाँच सालों में भारतवर्ष में चाय की खपत कितनी बढ़ी है और उसका सर्वसाधारण में प्रचार करने के लिए गवर्नमेंट ने क्या कदम लिए हैं ?

(एक रमणी का प्रवेश। कटे हुए केश, आड़ी माँग, पारसी रेशमी साड़ी, कलाई पर घड़ी, आँखों पर ऐनक, पाँव में ऊँची एड़ी का लेडी शू, हाथ में एक बटुआ लटकाये हुए। साड़ी में ब्रूच है, गले में मोतियों का हार।)

कानूनी—(हाथ बढ़ाकर) हल्लो मिसेज बोस ! आप खूब आयीं, कहिए, किधर की सैर हो रही है ? अबकी तो 'आलोक' में आपकी कविता बड़ी सुन्दर थी। मैं तो पढ़कर मस्त हो गया। इस नन्हें-से हृदय में इतने भाव कहाँ से आ जाते हैं, मुझे आश्चर्य होता है। शब्द-विन्यास की तो आप रानी हैं। ऐसे-ऐसे चोट करने वाले भाव आपको कैसे सूझ जाते हैं।

मिसेस बोस—दिल जलता है, तो उसमें आप-से-आप धुएँ के बादल निकलते हैं। जब तक स्त्री-समाज पर पुरुषों का अत्याचार रहेगा, ऐसे भावों की कमी न रहेगी।

कानूनी—क्या इधर कोई नयी बात हो गयी ?

बोस—रोज ही तो होती रहती है। मेरे लिए डॉक्टर बोस की आज्ञा नहीं कि किसी से मिलने जाओ, या कहीं सैर करने जाओ। अबकी कैसी गरमी पड़ी है कि सारा रक्त जल गया, पर मैं पहाड़ों पर न जा सकी। मुझसे यह अत्याचार, यह गुलामी नहीं सही जाती।

कानूनी—डॉक्टर बोस खुद भी तो पहाड़ों पर नहीं गये।

बोस—वह न जायँ, उन्हें धन की हाय-हाय पड़ी है। मुझे क्यों अपने साथ लिये मरते हैं ? वह क्लब में नहीं जाना चाहते, उनका समय रुपये उगलता है, मुझे

क्यों रोकते हैं ! वह खद्दर पहनें, मुझे क्यों अपने पसन्द के कपड़े पहनने से रोकते हैं ! वह अपनी माता और भाइयों के गुलाम बने रहें, मुझे क्यों उनके साथ रो-रोकर दिन काटने पर मजबूर करते हैं। मुझसे यह बर्दाश्त नहीं हो सकता। अमेरिका में एक कटुवचन कहने पर सम्बन्ध-विच्छेद हो जाता है। पुरुष जरा देर में घर आया और स्त्री ने तलाक दिया। वह स्वाधीनता का देश है, वहाँ लोगों के विचार स्वाधीन हैं। यह गुलामों का देश है, यहाँ हर एक बात में उसी गुलामी की छाप है। मैं अब डॉक्टर बोस के साथ नहीं रह सकती। नाकों दम आ गया। इसका उत्तरदायित्व उन्हीं लोगों पर है जो समाज के नेता और व्यवस्थापक बनते हैं। अगर आप चाहते हैं कि स्त्रियों को गुलाम बनाकर स्वाधीन हो जायँ, तो यह अनहोनी बात है। जब तक तलाक का कानून न जारी होगा, आपका स्वराज्य आकाश-कुसुम ही रहेगा। डॉक्टर बोस को आप जानते हैं, धर्म में उनकी कितनी श्रद्धा है ! खब्त कहिए, मुझे धर्म के नाम से घृणा है। इसी धर्म ने स्त्री-जाति को पुरुष की दासी बना दिया है। मेरा बस चले, तो मैं सारे धर्म की पोथियों को उठाकर परनाले में फेंक दूँ।

(मिसेज़ ऐयर का प्रवेश। गोरा रंग, ऊँचा कद, ऊँचा गाउन, गोल हाँडी की-सी टोपी, आँखों पर ऐनक, चेहरे पर पाउडर, गालों और ओठों पर सुर्ख पेंट, रेशमी जुर्राबें और ऊँची एड़ी के जूते।)

कानूनी—(हाथ बढ़ाकर) हल्लो मिसेज़ ऐयर ! आप खूब आयीं। कहिए, किधर की सैर हो रही है। 'आलोक' में अबकी आपका लेख अत्यन्त सुन्दर था, मैं तो पढ़कर दंग रह गया।

मिसेज़ ऐयर—(मिसेज बोस की ओर मुस्कराकर) दंग ही तो रह गये या कुछ किया भी। हम स्त्रियाँ अपना कलेजा निकालकर रख दें; लेकिन पुरुषों का दिल न पसीजेगा।

बोस—सत्य ! बिलकुल सत्य।

ऐयर—मगर इस पुरुष-राज का बहुत जल्दी अन्त हुआ जाता है। स्त्रियाँ अब कैद में नहीं रह सकतीं। मि॰ ऐयर की सूरत मैं नहीं देखना चाहती।

(मिसेज़ बोस मुँह फेर लेती हैं)

कानूनी—(मुस्कराकर) मि॰ ऐयर तो खूबसूरत आदमी है।

लेडी ऐयर—उनकी सूरत उन्हें मुबारक रहे। मैं खूबसूरत पराधीनता नहीं चाहती, बदसूरत स्वाधीनता चाहती हूँ। वह मुझे अबकी जबरदस्ती पहाड़ पर ले गये। वहाँ की शीत मुझसे नहीं सही जाती, कितना कहा कि मुझे मत ले जाओ; मगर किसी तरह न माने। मैं किसी के पीछे-पीछे कुतिया की तरह नहीं चलना चाहती।

(मिसेज़ बोस उठकर खिड़की के पास चली जाती है)

कानूनी—अब मुझे मालूम हो गया कि तलाक का बिल असेम्बली में पेश करना पड़ेगा !

ऐयर—खैर, आपको मालूम तो हुआ; मगर शायद कयामत में।

कानूनी—नहीं मिसेज़ ऐयर, अबकी छुट्टियों के बाद ही यह बिल पेश होगा और धूमधाम के साथ पेश होगा। बेशक पुरुषों का अत्याचार बढ़ रहा है। जिस प्रथा का विरोध आप दोनों महिलाएँ कर रही हैं, वह अवश्य हिन्दू समाज के लिए घातक है। अगर हमें सभ्य बनना है, तो सभ्य देशों के पदचिन्हों पर चलना पड़ेगा। धर्म के ठीकेदार चिल्ल-पौं मचायेंगे, कोई परवाह नहीं। उनकी खबर लेना आप दोनों महिलाओं का काम होगा। ऐसा बनाना कि मुँह न दिखा सकें।

लेडी ऐयर—पेशगी धन्यवाद देती हूँ। (हाथ मिलाकर चली जाती है।)

मिसेज़ बोस—(खिड़की के पास से आकर) आज इसके घर में घी का चिराग जलेगा। यहाँ से सीधे बोस के पास गयी होगी ! मैं भी जाती हूँ। (चली जाती है)

(कानूनी कुमार एक कानून की किताब उठाकर उसमें तलाक की व्यवस्था देखने लगता है कि मि॰ आचार्य आते हैं। मुँह साफ, एक आँख पर ऐनक, खाली आधे बाँह का शर्ट, निकर, ऊनी मोजे, लम्बे बूट। पीछे एक टेरियर कुत्ता भी है।)

कानूनी—हल्लो मि॰ आचार्य। आप खूब आये, आज किधर की सैर हो रही है। होटल का क्या हाल है।

आचार्य—कुत्ते की मौत मर रहा हूँ। इतना बढ़िया भोजन, इतना साफ-सुथरा मकान, ऐसी रोशनी, इतना आराम फिर भी मेहमानों का दुर्भिक्ष। समझ में नहीं आता, अब कितना निर्ख घटाऊँ। इन दामों अलग घर में मोटा खाना भी नसीब नहीं हो सकता। उस पर सारे जमाने की झंझट, कभी नौकर का रोना, कभी दूधवाले का रोना, कभी धोबी का रोना, कभी मेहतर का रोना; यहाँ सारे जंजाल में मुक्ति हो जाती है। फिर भी आधे कमरे खाली पड़े हैं।

कानूनी—यह तो आपने बुरी खबर सुनायी।

आचार्य—पच्छिम में क्यों इतना सुख और शान्ति है, क्यों इतना प्रकाश और धन है, क्यों इतनी स्वाधीनता और बल है। इन्हीं होटलों के प्रसाद से। होटल पश्चिमी गौरव का मुख्य अंग हैं, पश्चिमी सभ्यता का प्राण हैं। अगर आप भारत को उन्नति के शिखर पर देखना चाहते हैं, तो होटल-जीवन का प्रचार कीजिए। इसके सिवा दूसरा उपाय नहीं है। जब तक छोटी-छोटी घरेलू चिन्ताओं से मुक्त न हो जायँगे, आप उन्नति कर ही नहीं सकते। राजों, रईसों को अलग घरों में रहने दीजिए, वह एक ही जगह दस खर्च कर सकते हैं। मध्यम श्रेणीवालों के लिए होटल के प्रचार में ही सब कुछ है। हम अपने सारे मेहमानों की फिक्र अपने सिर लेने को तैयार हैं, फिर भी जनता की आँखें नहीं खुलतीं। इन मूर्खों की आँखें उस वक्त तक न खुलेंगी, जब तक कानून न बन जाय।

कानूनी—(गम्भीर भाव से) हाँ, मैं सोच रहा हूँ। जरूर कानून से मदद लेनी चाहिए। एक ऐसा कानून बन जाय, कि जिन लोगों की आय पाँच सौ रुपये से

कम हो, होटलों में रहें। क्यों ?

आचार्य—आप अगर यह कानून बनवा दें, तो आनेवाली संतान आपको अपना मुक्तिदाता समझेगी। आप एक कदम में देश को पाँच सौ वर्ष की मंजिल तय करा देंगे।

कानूनी—तो लो, अबकी यह कानून भी असेंबली खुलते ही पेश कर दूँगा। बड़ा शोर मचेगा। लोग देशद्रोही और जाने क्या-क्या कहेंगे, पर इसके लिए तैयार हूँ। कितना दुःख होता है, जब लोगों को अहिर के द्वार पर लुटिया लिये खड़ा देखता हूँ। स्त्रियों का जीवन तो नरक-तुल्य हो रहा है। सुबह से दस-बारह बजे रात तक घर के धन्धों से फुरसत नहीं। कभी बरतन माँजो, कभी भोजन बनाओ, कभी झाड़ू लगाओ। फिर स्वास्थ्य कैसे बने, जीवन कैसे सुखी हो, सैर कैसे करें, जीवन के आमोद-प्रमोद का आनन्द कैसे उठावें, अध्ययन कैसे करें ? आपने खूब कहा, एक कदम में पाँच सौ सालों की मंजिल पूरी हुई जाती है।

आचार्य—तो अबकी बिल पेश कर दीजिएगा ?

कानूनी—अवश्य !

(आचार्य हाथ मिलाकर चला जाता है)

(कानूनी कुमार खिड़की के सामने खड़ा होकर 'होटल-प्रचार-बिल' का मसविदा सोच रहा है। सहसा पार्क में एक स्त्री सामने से गुजरती है। उसकी गोद में एक बच्चा है, दो बच्चे पीछे-पीछे चल रहे हैं और उदर के उभार से मालूम होता है कि गर्भवती भी है। उसका कृश शरीर, पीला मुख और मन्द गति देखकर अनुमान होता कि उसका स्वास्थ्य बिगड़ा हुआ है और इस भार का वहन करना उसे कष्टप्रद है।)

कानूनी कुमार—(आप-ही-आप) इस समाज का, इस देश का और इस जीवन का सत्यानाश हो, जहाँ रमणियों को केवल बच्चा जनने की मशीन समझा जाता है। इस बेचारी को जीवन का क्या सुख ! कितनी ही ऐसी बहनें इसी जंजाल में फँसकर बत्तीस-पैंतीस की अवस्था में, जबकि वास्तव में जीवन को सुखी होना चाहिए, रुग्ण होकर संसार-यात्रा समाप्त कर देती हैं। हा भारत ! यह विपत्ति तेरे सिर से कब टलेगी ? संसार में ऐसे-ऐसे पाषाण-हृदय मनुष्य पड़े हुए हैं, जिन्हें इन दुखियारियों पर जरा भी दया नहीं आती। ऐसे अन्धे, ऐसे पाषाण, ऐसे पाखंडी समाज को, जो स्त्री को अपनी वासनाओं की वेदी पर बलिदान करता है, कानून के सिवा और किस विधि से सचेत किया जाय ? और कोई उपाय ही नहीं है। नर-हत्या का जो दंड है, वही दण्ड ऐसे मनुष्यों को मिलना चाहिए। मुबारक होगा वह दिन, जब भारत में इस नाशिनी प्रथा का अन्त हो जायगा—स्त्री का मरण, बच्चों का मरण और जिस समाज का जीवन ऐसी सन्तानों पर आधारित हो, उसका मरण ! ऐसे बदमाशों को क्यों न दण्ड दिया जाय ? कितने अन्धे लोग हैं। बेकारी का यह हाल कि भर-पेट किसी को रोटियाँ नहीं मिलतीं, बच्चों को दूध स्वप्न में

नहीं मिलता और ये अन्धे हैं कि बच्चे-पर-बच्चे पैदा करते जाते हैं। 'सन्तान-निग्रह-बिल' की जितनी जरूरत है, इस देश को उतनी और किसी कानून की नहीं। असेंबली खुलते ही यह बिल पेश करूँगा। प्रलय हो जायगा, यह जानता हूँ, पर और उपाय ही क्या है ? दो बच्चों से ज्यादा जिसके हों, उसे कम-से-कम पाँच वर्ष की कैद, उसमें पाँच महीने से कम काल-कोठरी न हो। जिसकी आमदनी सौ रुपये से कम हो, उसे संतानोत्पत्ति का अधिकार ही न हो। (मन में बिल के बाद की अवस्था का आनन्द लेकर) कितना सुखमय जीवन हो जायेगा। हाँ, एक दफा यह भी रहे कि एक संतान के बाद कम-से-कम सात वर्ष तक दूसरी सन्तान न आने पावे। तब इस देश में सुख और सन्तोष का साम्राज्य होगा, तब स्त्रियों और बच्चों के मुँह पर खून की सुर्खी नजर आयेगी, तब मजबूत हाथ-पाँव और मजबूत दिल और जिगर के पुरुष उत्पन्न होंगे।

(मिसेज़ कानूनी कुमार का प्रवेश। कानूनी कुमार जल्दी से रिपोर्टों और पत्रों को समेट लेता है और एक उपन्यास खोलकर बैठ जाता है।)

मिसेज़—क्या कर रहे हो ? वही धुन !

कानूनी—उपन्यास पढ़ रहा हूँ।

मिसेज़—तुम सारी दुनिया के लिए कानून बनाते हो, एक कानून मेरे लिए भी बना दो। इससे देश का जितना बड़ा उपकार होगा, उतना और किसी कानून से न होगा। तुम्हारा नाम अमर हो जायगा और घर-घर तुम्हारी पूजा होगी।

कानूनी—अगर तुम्हारा खयाल है कि मैं नाम और यश के लिए देश की सेवा कर रहा हूँ, तो मुझे यही कहना पड़ेगा कि तुमने मुझे रत्ती-भर भी नहीं समझा।

मिसेज़—नाम के लिए काम कोई बुरा काम नहीं है, तुम्हें यश की आकांक्षा हो, तो मैं उसकी निन्दा न करूँगी, भूलकर भी नहीं। मैं तुम्हें एक ऐसी ही तदबीर बता दूँगी, जिससे तुम्हें इतना यश मिलेगा कि तुम ऊब जाओगे। फूलों की इतनी वर्षा होगी कि तुम उसके नीचे दब जाओगे। गले में इतने हार पड़ेंगे कि तुम गरदन सीधी न कर सकोगे।

कानूनी—(उत्सुकता को छिपाकर)—कोई मजाक की बात होगी। देखो मिन्नी, काम करनेवाले आदमी के लिए इससे बड़ी दूसरी बाधा नहीं है कि उसके घरवाले उसके काम की निन्दा करते हों। मैं तुम्हारे इस व्यवहार से निराश हो जाता हूँ।

मिसेज़—तलाक का कानून तो बनाने जा रहे हो, अब क्या डर है।

कानूनी—फिर वही मजाक ! मैं चाहता हूँ तुम इन प्रश्नों पर गम्भीर विचार करो।

मिसेज़—मैं बहुत गम्भीर विचार करती हूँ ! सच मानो। मुझे इसका दुःख है कि तुम मेरे भावों को नहीं समझते। मैं इस वक्त तुमसे जो बात करने जा रही हूँ, उसे मैं देश की उन्नति के लिए आवश्यक ही नहीं, परमावश्यक समझती हूँ। मुझे

इसका पक्का विश्वास है।

कानूनी—पूछने की हिम्मत तो नहीं पड़ती। (अपनी झेंप मिटाने के लिए हँसता है।)

मिसेज़—मैं खुद ही कहने आयी हूँ। हमारा वैवाहिक-जीवन कितना लज्जास्पद है; तुम खूब जानते हो। रात-दिन रगड़ा-झगड़ा मचा रहता है। कहीं पुरुष स्त्री पर हाथ साफ कर लेता है, कहीं स्त्री-पुरुष की मूँछों के बाल नोंचती है। हमेशा एक-न-एक गुल खिला ही करता है। कहीं एक मुँह फुलाये बैठा है, कहीं दूसरा घर छोड़कर भाग जाने की धमकी दे रहा है। कारण जानते हो क्या है ? कभी सोचा है ? पुरुषों की रसिकता और कृपणता ! यही दोनों ऐब मनुष्यों के जीवन को नरक-तुल्य बनाये हुए हैं। जिधर देखो, अशान्ति है, विद्रोह है, बाधा है। साल में लाखों हत्याएँ इन्ही बुराइयों के कारण हो जाती हैं, लाखों स्त्रियाँ पतित हो जाती हैं, पुरुष मद्य-सेवन करने लगते हैं, यह बात है या नहीं ?

कानूनी—बहुत-सी बुराइयाँ ऐसी हैं, जिन्हें कानून नहीं रोक सकता।

मिसेज़—(कहकहा मारकर) अच्छा, क्या आप भी कानून की अक्षमता स्वीकार करते हैं ? मैं यह नहीं समझती थी। मैं तो कानून को ईश्वर से ज्यादा सर्वव्यापी, सर्वशक्तिमान् समझती हूँ।

कानूनी—फिर तुमने मजाक शुरू किया।

मिसेज़—अच्छा, लो कान पकड़ती हूँ। अब न हँसूँगी। मैंने उन बुराइयों को रोकने का एक कानून सोचा है। उसका नाम होगा—'दम्पत्ति सुख-शान्ति बिल' उसकी दो मुख्य धाराएँ होंगी और कानूनी बारीकियाँ तुम ठीक कर लेना। एक धारा होगी कि पुरुष अपनी आमदनी का आधा बिना कान-पूँछ हिलाये स्त्री को दे दे; अगर न दे, तो पाँच साल कठिन कारावास और पाँच महीने काल-कोठरी। दूसरी धारा होगी, पन्द्रह से पचास तक के पुरुष घर से बाहर न निकलने पावें, अगर कोई निकले, तो दस साल कारावास और दस महीने काल-कोठरी। बोलो मंजूर है ?

कानूनी—(गम्भीर होकर) असम्भव, तुम प्रकृति को पलट देना चाहती हो। कोई पुरुष घर में कैदी बनकर रहना स्वीकार न करेगा।

मिसेज़—वह करेगा और उसका बाप करेगा। पुलिस डंडे के जोर से करायेगी। न करेगा, तो चक्की पीसनी पड़ेगी। करेगा कैसे नहीं। अपनी स्त्री को घर की मुर्गी समझना और दूसरी स्त्रियों के पीछे दौड़ना, क्या खालाजी का घर है ? तुम अभी इस कानून को अस्वाभाविक समझते हो। मत घबड़ाओ। स्त्रियों का अधिकार होने दो। यह पहला कानून न बन जावे, तो कहना कि कोई कहता था। स्त्री एक-एक पैसे के लिए तरसे और आप गुलछर्रे उड़ायें। दिल्लगी है ! आधी आमदनी स्त्री को दे देनी पड़ेगी, जिसका उससे कोई हिसाब न पूछा जा सकेगा।

कानूनी—तुम मानव-समाज को मिट्‌टी का खिलौना समझती हो।

मिसेज–कदापि नहीं। मैं यही सकझती हूँ कि कानून सब कुछ कर सकता है। मनुष्य का स्वभाव भी बदल सकता है।

कानूनी–कानून यह नहीं कर सकता।

मिसेज़–कर सकता है।

कानूनी–नहीं कर सकता।

मिसेज़–कर सकता है; अगर वह जबरदस्ती लड़कों को स्कूल भेज सकता है; अगर वह जबरदस्ती विवाह की उम्र नियत कर सकता है; अगर वह जबरदस्ती बच्चों को टीका लगवा सकता है, तो वह जबरदस्ती पुरुषों को घर में बंद भी कर सकता है, उसकी आमदनी का आधा स्त्रियों को भी दिला सकता है। तुम कहोगे, पुरुष को कष्ट होगा। जबरदस्ती जो काम कराया जाता है, उसमें करने वाले को कष्ट होता है। तुम उस कष्ट का अनुभव नहीं करते; इसीलिये वह तुम्हें नहीं अखरता। मैं यह नहीं कहती कि सुधार जरूरी नहीं है। मैं भी शिक्षा का प्रचार चाहती हूँ, मैं भी बाल-विवाह बंद करना चाहती हूँ, मैं भी चाहती हूँ कि बीमारियाँ न फैलें, लेकिन कानून बनाकर जबरदस्ती यह सुधार नहीं करना चाहती। लोगों में शिक्षा और जागृति फैलाओ, जिससे कानूनी भय के बगैर वह सुधार हो जाय। आपसे कुर्सी तो छोड़ी जाती नहीं, घर से निकला जाता नहीं, शहरों की विलासिता को एक दिन के लिए भी नहीं त्याग सकते और सुधार करने चले हैं आप देश का ! इस तरह सुधार न होगा। हाँ, पराधीनता की बेड़ी और भी कठोर हो जायगी।

(मिसेज़ कुमार चली जाती हैं, और कानूनी कुमार अव्यवस्थित-चित्त-सा कमरे में टहलने लगता है।) ❑

जुलूस

प्रथमतः हिन्दी मासिक 'हंस', मार्च 1930 में प्रकाशित

1

पूर्ण स्वराज्य का जुलूस निकल रहा था। कुछ युवक, कुछ बूढ़े, कुछ बालक झंडियाँ और झंडे लिये 'वंदे मातरम्' गाते हुए माल के सामने से निकले। दोनों तरफ दर्शकों की दीवारें खड़ी थीं, मानो उन्हें इस लक्ष्य से कोई सरोकार नहीं है, मानो वह कोई तमाशा है और उनका काम केवल खड़े-खड़े देखना है।

शंभूनाथ ने दुकान की पटरी पर खड़े होकर अपने पड़ोसी दीनदयाल से कहा—सब-के-सब काल के मुँह में जा रहे हैं। आगे सवारों का दल मार-मार भगा देगा।

दीनदयाल ने कहा—महात्मा जी भी सठिया गये हैं। जुलूस निकालने से स्वराज्य मिल जाता तो अब-तक कब-का मिल गया होता। और जुलूस में हैं कौन लोग, देखो—लौंडे, लफंगे, सिरफिरे। शहर का कोई बड़ा आदमी नहीं।

मैकू चट्टियों और स्लीपरों की माला गरदन में लटकाये खड़ा था। इन दोनों सेठों की बातें सुनकर हँसा।

शंभू ने पूछा—क्यों हँसे मैकू ? आज रंग चोखा मालूम होता है !

मैकू—हँसा इस बात पर जो तुमने कही कि कोई बड़ा आदमी जुलूस में नहीं है। बड़े आदमी क्यों जुलूस में आने लगे, उन्हें इस राज में कौन आराम नहीं है ? बँगलों और महलों में रहते हैं, मोटरों पर घूमते हैं, साहबों के साथ दावतें खाते हैं, कौन तकलीफ है ? मर तो हम लोग रहे हैं जिन्हें रोटियों का ठिकाना नहीं। इस बखत कोई टेनिस खेलता होगा, कोई चाय पीता होगा, कोई ग्रामोफोन लिए गाना सुनता होगा, कोई पारिक की सैर करता होगा, यहाँ आये पुलिस के कोड़े खाने के लिए ? तुमने भी भली कही !

शंभू—तुम यह सब बातें क्या समझोगे मैकू। जिस काम में चार बड़े आदमी अगुआ होते हैं उसकी सरकार पर भी धाक बैठ जाती है। लौंडों-लफंगों का गोल भला हाकिमों की निगाह में क्या जँचेगा ?

मैकू ने ऐसी दृष्टि से देखा, जो कह रही थी—इन बातों के समझने का ठीका कुछ तुम्हीं ने लिया है, और बोला—बड़े आदमी को तो हमीं लोग बनाते-बिगाड़ते हैं या कोई और ? कितने ही लोग जिन्हें कोई पूछता भी न था, हमारे ही बनाये बड़े आदमी बन गये और अब मोटरों पर निकलते हैं और हमें नीच समझते हैं। यह लोगों

की तकदीर की खूबी है कि जिसकी जरा बढ़ती हुई और उसने हमसे आँखें फेरीं। हमारा बड़ा आदमी तो वही है, जो लँगोटी बाँधे नंगे पाँव घूमता है, जो हमारी दशा को सुधारने के लिए अपनी जान हथेली पर लिये फिरता है। और हमें किसी बड़े आदमी की परवाह नहीं है। सच पूछो, तो इन बड़े आदमियों ने ही हमारी मिट्टी खराब कर रखी है। इन्हें सरकार ने कोई अच्छी-सी जगह दे दी, बस उसका दम भरने लगे।

दीनदयाल—नया दारोगा बड़ा जल्लाद है। चौरास्ते पर पहुँचते ही हंटर लेकर पिल पड़ेगा। फिर देखना, सब कैसे दुम दबाकर भागते हैं। मजा आयेगा।

जुलूस स्वाधीनता के नशे में चूर चौरास्ते पर पहुँचा तो देखा, आगे सवारों और सिपाहियों का एक दस्ता रास्ता रोके खड़ा है।

सहसा दारोगा बीरबल सिंह घोड़ा बढ़ा कर जुलूस के सामने आ गये और बोले—तुम लोगों को आगे जाने का हुक्म नहीं है।

जुलूस के बूढ़े नेता इब्राहिम अली ने आगे बढ़कर कहा—मैं आपको इत्मीनान दिलाता हूँ, किसी किस्म का दंगा-फसाद न होगा। हम दुकानें लूटने या मोटरें तोड़ने नहीं निकले हैं। हमारा मकसद इससे कहीं ऊँचा है।

बीरबल—मुझे यह हुक्म है कि जूलूस यहाँ से आगे न जाने पाये।

इब्राहिम—आप अपने अफसरों से जरा पूछ लें।

बीरबल—मैं इसकी कोई जरूरत नहीं समझता।

इब्राहिम—तो हम लोग यहीं बैठते हैं। जब आप लोग चले जायँगे तो हम लोग निकल जायँगे।

बीरबल—यहाँ खड़े होने का भी हुक्म नहीं है। तुमको वापस जाना पड़ेगा।

इब्राहिम ने गंभीर भाव से कहा—वापस तो हम न जायँगे। आपको या किसी को भी, हमें रोकने का कोई हक़ नहीं। आप अपने सवारों, संगीनों और बंदूकों के जोर से हमें रोकना चाहते हैं, रोक लीजिए, मगर आप हमें लौटा नहीं सकते। न जाने वह दिन कब आयेगा, जब हमारे भाई-बंद ऐसे हुक्मों की तामील करने से साफ़ इनकार कर देंगे, जिनकी मंशा महज़ कौम को गुलामी की जंजीरों में जकड़े रखना है।

बीरबल ग्रेजुएट था। उसका बाप सुपरिंटेंडेंट पुलिस था। उसकी नस-नस में रोब भरा हुआ था। अफ़सरों की दृष्टि में उसका बड़ा सम्मान था। खासा गोरा-चिट्टा, नीली आँखों और भूरे बालों वाला तेजस्वी पुरुष था। शायद जिस वक्त वह कोट पहन कर ऊपर से हैट लगा लेता तो यह भूल जाता था कि मैं भी यहाँ का रहने वाला हूँ। शायद वह अपने को राज्य करने वाली जाति का अंग समझने लगता था। मगर इब्राहिम के शब्दों में जो तिरस्कार भरा हुआ था, उसने जरा देर के लिये उसे लज्जित कर दिया। पर मुआमला नाजुक था। जुलूस को रास्ता दे देता है, तो जवाब-तलब हो जायेगा; वहीं खड़ा रहने देता है, तो यह सब न जाने कब तक खड़े रहें। इस संकट में पड़ा हुआ था कि उसने डी॰ एस॰ पी॰ को घोड़े पर आते देखा। अब सोच-विचार का

समय न था। यही मौका था कारगुज़ारी दिखाने का। उसने कमर से बेटन निकाल लिया और घोड़े को एड़ लगा कर जुलूस पर चढ़ाने लगा। उसे देखते ही और सवारों ने भी घोड़ों को जुलूस पर चढ़ाना शुरू कर दिया। इब्राहिम दारोगा के घोड़े के सामने खड़ा था। उसके सिर पर एक बेटन ऐसे जोर से पड़ा कि उसकी आँखें तिलमिला गयीं। खड़ा न रह सका। सिर पकड़ कर बैठ गया। उसी वक्त दारोगा जी के घोड़े ने दोनों पाँव उठाये और ज़मीन पर बैठा हुआ इब्राहिम उसके टापों के नीचे आ गया। जुलूस अभी तक शांत खड़ा था। इब्राहिम को गिरते देख कर कई आदमी उसे उठाने के लिए लपके; मगर कोई आगे न बढ़ सका। उधर सवारों के डंडे बड़ी निर्दयता से पड़ रहे थे। लोग हाथों पर डंडों को रोकते थे और अविचलित रूप से खड़े थे। हिंसा के भावों में प्रवाहित न हो जाना उनके लिए प्रतिक्षण कठिन होता जाता था। जब आघात और अपमान ही सहना है, तो फिर हम भी इस दीवार को पार करने की क्यों न चेष्टा करें ? लोगों को खयाल आया—शहर के लाखों आदमियों की निगाहें हमारी तरफ लगी हुई हैं। यहाँ से झंडा लेकर हम लौट जायँ, तो फिर किस मुँह से आजादी का नाम लेंगे ! मगर प्राण-रक्षा के लिए भागने का किसी को ध्यान भी न आता था। यह पेट के भक्तों, किराये के टट्टुओं का दल न था। यह स्वाधीनता के सच्चे स्वयं-सेवकों का, आजादी के दीवानों का संगठित दल था—अपनी जिम्मेदारियों को खूब समझता था। कितने ही के सिरों से खून जारी था, कितने ही के हाथ जख्मी हो गये थे। एक हल्ले में यह लोग सवारों की सफ़ों को चीर सकते थे, मगर पैरों में बेड़ियाँ पड़ी हुई थीं—सिद्धान्त की, धर्म की, आदर्श की।

दस-बारह मिनट तक यों ही डंडों की बौछार होती रही और लोग शांत खड़े रहे।

2

इस मार-धाड़ की खबर एक क्षण में बाजार में जा पहुँची। इब्राहिम घोड़े से कुचल गये, कई आदमी जख्मी हो गये, कई के हाथ टूट गये; मगर न वे लोग पीछे फिरते हैं और न पुलिस उन्हें आगे जाने देती है।

मैकू ने उत्तेजित होकर कहा—अब तो भाई, यहाँ नहीं रहा जाता। मैं भी चलत हूँ।

दीनदयाल ने कहा—हम भी चलते हैं भाई, देखी जायगी।

शम्भू एक मिनट तक मौन खड़ा रहा। एकाएक उसने भी दुकान बढ़ायी और बोला—एक दिन तो मरना ही है, जो कुछ होना है, हो। आखिर वे लोग सभी के लिए तो जान दे रहे हैं। देखते-दखते अधिकांश दुकानें बंद हो गयीं। वह लोग, जो दस मिनट पहले तमाशा देख रहे थे इधर-उधर से दौड़ पड़े और हजारों आदनियों का एक विराट दल घटनास्थल की ओर चला। यह उन्मत्त, हिंसामद से भरे हुए मनुष्यों का समूह था, जिसे सिद्धांत और आदर्श की परवाह न थी। जो मरने के

लिए ही नहीं, मारने के लिए भी तैयार थे। कितनों ही के हाथों में लाठियाँ थीं, कितने ही जेबों में पत्थर भरे हुए थे। न कोई किसी से कुछ बोलता था, न पूछता था। बस, सब-के-सब मन में एक दृढ़ संकल्प किये लपके चले जा रहे थे, मानो कोई घटा उमड़ी चली आती हो।

इस दल को दूर से देखते ही सवारों में कुछ हलचल पड़ी। बीरबल सिंह के चेहरे पर हवाइयाँ उड़ने लगीं। डी॰ एस॰ पी॰ ने अपनी मोटर बढ़ायी। शांति और अहिंसा के व्रतधारियों पर डंडे बरसाना और बात थी, एक उन्मत दल से मुकाबला करना दूसरी बात। सवार और सिपाही पीछे खिसक गये।

इब्राहिम की पीठ पर घोड़े ने टाप रख दी। वह अचेत जमीन पर पड़े थे। इन आदमियों का शोरगुल सुन कर आप-ही-आप उनकी आँखें खुल गयीं। एक युवक को इशारे से बुलाकर कहा—क्यों कैलाश, क्या कुछ लोग शहर से आ रहे हैं ?

कैलाश ने उस बढ़ती हुई घटा की ओर देख कर कहा—जी हाँ, हजारों आदमी हैं।

इब्राहिम—तो अब खैरियत नहीं है। झंडा लौटा दो। हमें फौरन लौट चलना चाहिए, नहीं तूफान मच जायगा। हमें अपने भाइयों से लड़ाई नहीं करनी है। फौरन लौट चलो।

यह कहते हुए उन्होंने उठने की चेष्टा की, मगर उठ न सके।

इशारे की देर थी। संगठित सेना की भाँति लोग हुक्म पाते ही पीछे फिर गये। झंडियों के बाँसों, साफों और रूमालों से चटपट एक स्ट्रेचर तैयार हो गया। इब्राहिम को लोगों ने उस पर लिटा दिया और पीछे फिरे। मगर क्या वह परास्त हो गये थे ? अगर कुछ लोगों को उन्हें परास्त मानने में ही संतोष हो, तो हो, लेकिन वास्तव में उन्होंने एक युगांतकारी विजय प्राप्त की थी। वे जानते थे, हमारा संघर्ष अपने ही भाइयों से है, जिनके हित परिस्थितियों के कारण हमारे हितों से भिन्न हैं। हमें उनसे वैर नहीं करना है। फिर, वह यह भी नहीं चाहते कि शहर में लूट और दंगे का बाजार गर्म हो जाय और हमारे धर्मयुद्ध का अंत लूटी हुई दुकानें, फूटे हुए सिर हों। उनकी विजय का सबसे उज्ज्वल चिह्न यह था कि उन्होंने जनता की सहानुभूति प्राप्त कर ली थी। वही लोग, जो पहले उन पर हँसते थे; उनका धैर्य और साहस देखकर उनकी सहायता के लिए निकल पड़े थे। मनोवृत्ति का यह परिवर्तन ही हमारी असली विजय है। हमें किसी से लड़ाई करने की जरूरत नहीं, हमारा उद्देश्य केवल जनता की सहानुभूति प्राप्त करना है, उसकी मनोवृत्तियों को बदल देना है। जिस दिन हम इस लक्ष्य पर पहुँच जायेंगे, उसी दिन स्वराज्य-सूर्य उदय होगा।

3

तीन दिन गुजर गये थे। बीरबल सिंह अपने कमरे में बैठे चाय पी रहे थे और उनकी

पत्नी मिट्ठन बाई शिशु को गोद में लिये सामने खड़ी थी।

बीरबल सिंह ने कहा—मैं क्या करता उस वक्त। पीछे डी. एस. पी. खड़ा था। अगर उन्हें रास्ता दे देता तो अपनी जान मुसीबत में फँसती।

मिट्ठन बाई ने सिर हिला कर कहा—तुम कम-से-कम इतना तो कर ही सकते थे कि उन पर डंडे न चलाने देते। तुम्हारा काम आदमियों पर डंडे चलाना है ? तुम ज्यादा-से-ज्यादा उन्हें रोक सकते थे। कल को तुम्हें अपराधियों को बेंत लगाने का काम दिया जाय, तो शायद तुम्हें बड़ा आनंद आयेगा, क्यों !

बीरबल सिंह ने खिसिया कर कहा—तुम तो बात नहीं समझती हो !

मिट्ठन बाई—मैं खूब समझती हूँ। डी. एस. पी. पीछे खड़ा था। तुमने सोचा होगा ऐसी कारगुजारी दिखाने का अवसर शायद फिर कभी मिले या न मिले। क्या तुम समझते हो, उस दल में कोई भला आदमी न था ? उसमें कितने आदमी ऐसे थे, जो तुम्हारे जैसों को नौकर रख सकते हैं। विद्या में तो शायद अधिकांश तुमसे बढ़े हुए होंगे। मगर तुम उन पर डंडे चला रहे थे और उन्हें घोड़े से कुचल रहे थे, वाह री जवाँमर्दी !

बीरबल सिंह ने बेहयाई की हँसी के साथ कहा—डी. एस. पी. ने मेरा नाम नोट कर लिया है, सच !

दारोगा जी ने समझा था कि यह सूचना दे कर वह मिट्ठन बाई को खुश कर देंगे। सज्जनता और भलमनसी आदि ऊपर की बातें हैं, दिल से नहीं, जबान से कही जाती हैं। स्वार्थ दिल की गहराईयों में बैठा होता है। वह गम्भीर विचार का विषय है।

मगर मिट्ठन बाई के मुख पर हर्ष की कोई रेखा न नजर आयी, ऊपर की बातें शायद गहराइयों तक पहुँच गयी थीं ! बोलीं—जरूर कर लिया होगा और शायद तुम्हें जल्दी तरक्की भी मिल जाय। मगर बेगुनाहों के खून से हाथ रंग कर तरक्की पायी, तो क्या पायी ! यह तुम्हारी कारगुजारी का इनाम नहीं, तुम्हारे देशद्रोह की कीमत है। तुम्हारी कारगुजारी का इनाम तो तब मिलेगा, जब तुम किसी खूनी को खोज निकालोगे, किसी डूबते हुए आदमी को बचा लोगे।

एकाएक एक सिपाही ने बरामदे में खड़े होकर कहा—हुजूर, यह लिफाफा लाया हूँ।

बीरबल सिंह ने बाहर निकल कर लिफाफा ले लिया और भीतर की सरकारी चिट्ठी निकाल कर पढ़ने लगे। पढ़ कर उसे मेज पर रख दिया।

मिट्ठन ने पूछा—क्या तरक्की का परवाना आ गया ?

बीरबल सिंह ने झेंप पर कहा—तुम तो बनाती हो ! आज फिर कोई जुलूस निकलनेवाला है। मुझे उसके साथ रहने का हुक्म हुआ है।

मिट्ठन—फिर तो तुम्हारी चाँदी है, तैयार हो जाओ। आज फिर वैसे ही शिकार मिलेंगे। खूब बढ़-बढ़कर हाथ दिखलाना ! डी. एस. पी. भी जरूर आयेंगे। अबकी

तुम इंस्पेक्टर हो जाओगे। सच !

बीरबल सिंह ने माथा सिकोड़ कर कहा—कभी-कभी तुम बे-सिर-पैर की बातें करने लगती हो। मान लो, मैं जाकर चुपचाप खड़ा रहूँ, तो क्या नतीजा होगा ? मैं नालायक समझा जाऊँगा और मेरी जगह कोई दूसरा आदमी भेज दिया जायगा। कहीं शुबहा हो गया कि मुझे स्वराज्यवादियों से सहानुभूति है, तो कहीं का न रहूँगा। अगर बर्खास्त भी न हुआ तो लैन की हाजिरी तो हो ही जायगी। आदमी जिस दुनिया में रहता है, उसी का चलन देखकर काम करता है। मैं बुद्धिमान न सही ; पर इतना जानता हूँ कि ये लोग देश और जाति का उद्धार करने के लिए ही कोशिश कर रहे हैं। यह भी जानता हूँ कि सरकार इस खयाल को कुचल डालना चाहती है। ऐसा गधा नहीं हूँ कि गुलामी की जिंदगी पर गर्व करूँ, लेकिन परिस्थिति से मजबूर हूँ।

बाजे की आवाज कानों में आयी। बीरबल सिंह ने बाहर जाकर पूछा। मालूम हुआ स्वराज्य वालों का जुलूस आ रहा है। चटपट वर्दी पहनी, साफा बाँधा और जेब में पिस्तौल रखकर बाहर आये। एक क्षण में घोड़ा तैयार हो गया। कांस्टेबल पहले ही से तैयार बैठे थे। सब लोग डबल-मार्च करते हुए जुलूस की तरफ चले।

4

ये लोग डबल-मार्च करते हुए कोई पन्द्रह मिनट में जुलूस के सामने पहुँच गये। इन लोगों को देखते ही अगणित कंठों से 'वंदेमातरम्' की एक ध्वनि निकली, मानो मेघ-मंडल में गर्जन का शब्द हुआ हो, फिर सन्नाटा छा गया। उस जुलूस में और इस जुलूस में कितना अंतर था। वह स्वराज्य के उत्सव का जुलूस था, यह एक शहीद के मातम का। तीन दिन के भीषण ज्वर और वेदना के बाद आज उस जीवन का अंत हो गया, जिसने कभी पद की लालसा नहीं की, कभी अधिकार के सामने सिर नहीं झुकाया। उन्होंने मरते समय वसीयत की थी कि मेरी लाश को गंगा में नहला कर दफन किया जाय और मेरे मजार पर स्वराज्य का झंडा खड़ा किया जाय। उनके मरने का समाचार फैलते ही सारे शहर पर मातम का पर्दा-सा पड़ गया। जो सुनता था, एक बार इस तरह चौंक पड़ता था, जैसे उसे गोली लग गयी हो और तुरंत उनके दर्शनों के लिए भागता था। सारे बाजार बंद हो गये, इक्कों और ताँगों का कहीं पता न था जैसे शहर लुट गया हो। देखते-देखते सारा शहर उमड़ पड़ा। जिस वक्त जनाजा उठा, लाख-सवा-लाख आदमी साथ थे। कोई आँख ऐसी न थी, जो आँसुओं से लाल न हो।

बीरबल सिंह अपने कांस्टेबलों और सवारों को पाँच-पाँच गज के फासले पर जुलूस के साथ चलने का हुक्म देकर खुद पीछे चले गये। पिछली सफों में कोई पचास गज तक महिलाएँ थीं। दारोगा ने उनकी तरफ ताका। पहली ही कतार में मिट्ठन बाई नजर आयी। बीरबल को विश्वास न आया। फिर ध्यान से देखा, वही थी। मिट्ठन ने उनकी तरफ एक बार देखा और आँखें फेर लीं, पर उसकी एक

चितवन में कुछ ऐसा धिक्कार, कुछ ऐसी लज्जा, कुछ ऐसी व्यथा, कुछ ऐसी घृणा भरी हुई थी कि बीरबल सिंह की देह में सिर से पाँव तक सनसनी-सी दौड़ गयी। वह अपनी दृष्टि में कभी इतने हल्के, इतने दुर्बल, इतने ज़लील न हुए थे।

सहसा एक युवती ने दारोगा जी की तरफ देख कर कहा—कोतवाल साहब कहीं हम लोगों पर डंडे न चला दीजिएगा। आपको देखकर भय हो रहा है।

दूसरी बोली—आप ही के कोई भाई तो थे, जिन्होंने उस माल के चौरस्ते पर इस पुरुष पर आघात किये थे।

मिट्ठन ने कहा—आपके कोई भाई न थे, आप खुद थे।

बीसियों ही मुँहों से आवाजें निकलीं—अच्छा, यह वही महाशय हैं ? महाशय आपको नमस्कार है। यह आप ही की कृपा का फल है कि आज हम भी आपके डंडे के दर्शन के लिए आ खड़ी हुई हैं !

बीरबल ने मिट्ठन बाई की ओर आँखों का भाला चलाया; पर मुँह से कुछ न बोले। एक तीसरी महिला ने फिर कहा—हम एक जलसा करके आपको जयमाल पहनायेंगे और आपका यशोगान करेंगे।

चौथी ने कहा—आप बिलकुल अँगरेज मालूम होते हैं, जभी इतने गोरे हैं !

एक बुढ़िया ने आँखें चढ़ाकर कहा—मेरी कोख में ऐसा बालक जन्मा होता, तो उसकी गर्दन मरोड़ देती !

एक युवती ने उसका तिरस्कार करके कहा—आप भी खूब कहती हैं माता जी, कुत्ते तक तो नमक का हक अदा करते हैं, यह तो आदमी हैं !

बुढ़िया ने झल्ला कर कहा—पेट के गुलाम, हाय पेट, हाय पेट !

इस पर कई स्त्रियों ने बुढ़िया को आड़े हाथों ले लिया और वह बेचारी लज्जित हो कर बोली—अरे, मैं कुछ कहती थोड़े ही हूँ। मगर ऐसा आदमी भी क्या, जो स्वार्थ के पीछे अंधा हो जाय।

बीरबल सिंह अब और न सुन सके। घोड़ा बढ़ा कर जुलूस से कई गज पीछे चले गये। मर्द लज्जित करता है, तो हमें क्रोध आता है; स्त्रियाँ लज्जित करती हैं, तो ग्लानि उत्पन्न होती है। बीरबल सिंह की इस वक्त इतनी हिम्मत न थी कि फिर उन महिलाओं के सामने जाते। अपने अफ़सरों पर क्रोध आया। मुझी को बार-बार क्यों इन कामों पर तैनात किया जाता है ? और लोग भी तो हैं, उन्हें क्यों नहीं लाया जाता ? क्या मैं ही सब से गया-बीता हूँ। क्या मैं ही सबसे भावशून्य हूँ।

मिट्ठी इस वक्त मुझे दिल में कितना कायर और नीच समझ रही होगी ! शायद इस वक्त मुझे कोई मार डाले, तो वह जबान भी न खोलेगी। शायद मन में प्रसन्न होगी कि अच्छा हुआ। अभी कोई जा कर साहब से कह दे कि बीरबल सिंह की स्त्री जुलूस में निकली थी, तो कहीं का न रहूँ ! मिट्ठी जानती है, समझती है, फिर भी निकल खड़ी हुई ! मुझसे पूछा तक नहीं। कोई फिक्र नहीं है न, जभी ये बातें

सूझती हैं, यहाँ सभी बेफिक्र हैं, कालेजों और स्कूलों के लड़के, मजदूर पेशेवर इन्हें क्या चिंता ? मरन तो हम लोगों की है, जिनके बाल-बच्चे हैं और कुल-मर्यादा का ध्यान है। सब-की-सब मेरी तरफ कैसा घूर रही थीं, मानों खा जायँगी।

जुलूस शहर की मुख्य सड़कों से गुजरता हुआ चला जा रहा था। दोनों ओर छतों पर, छज्जों पर, जंगलों पर, वृक्षों पर, दर्शकों की दीवारें-सी खड़ी थीं। बीरबल सिंह को आज उनके चेहरों पर एक नयी स्फूर्ति, एक नया उत्साह, एक नया गर्व झलकता हुआ मालूम होता था। स्फूर्ति थी वृद्धों के चेहरे पर, उत्साह युवकों के और गर्व रमणियों के। यह स्वराज्य के पथ पर चलने का उल्लास था। अब उनको यात्रा का लक्ष्य अज्ञात न था, पथभ्रष्टों की भाँति इधर-उधर भटकना न था, दलितों की भाँति सिर झुका कर रोना न था। स्वाधीनता का सुनहला शिखर सुदूर आकाश में चमक रहा था। ऐसा जान पड़ता था कि लोगों को बीच के नालों और जंगलों की परवाह नहीं है। सब उस सुनहले लक्ष्य पर पहुँचने के लिए उत्सुक हो रहे हैं।

ग्यारह बजते-बजते जुलूस नदी के किनारे जा पहुँचा, जनाज़ा उतारा गया और लोग शव को गंगा-स्नान कराने के लिए चले। उसके शीतल, शांत, पीले मस्तक पर लाठी की चोट साफ नजर रही थी। रक्त जम कर काला हो गया था। सिर के बड़े-बड़े बाल खून जम जाने से किसी चित्रकार की तूलिका की भाँति चिमट गये थे। कई हजार आदमी इस शहीद के अंतिम दर्शनों के लिए मंडल बाँधकर खड़े हो गये। बीरबल सिंह पीछे घोड़े पर सवार खड़े थे। लाठी की चोट उन्हें भी नजर आयी। उनकी आत्मा ने जोर से धिक्कारा। वह शव की ओर न ताक सके। मुँह फेर लिया। जिस मनुष्य के दर्शनों के लिए, जिनके चरणों की रज मस्तक पर लगाने के लिए लाखों आदमी विकल हो रहे हैं, उसका मैंने इतना अपमान किया ! उनकी आत्मा इस समय स्वीकार कर रही थी कि उस निर्दय प्रहार में कर्त्तव्य के भाव का लेश भी न था—केवल स्वार्थ था, कारगुजारी दिखाने की हवस और अफसरों को खुश करने की लिप्सा थी। हजारों आँखें क्रोध से भरी हुई उनकी ओर देख रही थीं; पर वह सामने ताकने का साहस न कर सकते थे।

एक कांस्टेबल ने आकर प्रशंसा की—हुजूर का हाथ गहरा पड़ा था। अभी तक खोपड़ी खुली हुई है। सबकी आँखें खुल गयीं।

बीरबल ने उपेक्षा की—मैं इसे अपनी जवाँमर्दी नहीं, अपना कमीनापन समझता हूँ।

कांस्टेबल ने फिर खुशामद की—बड़ा सरकश आदमी था हुजूर !

बीरबल ने तीव्र भाव से कहा—चुप रहो ! जानते भी हो, सरकश किसे कहते हैं ? सरकश वे कहलाते हैं, जो डाके मारते हैं, चोरी करते हैं, खून करते हैं। उन्हें सरकश नहीं कहते तो देश की भलाई के लिए अपनी जान हथेली पर लिये फिरते हों। हमारी बदनसीबी है कि जिनकी मदद करनी चाहिए उनका विरोध कर रहे हैं।

यह घमंड करने और खुश होने की बात नहीं है, शर्म करने और रोने की बात है।

स्नान समाप्त हुआ। जुलूस यहाँ से फिर रवाना हुआ।

5

शव को जब खाक के नीचे सुला कर लोग लौटने लगे तो दो बज रहे थे। मिट्ठन बाई स्त्रियों के साथ-साथ कुछ दूर तक तो आयी, पर क्वीन्स पार्क में आ कर ठिठक गयी। घर जाने की इच्छा न हुई। वह जीर्ण, आहत, रक्तरंजित शव, मानो उसके अंतस्तल में बैठा उसे धिक्कार रहा था। पति से उसका मन इतना विरक्त हो गया था कि अब उसे धिक्कारने की भी उसको इच्छा न थी। ऐसे स्वार्थी मनुष्य पर भय के सिवा और किसी चीज का असर हो सकता है, इसका उसे विश्वास ही न था।

वह बड़ी देर तक पार्क में घास पर बैठी सोचती रही, पर अपने कर्त्तव्य का कुछ निश्चय न कर सकी। मैके जा सकती थी, किन्तु वहाँ से महीने दो महीने में फिर इसी घर आना पड़ेगा। नहीं, मैं किसी की आश्रित न बनूँगी। क्या मैं अपने गुजर-बसर को भी नहीं कमा सकती ? उसने स्वयं भाँति-भाँति की कठिनाइयों की कल्पना की; पर आज उसकी आत्मा में न जाने इतना बल कहाँ से आ गया ! इन कल्पनाओं का ध्यान में लाना ही उसे अपनी कमजोरी मालूम हुई।

सहसा उसे इब्राहिम अली की वृद्धा विधवा का खयाल आया। उसने सुना था, उनके लड़के-बाले नहीं हैं। बेचारी बैठी रो रही होंगी। कोई तसल्ली देने वाला भी पास न होगा। वह उनके मकान की ओर चली। पता उसने पहले ही अपने साथ की औरतों से पूछ लिया था। वह दिल में सोचती जाती थी—मैं उनसे कैसे मिलूँगी, उनसे क्या कहूँगी, उन्हें किन शब्दों में समझाऊँगी। इन्हीं विचारों में डूबी हुई वह इब्राहिम अली के घर पर पहुँच गयी। मकान एक गली में था, साफ-सुथरा; लेकिन द्वार पर हसरत बरस रही थी। उसने धड़कते हुए हृदय से अंदर कदम रखा। सामने बरामदे में एक खाट पर वह वृद्धा बैठी हुई थी, जिसके पति ने आज स्वाधीनता की वेदी पर अपना बलिदान दिया था। उसके सामने सादे कपड़े पहने एक युवक खड़ा, आँखों में आँसू भरे वृद्धा से बातें कर रहा था। मिट्ठन उस युवक को देख कर चौंक पड़ी—वह बीरबल सिंह थे।

उसने क्रोधमय आश्चर्य से पूछा—तुम यहाँ कैसे आये ?

बीरबल सिंह ने कहा—उसी तरह जैसे तुम आयीं। अपने अपराध क्षमा कराने आया हूँ !

मिट्ठन के गोरे मुखड़े पर आज गर्व, उल्लास और प्रेम की जो उज्ज्वल विभूति नजर आयी, वह अकथनीय थी ! ऐसा जान पड़ा, मानो उसके जन्म-जन्मांतर के क्लेश मिट गये हैं, वह चिंता और माया के बंधनों से मुक्त हो गयी है। □

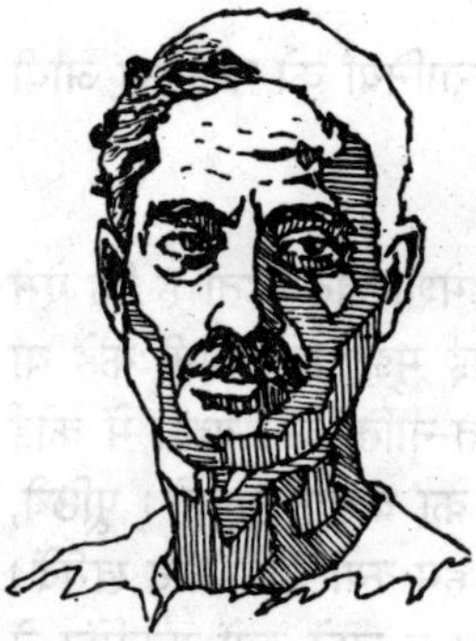

पत्नी से पति

प्रथमतः हिन्दी मासिक 'माधुरी', अप्रैल 1930 में प्रकाशित

1

मिस्टर सेठ को सभी हिन्दुस्तानी चीजों से नफरत थी और उनकी सुन्दरी पत्नी गोदावरी को सभी विदेशी चीज़ों से चिढ़! मगर धैर्य और विनय भारत की देवियों का आभूषण है। गोदावरी दिल पर हजार जब्र करके पति की लायी हुई विदेशी चीज़ों का व्यवहार करती थी, हालाँकि भीतर-ही-भीतर उसका हृदय अपनी परवशता पर रोता था। वह जिस वक्त अपने छज्जे पर खड़ी होकर सड़क पर निगाह दौड़ाती और कितनी ही महिलाओं को खद्दर की साड़ियाँ पहने गर्व से सिर उठाये चलते देखती, तो उसके भीतर की वेदना एक ठंडी आह बनकर निकल जाती थी। उसे ऐसा मालूम होता था कि मुझसे ज्यादा बदनसीब औरत संसार में नहीं है। मैं अपने स्वदेशवासियों की इतनी-भी सेवा नहीं कर सकती। शाम को मिस्टर सेठ के आग्रह करने पर वह कहीं मनोरंजन या सैर के लिए जाती, तो विदेशी कपड़े पहने हुए निकलते शर्म से उसकी गर्दन झुक जाती थी। वह पत्रों में महिलाओं के जोश-भरे व्याख्यान पढ़ती तो उसकी आँखें जगमगा उठतीं, थोड़ी देर के लिए वह भूल जाती कि मैं यहाँ बन्धनों में जकड़ी हुई हूँ।

होली का दिन था, आठ बजे रात का समय। स्वदेश के नाम पर बिके हुए अनुरागियों का जुलूस आकर मिस्टर सेठ के मकान के सामने रुका और उसी चौड़े मैदान में विलायती कपड़ों की होलियाँ लगाने की तैयारियाँ होने लगीं। गोदावरी अपने कमरे में खिड़की पर खड़ी यह समारोह देखती थी और दिल मसोसकर रह जाती थी। एक वह हैं, जो यों खुश-खुश, आजादी के नशे में मतवाले, गर्व से सिर उठाये होली लगा रहे हैं; और एक मैं हूँ कि पिंजड़े में बन्द पक्षी की तरह फड़फड़ा रही हूँ। इन तीलियों को कैसे तोड़ दूँ ? उसने कमरे में निगाह दौड़ायी। सभी चीजें विदेशी थीं। स्वदेशी का एक सूत भी न था। यही चीजें वहाँ जलायी जा रही थीं और यही चीज़ें यहाँ उसके हृदय में संचित ग्लानि की भाँति सन्दूकों में रखी हुई थीं। उसके जी में एक लहर उठ रही थी कि इन चीजों को उठाकर उसी होली में डाल दे, उसकी सारी ग्लानि और दुर्बलता जलकर भस्म हो जाय ! मगर पति की अप्रसन्नता के भय ने उसका हाथ पकड़ लिया। सहसा मि. सेठ ने अन्दर आकर कहा—जरा इन सिरफिरों को देखो, कपड़े जला रहे हैं। यह पागलपन, उन्माद और

विद्रोह नहीं तो और क्या है। किसी ने सच कहा है, हिंदुस्तानियों को न अक्ल आयी है न आयेगी। कोई कल भी तो सीधी नहीं।

गोदावरी ने कहा—तुम भी हिंदुस्तानी हो ?

सेठ ने गर्म होकर कहा—हाँ, लेकिन मुझे इसका हमेशा खेद रहता है कि ऐसे अभागे देश में क्यों पैदा हुआ। मैं नहीं चाहता कि कोई मुझे हिन्दुस्तानी कहे या समझे। कम-से-कम मैंने आचार-व्यवहार, वेश-भूषा, रीति-नीति, कर्म-वचन में कोई ऐसी बात नहीं रखी जिससे हमें कोई हिन्दुस्तानी होने का कलंक लगाये। पूछिये, जब हमें आठ आने गज में बढ़िया कपड़ा मिलता है, तो हम क्यों मोटा टाट खरीदें। इस विषय में हर एक को पूरी स्वाधीनता होनी चाहिए। न जाने क्यों गवर्नमेंट ने इन दुष्टों को यहाँ जमा होने दिया। अगर मेरे हाथ में अधिकार होता, तो सबों को जहन्नुम रसीद कर देता। तब आटे-दाल का भाव मालूम होता।

गोदावरी ने अपने शब्दों में तीक्ष्ण तिरस्कार भरके कहा— तुम्हें अपने भाइयों का जरा भी खयाल नहीं आता ? भारत के सिवा और भी कोई देश है, जिस पर किसी दूसरी जाति का शासन हो ? छोटे-छोटे राष्ट्र भी किसी दूसरी जाति के गुलाम बनकर नहीं रहना चाहते। क्या एक हिन्दुस्तानी के लिए यह लज्जा की बात नहीं है कि वह अपने थोड़े-से फायदे के लिए सरकार का साथ दे कर अपने ही भाइयों के साथ अन्याय करे ?

सेठ ने भौंहें चढ़ाकर कहा—मैं इन्हें अपना भाई नहीं समझता।

गोदावरी—आखिर तुम्हें सरकार जो वेतन देती है, वह इन्हीं की जेब से तो आता है।

सेठ—मुझे इससे कोई मतलब नहीं कि मेरा वेतन किसकी जेब से आता है। मुझे जिसके हाथ से मिलता है, वह मेरा स्वामी है। न जाने इन दुष्टों को क्या सनक सवार हुई है। कहते हैं, भारत आध्यात्मिक देश है। क्या अध्यात्म का यही आशय है कि परमात्मा के विधानों का विरोध किया जाये? जब यह मालूम है कि परमात्मा की इच्छा के विरुद्ध एक पत्ती भी नहीं हिल सकती, तो यह कैसे मुमकिन है कि यह इतना बड़ा देश परमात्मा की मर्जी बगैर अँगरेजों के अधीन हो ? क्यों इन दीवानों को इतनी अक्ल नहीं आती कि जब तक परमात्मा की इच्छा न होगी, कोई अँगरेजों का बाल भी बाँका न कर सकेगा।

गोदावरी—तो फिर क्यों नौकरी करते हो ? परमात्मा की इच्छा होगी, तो आप-ही-आप भोजन मिल जायेगा। बीमार होते हो, तो क्यों दौड़े वैद्य के घर जाते हो ? परमात्मा उन्हीं की मदद करता है, जो अपनी मदद आप करते हैं !

सेठ—बेशक करता है; लेकिन अपने घर में आग लगा देना, घर की चीजों को जला देना, ऐसे काम हैं, जिन्हें परमात्मा कभी पसंद नहीं कर सकता।

गोदावरी—तो यहाँ के लोगों को चुपचाप बैठे रहना चाहिए ?

सेठ—नहीं, रोना चाहिए। इस तरह रोना चाहिए जैसे बच्चे माता के दूध के लिए रोते हैं।

सहसा होली जली, आग की शाखाएँ आसमान से बातें करने लगीं, मानो स्वाधीनता की देवी अग्नि-वस्त्र धारण किये हुए आकाश के देवताओं से गले मिलने जा रही हो।

दीनानाथ ने खिड़की बन्द कर दी, उनके लिए यह दृश्य ही असह्य था।

गोदावरी इस तरह खड़ी रही, जैसे कोई गाय कसाई के खूँटे पर खड़ी हो। उसी वक्त किसी के गाने की आवाज़ आयी—

वतन की देखिए तकदीर कब बदलती है...

गोदावरी के विषाद से भरे हुए हृदय में एक चोट लगी। उसने खिड़की खोल दी और नीचे की तरफ झाँका। होली अब भी जल रही थी और एक अंधा लड़का अपनी खंजरी बजा कर गा रहा था—

वतन की देखिए तकदीर कब बदलती है...

वह खिड़की के सामने पहुँचा तो गोदावरी ने पुकारा—ओ अन्धे ! खड़ा रह।

अन्धा खड़ा हो गया। गोदावरी ने सन्दूक खोला, पर उसमें उसे एक पैसा मिला। नोट और रुपये थे, मगर अन्धे फकीर को नोट या रुपये देने का तो सवाल ही न था। पैसे अगर दो-चार मिल जाते, तो इस वक्त वह जरूर दे देती। पर वहाँ एक ही पैसा था, वह भी इतना घिसा हुआ कि कहार बाजार से लौटा लाया था। किसी दुकानदार ने न लिया था। अन्धे को वह पैसा देते हुए गोदावरी को शर्म आ रही थी। वह जरा देर तक पैसे को हाथ में लिये संशय में खड़ी रही। तब अन्धे को बुलाया और पैसा दे दिया।

अन्धे ने कहा—माता जी कुछ खाने को दीजिए। आज दिन भर से कुछ नहीं खाया।

गोदावरी—दिन भर माँगता है, तब भी तुझे खाने को नहीं मिलता ?

अन्धा—क्या करूँ माता, कोई खाने को नहीं देता।

गोदावरी—इस पैसे का चबैना लेकर खा ले।

अन्धा—खा लूँगा, माता जी, भगवान् आपको खुशी रखे। अब यहीं सोता हूँ।

2

दूसरे दिन प्रातःकाल काँग्रेस की तरफ से एक आम जलसा हुआ। मिस्टर सेठ ने विलायती टूथ पाउडर, विलायती ब्रुश से दाँतों पर मला; विलायती साबुन ने नहाया, विलायती चाय विलायती प्यालियों में पी; विलायती बिस्कुट विलायती मक्खन के साथ

खाया, विलायती दूध पिया। फिर विलायती सूट धारण करके विलायती सिगार मुँह में दबाकर घर से निकले, और अपनी मोटर-साइकिल पर बैठ फ्लावर-शो देखने चले गये।

गोदावरी को रात-भर नींद नहीं आयी थी। दुराशा और पराजय की कठिन यंत्रणा किसी कोड़े की तरह उसके हृदय पर पड़ रही थी। ऐसा मालूम होता था कि उसके कंठ में कोई कड़वी चीज अटक गयी है। मिस्टर सेठ को अपने प्रभाव में लाने की उसने वह सब योजनाएँ कीं, जो एक रमणी कर सकती है; पर उस भले आदमी पर उसके सारे हाव-भाव, मृदु-मुस्कान और वाणी-विलास का कोई असर न हुआ। खुद तो स्वदेशी वस्त्रों के व्यवहार करने पर क्या राजी होते, गोदावरी के लिए एक खद्दर की साड़ी लाने पर भी सहमत न हुए। यहाँ तक कि गोदावरी ने उनसे कभी कोई चीज न माँगने की कसम खा ली।

क्रोध और ग्लानि ने उसकी सद्‌भावना को इस तरह विकृत कर दिया जैसे कोई मैली वस्तु निर्मल जल को दूषित कर देती है। उसने सोचा, जब यह मेरी इतनी-सी बात नहीं मान सकते, तब फिर मैं क्यों इनके इशारों पर चलूँ, क्यों इनकी इच्छाओं की लौंडी बनी रहूँ ? मैंने इनके हाथ कुछ अपनी आत्मा नहीं बेची है। अगर आज ये चोरी या गबन करें तो क्या मैं सजा पाऊँगी ? उसकी सजा ये खुद झेलेंगे। उसका अपराध इन के ऊपर होगा। इन्हें अपने कर्म और वचन का अख्तियार है, मुझे अपने कर्म और वचन का अख्तियार। यह अपनी सरकार की गुलामी करें, अँगरेजों की चौखट पर नाक रगड़ें, मुझे क्या गरज है कि उसमें इनका सहयोग करूँ। जिसमें आत्माभिमान नहीं, जिसने अपने को स्वार्थ के हाथों बेच दिया, उसके प्रति अगर मेरे मन में भक्ति न हो तो मेरा दोष नहीं। यह नौकर हैं या गुलाम ? नौकरी और गुलामी में अन्तर है। नौकर कुछ नियमों के अधीन अपना निर्दिष्ट काम करता है। वह नियम स्वामी और सेवक दोनों ही पर लागू होते हैं। स्वामी अगर अपमान करे, अपशब्द कहे तो नौकर उसको सहन करने के लिए मजबूर नहीं। गुलाम के लिए कोई शर्त नहीं, उसकी दैहिक गुलामी पीछे होती है, मानसिक गुलामी पहले ही हो जाती है। सरकार ने इनसे कब कहा है, कि देशी चीज़ें न खरीदो। सरकारी टिकटों तक पर यह शब्द लिखे होते हैं, 'स्वदेशी चीजें खरीदो।' इससे विदित है कि सरकार देशी चीजों का निषेध नहीं करती। फिर भी यह महाशय सुर्ख-रू बनने की फिक्र में सरकार से भी दो अंगुल आगे बढ़ना चाहते हैं !

मिस्टर सेठ ने कुछ झेंपते हुए कहा—कल फ्लावर-शो देखने चलोगी ?

गोदावरी ने विरक्त मन से कहा—नहीं !

'बहुत अच्छा तमाशा है।'

'मैं काँग्रेस के जलसे में जा रही हूँ।'

मिस्टर सेठ के ऊपर यदि छत गिर पड़ी होती या उन्होंने बिजली का तार हाथ से पकड़ लिया होता, तो भी वह इतने बदहवास न होते। आँखें फाड़ कर

बोले—तुम काँग्रेस के जलसे में जाओगी ?

'हाँ, जरूर जाऊँगी।'

'मैं नहीं चाहता कि तुम वहाँ जाओ।'

'अगर तुम मेरी परवाह नहीं करते, तो मेरा धर्म नहीं कि तुम्हारी हर एक आज्ञा का पालन करूँ।'

मिस्टर सेठ ने आँखों में विष भर कर कहा—नतीजा बुरा होगा।

गोदावरी मानो तलवार के सामने छाती खोल कर बोली—इसकी चिंता नहीं, तुम किसी के ईश्वर नहीं हो।

मिस्टर सेठ खूब गर्म पड़े, धमकियाँ दीं, आखिर मुँह फेर कर लेट रहे। प्रातःकाल फ्लावर-शो जाते समय भी उन्होंने गोदावरी से कुछ न कहा।

3

गोदावरी जिस समय काँग्रेस के जलसे में पहुँची, तो कई हजार मर्दों और औरतों का जमाव था। मंत्री ने चन्दे की अपील की थी और कुछ लोग चन्दा दे रहे थे। गोदावरी उस जगह खड़ी हो गयी जहाँ और स्त्रियाँ जमा थीं और देखने लगी कि लोग क्या देते हैं। अधिकांश लोग दो-दो, चार-चार आना ही दे रहे थे। वहाँ ऐसा धनवान् था ही कौन ? उसने अपनी जेब टटोली, तो एक रुपया निकला। उसने समझा यह काफी है। इसी इन्तजार में थी कि झोली सामने आवे तो उसमें डाल दूँ। सहसा वही अन्धा लड़का जिसे कि उसने पैसा दिया था, न जाने किधर से आ गया और ज्यों ही चन्दे की झोली उसके सामने पहुँची, उसने उसमें कुछ डाल दिया। सबकी आँखें उसकी तरफ उठ गयीं। सबको कुतूहल हो रहा था कि अन्धे ने क्या दिया ? कहीं एक आध पैसा मिल गया होगा। दिन भर गला फाड़ता है, तब भी तो उस बेचारे को रोटी नहीं मिलती। अगर यही गाना पिश्वाज़ और साज के साथ किसी महफिल में होता तो रुपये बरसते; लेकिन सड़क पर गाने वाले अन्धे की कौन परवाह करता है।

झोली में पैसा डाल कर अन्धा वहाँ से चल दिया और कुछ दूर जा कर गाने लगा—

वतन की देखिए तकदीर कब बदलती है...

सभापति ने कहा—मित्रो, देखिए, यह वह पैसा है, जो एक गरीब अन्धा लड़का इस झोली में डाल गया है। मेरी आँखों में इस एक पैसे की कीमत किसी अमीर के एक हज़ार रुपये से कम नहीं। शायद यही इस गरीब की सारी बिसात होगी। जब ऐसे गरीबों की सहानुभूति हमारे साथ है, तो मुझे सत्य की विजय में कोई संदेह नहीं मालूम होता। हमारे यहाँ क्यों इतने फकीर दिखायी देते हैं। या तो इसीलिए

कि समाज में इन्हें कोई काम नहीं मिलता; या दरिद्रता से पैदा हुई बीमारियों के कारण यह अब इस योग्य ही नहीं रह गये कि कुछ काम करें; या भिक्षावृत्ति ने इनमें कोई सामर्थ्य ही नहीं छोड़ी। स्वराज्य के सिवा इन गरीबों का अब उद्धार कौन कर सकता है। देखिए, वह गा रहा है–

वतन की देखिए तकदीर कब बदलती है...

इस पीड़ित हृदय में कितना उत्सर्ग है ! क्या अब भी कोई संदेह कर सकता है कि यह किसकी आवाज है ? (पैसा ऊपर उठा कर) आपमें कौन इन रत्न को खरीद सकता है ?

गोदावरी के मन में जिज्ञासा हुई, क्या यह वही तो पैसा नहीं है, जो रात मैंने उसे दिया था ? क्या उसने सचमुच रात को कुछ नहीं खाया ?

उसने जा कर समीप से पैसे को देखा, जो मेज पर रख दिया गया था। उसका हृदय धक् से रह गया। यह वही घिसा हुआ पैसा था।

उस अंधे की दशा, उसके त्याग का स्मरण करके गोदावरी अनुरक्त हो उठी। काँपते हुए स्वर में बोली–मुझे आप यह पैसा दे दीजिए, मैं पाँच रुपये दूँगी।

सभापति ने कहा–एक बहन इस पैसे के दाम पाँच रुपये दे रही हैं।

दूसरी आवाज आयी–दस रुपये।

तीसरी आवाज आयी–बीस रुपये।

गोदावरी ने इस अंतिम व्यक्ति की ओर देखा। उसके मुख पर आत्माभिमान झलक रहा था। मानो कह रहा हो कि यहाँ कौन है, जो मेरी बराबरी कर सके ! गोदावरी के मन में स्पर्द्धा का भाव जाग उठा। चाहे कुछ हो जाये, इसके हाथ में यह पैसा न जाय। समझता है, इसने बीस रुपये क्या कह दिये, सारे संसार को मोल ले लिया।

गोदावरी ने कहा–चालीस रुपये।

उस पुरुष ने तुरंत कहा–पचास रुपये।

हजारों आँखें गोदवरी की ओर उठ गयीं मानो कह रही हों, अब आप ही हमारी लाज रखिए।

गोदावरी ने उस आदमी की ओर देखकर धमकी से मिले हुए स्वर में कहा–सौ रुपये।

धनी आदमी ने भी तुरंत कहा–एक सौ बीस रुपये।

लोगों के चेहरे पर हवाइयाँ उड़ने लगीं। समझ गये, इसी के हाथ विजय रही। निराश आँखों से गोदावरी की ओर ताकने लगे; मगर ज्योंही गोदावरी के मुँह से निकला, डेढ़ सौ, कि चारों तरफ तालियाँ पड़ने लगीं। मानो किसी दंगल के दर्शक अपने पहलवान की विजय पर मतवाले हो गये हों।

उस आदमी ने फिर कहा—पौने दो सौ।

गोदावरी बोली—दो सौ।

फिर चारों तरफ से तालियाँ पड़ीं। प्रतिद्वंद्वी ने अब मैदान से हट जाने ही में अपनी कुशल समझी।

गोदावरी विजय के गर्व पर नम्रता का पर्दा डाले हुए खड़ी थी और हजारों शुभ-कामनाएँ उस पर फूलों की तरह बरस रही थीं।

4

जब लोगों को मालूम हुआ कि यह देवी मिस्टर सेठ की बीवी है, तो उन्हें ईर्ष्यामय आनंद के साथ उस पर दया भी आयी।

मिस्टर सेठ अभी फ्लावर-शो में ही थे कि एक पुलिस के अफसर ने उन्हें यह घातक संवाद सुनाया। मिस्टर सेठ सकते में पड़ गये, मानो सारी देह शून्य पड़ गयी हो। फिर दोनों मुट्ठियाँ बाँध लीं। दाँत पीसे, ओंठ चबाये और इसी वक्त घर चले। उनकी मोटर-साइकिल कभी इतनी तेज न चली थी।

घर में कदम रखते ही उन्होंने चिनगारियों-भरी आँखों से देखते हुए कहा—क्या तुम मेरे मुँह में कालिख पुतवाना चाहती हो ?

गोदावरी ने शांत भाव से कहा—कुछ मुँह से भी तो कहो या गालियाँ ही दिये जाओगे ? तुम्हारे मुँह में कालिख लगेगी, तो क्या मेरे मुँह में न लगेगी ? तुम्हारी जड़ खुदेगी, तो मेरे लिए दूसरा कौन-सा सहारा है ?

मिस्टर सेठ—सारे शहर में तूफान मचा हुआ है। तुमने मेरे रुपये दिये क्यों ?

गोदावरी ने उसी शांत भाव से कहा—इसलिए कि मैं उसे अपना ही रुपया समझती हूँ।

मिस्टर सेठ दाँत किटकिटा कर बोले—हरगिज़ नहीं, तुम्हें मेरा रुपया खर्च करने का कोई हक नहीं है।

गोदावरी—बिलकुल गलत, तुम्हारे खर्च करने का तुम्हें जितना अख्तियार है, उतना ही मुझको भी है। हाँ, जब तलाक का कानून पास करा लोगे और तलाक दे दोगे, तब न रहेगा।

मिस्टर सेठ ने अपना हैट इतने जोर से मेज पर फेंका कि वह लुढ़कता हुआ जमीन पर गिर पड़ा और बोले—मुझे तुम्हारी अक्ल पर अफसोस आता है। जानती हो तुम्हारी इस उद्दंडता का क्या नतीजा होगा? मुझसे जवाब तलब हो जायेगा। बतलाओ, क्या जवाब दूँगा ? जब यह जाहिर है कि कांग्रेस सरकार से दुश्मनी कर रही है तो कांग्रेस की मदद करना सरकार के साथ दुश्मनी करना है।

'तुमने तो नहीं की कांग्रेस की मदद !

'तुमने तो की !

'इसकी सजा मुझे मिलेगी या तुम्हें ? अगर मैं चोरी करूँ, तो क्या तुम जेल जाओगे ?'

'चोरी की बात और है, यह बात और है।'

'तो क्या कांग्रेस की मदद करना चोरी या डाके से भी बुरा है ?'

'हाँ, सरकारी नौकर के लिए चोरी या डाके से भी कहीं बुरा है।'

'मैंने यह नहीं समझा था।'

'अगर तुमने यह नहीं समझा था, तो तुम्हारी ही बुद्धि का भ्रम था। रोज अखबारों में देखती हो, फिर भी मुझसे पूछती हो ! एक कांग्रेस का आदमी प्लेटफार्म पर बोलने खड़ा होता है तो बीसियों सादे कपड़े वाले पुलिस अफ़सर उसकी रिपोर्ट लेने बैठते हैं। कांग्रेस के सरगनाओं के पीछे कई-कई मुखबिर लगा दिये जाते हैं, जिनका काम यही है कि उन पर कड़ी निगाह रखें। चोरों के साथ तो इतनी सख्ती कभी नहीं की जाती। इसीलिए हजारों चोरियाँ और डाके और खून रोज होते रहते हैं, किसी का कुछ पता नहीं चलता, न पुलिस इसकी परवाह करती है। मगर पुलिस को जिस मामले में राजनीति की गंध भी आ जाती है फिर देखो पुलिस की मुस्तैदी। इन्स्पेक्टर जनरल से लेकर कांस्टेबिल तक एड़ियों तक का जोर लगाते हैं। सरकार को चोरों से भय नहीं। चोर सरकार पर चोट नहीं करता। कांग्रेस सरकार के अख्तियार पर हमला करती है, इसलिए सरकार भी अपनी रक्षा के लिए अपने अख्तियार से काम लेती है। यह तो प्रकृति का नियम है।'

मिस्टर सेठ आज दफ्तर चले, तो उनके कदम पीछे रह जाते थे ! न जाने आज वहाँ क्या हाल हो। रोज की तरह दफ्तर में पहुँच कर उन्होंने चपरासियों को डाँटा नहीं, क्लर्कों पर रोब नहीं जमाया, चुपके से जाकर कुर्सी पर बैठ गये। ऐसा मालूम होता था, कोई तलवार सिर पर लटक रही है। साहब की मोटर की आवाज सुनते ही उनके प्राण सूख गये। रोज वह अपने कमरे में बैठे रहते थे। जब साहब आकर बैठ जाते थे, तब आध घंटे के बाद मिसलें लेकर पहुँचते थे। आज वह बरामदे में खड़े थे, साहब उतरे तो झुककर उन्होंने सलाम किया। मगर साहब ने मुँह फेर लिया।

लेकिन वह हिम्मत नहीं हारे, आगे बढ़ कर पर्दा हटा दिया, साहब कमरे में गये, तो सेठ साहब ने पंखा खोल दिया, मगर जान सूखी जाती थी कि देखें, कब सिर पर तलवार गिरती है। साहब ज्यों ही कुर्सी पर बैठे, सेठ ने लपक कर, सिगार-केस और दियासलाई मेज पर रख दी।

एकाएक ऐसा मालूम हुआ, मानो आसमान फट गया हो। साहब गरज रहे थे, तुम दगाबाज आदमी है।

सेठ ने इस तरह साहब की तरफ देखा, जैसे उनका मतलब नहीं समझे।

साहब ने फिर गरज कर कहा—तुम दगाबाज आदमी है।

मिस्टर सेठ का खून गर्म हो उठा, बोले—मेरा तो खयाल है कि मुझसे बड़ा

राजभक्त इस देश में न होगा।

साहब—तुम नमकहराम आदमी है।

मिस्टर सेठ के चेहरे पर सुर्खी आयी—आप व्यर्थ ही अपनी ज़बान ख़राब कर रहे हैं।

साहब—तुम शैतान आदमी है।

मिस्टर सेठ की आँखों में सुर्खी आयी—आप मेरी बेइज्जती कर रहे हैं। ऐसी बातें सुनने की मुझे आदत नहीं है।

साहब—चुप रहो, यू ब्लडी। तुमको सरकार पाँच सौ रुपये इसलिए नहीं देता कि तुम अपने वाइफ के हाथ से कांग्रेस का चंदा दिलवाये। तुमको इसलिए सरकार रुपया नहीं देता।

मिस्टर सेठ को अब अपनी सफाई देने का अवसर मिला। बोले—मैं आपको विश्वास दिलाता हूँ कि मेरी वाइफ ने सरासर मेरी मर्जी के खिलाफ रुपये दिये हैं। मैं तो उस वक्त फ्लावर-शो देखने गया था, जहाँ मिस फ्रांक का गुलदस्ता पाँच रुपये में लिया। वहाँ से लौटा, तो मुझे यह खबर मिली।

साहब—ओ ! तुम हमको बेवकूफ बनाता है ?

यह बात अग्नि-शिला की भाँति ज्यों ही साहब के मस्तिष्क में घुसी, उनके मिजाज का पारा उबाल के दर्जे तक पहुँच गया। किसी हिन्दुस्तानी की इतनी मजाल कि उन्हें बेवकूफ बनाये ! वह जो हिन्दुस्तान के बादशाह हैं, जिनके पास बड़े-बड़े तालुकेदार सलाम करने आते हैं, जिनके नौकरों को बड़े-बड़े रईस नजराना देते हैं, उन्हीं को कोई बेवकूफ बनाये ! उसके लिये वह असह्य था। रूल उठा कर दौड़ा।

लेकिन मिस्टर सेठ भी मजबूत आदमी थे। यों वह हर तरह की खुशामद किया करते थे, लेकिन यह अपमान स्वीकार न कर सके। उन्होंने रूल को तो हाथ पर लिया और एक डग आगे बढ़ कर ऐसा घूँसा साहब के मुँह पर रसीद किया कि साहब की आँखों के सामने अँधेरा छा गया। वह इस मुष्टिप्रहार के लिए तैयार न थे। उन्हें कई बार इसका अनुभव हो चुका था कि नेटिव बहुत शांत, दब्बू, और गमखोर होता है। विशेषकर साहबों के सामने तो उसकी जबान तक नहीं खुलती। कुर्सी पर बैठ कर नाक का खून पोंछने लगा। फिर मिस्टर सेठ से उलझने की उसकी हिम्मत नहीं पड़ी, मगर दिल में सोच रहा था, इसे कैसे नीचा दिखाऊँ।

मिस्टर सेठ भी अपने कमरे में आकर इस परिस्थिति पर विचार करने लगे। उन्हें बिलकुल खेद न था; बल्कि वह अपने साहस पर प्रसन्न थे। इसकी बदमाशी तो देखो कि मुझ पर रूल चला दिया ! जितना दबता था, उतना ही दबाये जाता था। मेम यारों को लिये घूमा करती है, उससे बोलने की हिम्मत नहीं पड़ती। मुझसे शेर बन गया। अब दौड़ेगा कमिश्नर के पास। मुझे बरखास्त कराये बगैर न छोड़ेगा। यह सब कुछ गोदावरी के कारण हो रहा है। बेइज्जती तो हो ही गयी। अब रोटियों

को भी मुहताज होना पड़ेगा। मुझसे तो कोई पूछेगा भी नहीं, बरखास्तगी का परवाना आ जायेगा। अपील कहाँ होगी ? सेक्रेटरी है हिन्दुस्तानी, मगर अँगरेजों से भी ज्यादा अँगरेज। होम मेम्बर भी हिन्दुस्तानी हैं, मगर अँगरेजों के गुलाम। गोदावरी के चंदे का हाल सुनते ही उन्हें जूड़ी चढ़ आयेगी। न्याय की किसी से आशा नहीं, अब यहाँ से निकल जाने में ही कुशल है।

उन्होंने तुरंत एक इस्तीफा लिखा और साहब के पास भेज दिया। साहब ने उस पर लिख दिया, 'बरखास्त'।

5

दोपहर को जब मिस्टर सेठ मुँह लटकाये हुए घर पहुँचे तो गोदावरी ने पूछा—आज जल्दी कैसे आ गये ?

मिस्टर सेठ दहकती हुई आँखों से देख कर बोले—जिस बात पर लगी थीं, वह हो गयी। अब रोओ, सिर पर हाथ रखके !

गोदावरी—बात क्या हुई, कुछ कहो भी तो ?

सेठ—बात क्या हुई, उसने आँखें दिखायीं, मैंने चाँटा जमाया और इस्तीफा दे कर चला आया।

गोदावरी—इस्तीफा देने की क्या जल्दी थी ?

सेठ—और क्या सिर के बाल नुचवाता ? तुम्हारा यही हाल है, तो आज नहीं कल, अलग होना ही पड़ता।

गोदावरी—खैर, जो हुआ अच्छा ही हुआ। आज से तुम भी कांग्रेस में शरीक हो जाओ।

सेठ ने ओंठ चबाकर कहा—लजाओगी तो नहीं, ऊपर से घाव पर नमक छिड़कती हो।

गोदावरी—लजाऊँ क्यों, मैं तो खुश हूँ कि तुम्हारी बेड़ियाँ कट गयीं।

सेठ—आखिर कुछ सोचा है, काम कैसे चलेगा?

गोदावरी—सब सोच लिया है। मैं चलाकर दिखा दूँगी। हाँ, मैं जो कुछ कहूँ, वह तुम किये जाना। अब तक मैं तुम्हारे इशारों पर चलती थी, अब से तुम मेरे इशारे पर चलना। मैं तुमसे किसी बात की शिकायत न करती थी; तुम जो कुछ खिलाते थे खाती थी, जो कुछ पहनाते थे पहनती थी। महल में रखते, महल में रहती। झोंपड़ी में रखते, झोंपड़ी में रहती। उसी तरह तुम भी रहना। जो काम करने को कहूँ वह करना। फिर देखूँ कैसे काम नहीं चलता। बड़प्पन, सूट-बूट और ठाट-बाट में नहीं है। जिसकी आत्मा पवित्र हो, वही ऊँचा है। आज तक तुम मेरे पति थे, आज से मैं तुम्हारी पति हूँ।

सेठ जी उसकी ओर स्नेह की आँखों से देख कर हँस पड़े। ❑

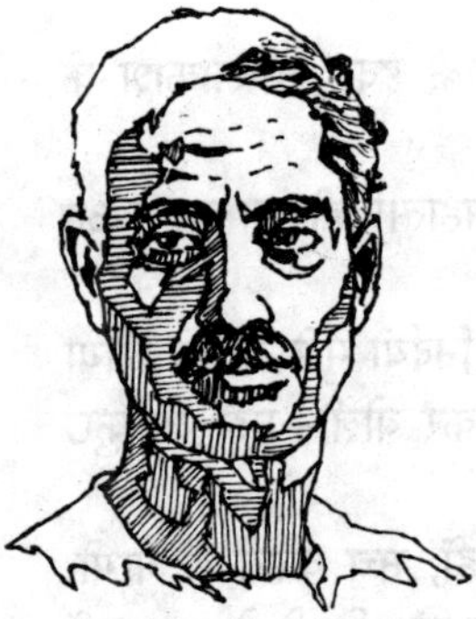

समर-यात्रा

प्रथमतः हिन्दी मासिक 'माधुरी', मई 1930 में प्रकाशित

1

आज सवेरे ही से गाँव मे हलचल मची हुई थी। कच्ची झोंपड़ियाँ हँसती हुई जान पड़ती थीं। आज सत्याग्रहियों का जत्था गाँव में आयेगा। कोदई चौधरी के द्वार पर चँदोवा तना हुआ है। आटा, घी, तरकारी, दूध और दही जमा किया जा रहा है। सबके चेहरों पर उमंग है, हौसला है, आनंद है। वही बिंदा अहीर, जो दौरे के हाकिमों के पड़ाव पर पाव-पाव भर दूध के लिए मुँह छिपाता फिरता था, आज दूध और दही के दो मटके अहिराने से बटोर कर रख गया है। कुम्हार, जो घर छोड़कर भाग जाया करता था, मिट्टी के बर्तनों का अटम लगा गया है। गाँव के नाई-कहार सब आप-ही-आप दौड़े चले आ रहे हैं। अगर कोई प्राणी दुखी है, तो वह नोहरी बुढ़िया है। वह अपनी झोंपड़ी के द्वार पर बैठी हुई अपनी पचहत्तर साल की बूढ़ी, सिकुड़ी हुई आँखों से यह समारोह देख रही है और पछता रही है। उसके पास क्या है, जिसे ले कर कोदई के द्वार पर जाय और कहे—मैं यह लायी हूँ। वह तो दानों को मुहताज है।

मगर नोहरी ने अच्छे दिन भी देखे हैं। एक दिन उसके पास धन, जन सब कुछ था। गाँव पर उसी का राज्य था। कोदई को उसने हमेशा नीचे दबाये रखा। वह स्त्री होकर भी पुरुष थी। उसका पति घर में सोता था, वह खेत में सोने जाती थी। मामले-मुकदमे की पैरवी खुद ही करती थी। लेना-देना सब उसी के हाथों में था लेकिन वह सब कुछ विधाता ने हर लिया। न धन रहा, न जन रहे। अब उनके नामों को रोने के लिए वही बाकी थी। आँखों से सूझता न था, कानों से सुनायी न देता था, जगह से हिलना मुश्किल था। किसी तरह जिंदगी के दिन पूरे कर रही थी और उधर कोदई के भाग उदय हो गये थे। अब चारों ओर से कोदई की पूछ थी—पहुँच थी। आज जलसा भी कोदई के द्वार पर हो रहा है। नोहरी को अब कौन पूछेगा। यह सोच कर उसका मनस्वी हृदय मानो किसी पत्थर से कुचल उठा। हाय ! अगर भगवान ने उसे इतना अपंग न कर दिया होता, तो आज झोपड़े को लीपती, द्वार पर बाजे बजवाती, कढ़ाव चढ़ा देती, पूड़ियाँ बनवाती और जब वह लोग खा चुकते; तो अँजुली भर रुपये उनकी भेंट कर देती। उसे वह दिन याद आया, जब वह अपने बूढ़े पति को लेकर यहाँ से बीस कोस महात्मा जी के दर्शन करने गयी

थी। वह उत्साह, वह सात्विक प्रेम, वह श्रद्धा, आज उसके हृदय में आकाश के मटियाले मेघों की भाँति उमड़ने लगी।

कोदई ने आकर पोपले मुँह से कहा—भाभी, आज महात्मा जी का जत्था आ रहा है, तुम्हें भी कुछ देना है ?

नोहरी ने चौधरी को कटार भरी हुई आँखों से देखा। निर्दयी मुझे जलाने आया है। मुझे नीचा दिखाना चाहता है। जैसे आकाश पर चढ़ कर बोली—मुझे जो कुछ देना है, वह उन्हीं लोगों को दूँगी। तुम्हें क्यों दिखाऊँ !

कोदई ने मुस्करा कर कहा—हम किसी से कहेंगे नहीं, सच कहते हैं भाभी, निकालो वह पुरानी हाँड़ी ! अब किस दिन के लिए रखे हुए हो। किसी ने कुछ नहीं दिया। गाँव की लाज कैसे रहेगी ?

नोहरी ने कठोर दीनता के भाव से कहा—जले पर नमक न छिड़को, देवर जी ! भगवान ने दिया होता, तो तुम्हें कहना न पड़ता। इसी द्वार पर एक दिन साधु-संत, जोगी-जती, हाकिम-सूबा सभी आते थे, मगर सब दिन बराबर नहीं जाते।

कोदई लज्जित हो गया। उसके मुहँ की झुर्रियाँ मानो रेंगने लगीं। बोला—तुम तो हँसी-हँसी में बिगड़ जाती हो भाभी ! मैंने तो इसलिए कहा था कि पीछे से तुम यह न कहने लगो—मुझसे तो किसी ने कुछ कहा ही नहीं।

यह कहता हुआ वह चला गया। नोहरी वहीं बैठी उसकी ओर ताकती रही। उसका वह व्यंग्य सर्प की भाँति उसके सामने बैठा हुआ मालूम होता था।

2

नोहरी अभी बैठी हुई थी कि शोर मचा—जत्था आ गया। पश्चिम में गर्द उड़ती हुई नज़र आ रही थी, मानो पृथ्वी उन यात्रियों के स्वागत में अपने राज-रत्नों की वर्षा कर रही हो। गाँव के सब स्त्री-पुरुष सब काम छोड़-छाड़कर उनका अभिवादन करने चले। एक क्षण में तिरंगी पताका हवा में फहराती दिखायी दी, मानो स्वराज्य ऊँचे आसन पर बैठा हुआ सबको आशीर्वाद दे रहा है।

स्त्रियाँ मंगल-गान करने लगीं। जरा देर में यात्रियों का दल साफ नजर आने लगा। दो-दो आदमियों की कतारें थीं। हर एक की देह पर खद्दर का कुर्त्ता था, सिर पर गाँधी टोपी, बगल में थैला लटकता हुआ, दोनों हाथ खाली, मानो स्वराज्य का आलिंगन करने को तैयार हों। फिर उनका कण्ठ-स्वर सुनायी देने लगा। उनके मरदाने गलों से एक कौमी तराना निकल रहा था; गर्म, गहरा, दिलों में स्फूर्ति डालने वाला—

एक दिन वह था कि हम सारे जहाँ में फर्द थे,
एक दिन यह है कि हम-सा बेहया कोई नहीं।

एक दिन वह था कि अपनी शान पर देते थे जान,
एक दिन यह है कि हम-सा बेहया कोई नहीं।

गाँव वालों ने कई कदम आगे बढ़कर यात्रियों का स्वागत किया। बेचारों के सिरों पर धूल जमी हुई थी, ओंठ सूखे हुए, चेहरे सँवलाये; पर आँखों में जैसे आजादी की ज्योति चमक रही थी।

स्त्रियाँ गा रही थीं, बालक उछल रहे थे और पुरुष अपने अँगोछों से यात्रियों की हवा कर रहे थे। इस समारोह में नोहरी की ओर किसी का ध्यान न गया, वह अपनी लठिया पकड़े सब के पीछे सजीव आशीर्वाद बनी खड़ी थी। उसकी आँखें डबडबायी हुई थीं, मुख से गौरव की ऐसी झलक आ रही थी मानो वह कोई रानी है, मानो यह सारा गाँव उसका है, वे सभी युवक उसके बालक हैं। अपने मन में उसने ऐसी शक्ति, ऐसे विकास, ऐसे उत्थान का अनुभव कभी न किया था।

सहसा उसने लाठी फेंक दी और भीड़ को चीरती हुई यात्रियों के सामने आ खड़ी हुई, जैसे लाठी के साथ ही उसने बुढ़ापे और दुःख के बोझ को फेंक दिया हो ! वह एक पल अनुरक्त आँखों से आजादी के सैनिकों की ओर ताकती रही, मानो उनकी शक्ति को अपने अंदर भर रही हो। तब वह नाचने लगी, इस तरह नाचने लगी, जैसे कोई सुन्दरी नवयौवना प्रेम और उल्लास के मद से विह्वल हो कर नाचे। लोग दो-दो, चार-चार कदम पीछे हट गये, छोटा-सा आँगन बन गया और उस आँगन में वह बुढ़िया अपना अतीत नृत्य-कौशल दिखाने लगी। इस अलौकिक आनंद के रेले में वह अपना सारा दुःख और संताप भूल गयी। उसके जीर्ण अंगों में जहाँ सदा वायु का प्रकोप रहता था, वहाँ न जाने इतनी चपलता, इतनी लचक, इतनी फुरती कहाँ से आ गयी थी ! पहले कुछ देर तो लोग मजाक से उसकी ओर ताकते रहे; जैसे बालक बंदर का नाच देखते हैं, फिर अनुराग के इस पावन प्रवाह ने सभी को मतवाला कर दिया। उन्हें ऐसा जान पड़ा कि सारी प्रकृति एक विराट व्यापक नृत्य की गोद में खेल रही है।

कोदई ने कहा—बस करो भाभी, बस करो।

नोहरी ने थिरकते हुए कहा—खड़े क्यों हो, आओ न; जरा देखूँ कैसा नाचते हो !

कोदई बोले—अब बुढ़ापे में क्या नाचूँ ?

नोहरी ने रुक कर कहा—क्या तुम आज भी बूढ़े हो ? मेरा बुढ़ापा तो जैसे भाग गया। इन वीरों को देख कर भी तुम्हारी छाती नहीं फूलती ? हमारा ही दुःख दर्द हरने के लिए तो इन्होंने यह परन ठाना है। इन्हीं हाथों से हाक़िमों की बेगार बजायी हैं, इन्हीं कानों से उनकी गालियाँ और घुड़कियाँ सुनी हैं। अब तो उस जोर-जुलुम का नाश होगा। हम और तुम क्या अभी बूढ़े होने जोग थे ? हमें पेट की आग ने जलाया है। बोलो ईमान से, यहाँ इतने आदमी हैं, किसी ने इधर छह

महीने से पेट-भर रोटी खायी है ? घी किसी को सूँघने को मिला है ! कभी नींद-भर सोये हो ! जिस खेत का लगान तीन रुपये देते थे, अब उसी के नौ-रस देते हो। क्या धरती सोना उगलेगी ? काम करते-करते छाती फट गयी। हमीं हैं कि इतना सह कर भी जीते हैं। दूसरा होता, तो या तो मार डालता, या मर जाता। धन्य हैं महात्मा और उनके चेले कि दीनों का दुःख समझते हैं, उनके उद्धार का जतन करते हैं। और तो सभी हमें पीसकर हमारा रक्त निकालना जानते हैं।

यात्रियों के चेहरे चमक उठे, हृदय खिल उठे। प्रेम की डूबी हुई ध्वनि निकली—

एक दिन वह था कि पारस थी यहाँ की सरजमीं,
एक दिन यह है कि याँ बा-दस्तोपा कोई नहीं।

3

कोदई के द्वार पर मशालें जल रही थीं। कई गाँवों के आदमी जमा हो गये थे। यात्रियों के भोजन कर लेने के बाद सभा शुरू हुई। दल के नायक ने खड़े हो कर कहा—

भाईयो, आपने आज हम लोगों का जो आदर-सत्कार किया, उससे हमें यह आशा हो रही है कि हमारी बेड़ियाँ जल्द ही कट जायँगी। मैंने पूरब और पश्चिम के बहुत से देशों को देखा है, और मैं तजरबे से कहता हूँ कि आपमें जो सरलता, जो ईमानदारी, जो श्रम और धर्मबुद्धि है, वह संसार के और किसी देश में नहीं। मैं तो यही कहूँगा कि आप मनुष्य नहीं, देवता हैं। आपको भोग-विलास से मतलब नहीं, नशा-पानी से मतलब नहीं, अपना काम करना और अपनी दशा पर संतोष रखना, यह आपका आदर्श है। लेकिन आपका यही देवत्व, आपका यही सीधापन आपके हक में घातक हो रहा है। बुरा न मानिएगा, आप लोग इस संसार में रहने के योग्य नहीं। आपको तो स्वर्ग में कोई स्थान पाना चाहिए था। खेतों का लगान बरसाती नाले की तरह बढ़ता जाता है, आप चूँ नहीं करते। अमले और अहलकार आपको नोंचते रहते हैं, आप जबान नहीं हिलाते। इसका यह नतीजा हो रहा है कि आपको लोग दोनों हाथों लूट रहे हैं; पर आपको खबर नहीं। आपके हाथों से सभी रोजगार छिनते जाते हैं, आपका सर्वनाश हो रहा है, पर आप आँखें खोल कर नहीं देखते। पहले लाखों भाई सूत कात कर, कपड़े बुनकर गुजर करते थे। अब सब कपड़ा विदेश से आता है। पहले लाखों आदमी यहीं नमक बनाते थे। अब नमक बाहर से आता है। यहाँ नमक बनाना जुर्म है। आपके देश में इतना नमक है कि सारे संसार का दो सौ साल तक उससे काम चल सकता है, पर आप सात करोड़ रुपये सिर्फ नमक के लिए देते हैं। आपके ऊसरों में, झीलों में नमक भरा पड़ा है, आप उसे छू नहीं सकते। शायद कुछ दिनों में आपके कुओं पर भी महसूल लग जाय। क्या आप अब भी यह अन्याय सहते रहेंगे ?

एक आवाज आयी—हम किस लायक हैं ?

नायक—यही तो आपका भ्रम है। आप ही की गर्दन पर इतना बड़ा राज्य थमा हुआ है। आप ही इन बड़ी-बड़ी फौजों, इन बड़े-बड़े अफसरों के मालिक हैं; मगर फिर भी आप भूखों मरते हैं, अन्याय सहते हैं। इसलिए कि आपको अपनी शक्ति का ज्ञान नहीं। यह समझ लीजिए कि संसार में जो आदमी अपनी रक्षा नहीं कर सकता, वह सदैव स्वार्थी और अन्यायी आदमियों का शिकार बना रहेगा। आज संसार का सबसे बड़ा आदमी अपने प्राणों की बाजी खेल रहा है। हजारों जवान अपनी जानें हथेली पर लिये आपके दुःखों का अंत करने के लिए तैयार हैं। जो लोग आपको असहाय समझ कर दोनों हाथों से आपको लूट रहे हैं, वह कब चाहेंगे कि उनका शिकार उनके मुँह से छिन जाय। वे आपके इन सिपाहियों के साथ जितनी सख्तियाँ कर सकते हैं, कर रहे हैं; मगर हम लोग सब कुछ सहने को तैयार हैं। अब सोचिए कि आप हमारी कुछ मदद करेंगे? मरदों की तरह निकल कर अपने को अन्याय से बचायेंगे या कायरों की तरह बैठे हुए तकदीर को कोसते रहेंगे ? ऐसा अवसर फिर शायद कभी न आये। अगर इस वक्त चूके, तो फिर हमेशा हाथ मलते रहिएगा। हम न्याय और सत्य के लिए लड़ रहे हैं; इसलिए न्याय और सत्य ही के हथियारों से हमें लड़ना है। हमें ऐसे वीरों की जरूरत है, जो हिंसा और क्रोध को दिल से निकाल डालें और ईश्वर पर अटल विश्वास रख कर धर्म के लिए सब कुछ झेल सकें! बोलिए आप क्या मदद कर सकते हैं ?

कोई आगे नहीं बढ़ता। सन्नाटा छाया रहता है।

4

एकाएक शोर मचा—पुलिस ! पुलिस आ गयी !!

पुलिस का दारोगा कांस्टेबलों के एक दल के साथ आ कर सामने खड़ा हो गया। लोगों ने सहमी हुई आँखों और धड़कते हुए दिलों से उनकी ओर देखा और छिपने के लिए बिल खोजने लगे।

दारोगा जी ने हुक्म दिया—मार कर भगा दो इन बदमाशों को ?

कांस्टेबलों ने अपने डंडे सँभाले; मगर इसके पहले कि वे किसी पर हाथ चलायें, सभी लोग हुर्र हो गये ! कोई इधर से भागा, कोई उधर से। भगदड़ मच गयी। दस मिनट में वहाँ गाँव का एक आदमी भी न रहा। हाँ, नायक अपने स्थान पर अब भी खड़ा था और जत्था उसके पीछे बैठा हुआ था; केवल कोदई चौधरी नायक के समीप बैठे हुए थिर आँखों से भूमि की ओर ताक रहे थे।

दारोगा ने कोदई की ओर कठोर आँखों से देखकर कहा—क्यों रे कोदइया, तूने इन बदमाशों को क्यों ठहराया यहाँ ?

कोदई ने लाल-लाल आँखों से दारोगा की ओर देखा और जहर की तरह गुस्से

को पी गये। आज अगर उनके सिर गृहस्थी का बखेड़ा न होता, लेना-देना न होता तो वह भी इसका मुँहतोड़ जवाब देते। जिस गृहस्थी पर उन्होंने अपने जीवन के पचास साल होम कर दिये थे; वह इस समय एक विषैले सर्प की भाँति उनकी आत्मा में लिपटी हुई थी।

कोदई ने अभी कोई जवाब न दिया था कि नोहरी पीछे से आ कर बोली—क्या लाल पगड़ी बाँध कर तुम्हारी जीभ ऐंठ गयी है ? कोदई क्या तुम्हारे गुलाम हैं कि कोदइया-कोदइया कर रहे हो ? हमारा ही पैसा खाते हो और हमीं को आँखें दिखाते हो ? तुम्हें लाज नहीं आती ?

नोहरी इस वक़्त दोपहरी की धूप की तरह काँप रही थी। दारोगा एक क्षण के लिए सन्नाटे में आ गया। फिर कुछ सोचकर और औरत के मुँह लगना अपनी शान के खिलाफ समझ कर कोदई से बोला—यह कौन शैतान की खाला है, कोदई ! खुदा का खौफ़ न होता तो इसकी जबान तालू से खींच लेता।

बुढ़िया लाठी टेक कर दारोगा की ओर घूमती हुई बोली—क्यों खुदा की दुहाई देकर खुदा को बदनाम करते हो। तुम्हारे खुदा तो तुम्हारे अफसर हैं, जिनकी तुम जूतियाँ चाटते हो। तुम्हें तो चाहिए था कि डूब मरते चुल्लू भर पानी में! जानते हो, यह लोग जो यहाँ आये हैं, कौन हैं ? यह वह लोग हैं, जो हम गरीबों के लिए अपनी जान तक होमने को तैयार हैं। तुम उन्हें बदमाश कहते हो ! तुम जो घूस के रुपये खाते हो, जुआ खेलाते हो, चोरियाँ करवाते हो, डाके डलवाते हो, भले आदमियों को फँसा कर मुट्ठियाँ गरम करते हो और अपने देवताओं की जूतियों पर नाक रगड़ते हो, तुम इन्हें बदमाश कहते हो !

नोहरी की तीक्ष्ण बातें सुनकर बहुत-से लोग जो इधर-उधर दुबक गये थे, फिर जमा हो गये। दारोगा ने देखा, भीड़ बढ़ती जाती है, तो अपना हंटर लेकर उन पर पिल पड़े। लोग फिर तितर-बितर हो गये। एक हंटर नोहरी पर भी पड़ा। उसे ऐसा मालूम हुआ कि कोई चिनगारी सारी पीठ पर दौड़ गयी। उसकी आँखों तले अँधेरा छा गया, पर अपनी बची हुई शक्ति एकत्र करके ऊँचे स्वर से बोली—लड़को, क्यों भागते हो? क्या नेवता खाने आये थे। या कोई नाच-तमाशा हो रहा था ? तुम्हारे इसी लेंडीपन ने इन सबों को शेर बना रखा है। कब तक यह मार-धाड़, गाली-गुप्तार सहते रहोगे।

एक सिपाही ने बुढ़िया की गरदन पकड़ कर जोर से धक्का दिया। बुढ़िया दो-तीन कदम पर औंधे मुँह गिरा चाहती थी कि कोदई ने लपक कर उसे सँभाल लिया और बोला—क्या एक दुखिया पर गुस्सा दिखाते हो यारो ? क्या गुलामी ने तुम्हें नामर्द भी बना दिया है ? औरतों पर, बूढ़ों पर, निहत्थों पर, वार करते हो। यह मरदों का काम नहीं है।

नोहरी ने जमीन पर पड़े-पड़े कहा—मर्द होते, तो गुलाम ही क्यों होते !

भगवान् ! आदमी इतना निर्दयी भी हो सकता है ? भला अँगरेज इस तरह बेदरदी करे तो एक बात है, उसका राज है। तुम तो उसके चाकर हो, तुम्हें राज तो न मिलेगा, मगर राँड माँड में ही खुश ! इन्हें कोई तलब देता जाय, दूसरों की गरदन भी काटने में इन्हें संकोच नहीं !

अब दारोगा ने नायक को डाँटना शुरू किया—तुम किसके हुक्म से इस गाँव में आये ?

नायक ने शांत भाव से कहा—खुदा के हुक्म से।

दारोगा—तुम रिआया के अमन में खलल डालते हो ?

नायक—अगर तुम्हें उनकी हालत बताना उनके अमन में खलल डालना लगता है तो बेशक हम उनके अमन में खलल डाल रहे हैं।

भागनेवालों के कदम एक बार फिर रुक गये। कोदई ने उनकी ओर निराश आँखों से देखकर काँपते हुए स्वर में कहा—भाइयो इस बखत कई गाँवों के आदमी यहाँ जमा हैं ? दारोगा ने हमारी जैसे बेआबरूई की है, क्या उसे सह कर तुम आराम की नींद सो सकते हो ? इसकी फरियाद कौन सुनेगा ? हाकिम लोग क्या हमारी फरियाद सुनेंगे ? कभी नहीं। आज अगर हम लोग मार डाले जायँ, तो भी कुछ न होगा। यह है हमारी इज्जत और आबरू ? थुड़ी है इस जिंदगी पर !

समूह स्थिर भाव से खड़ा हो गया, जैसे बहता हुआ पानी मेंड़ से रुक जाय। भय का धुआँ जो लोगों के हृदय पर छा गया था, एकाएक हट गया। उनके चेहरे कठोर हो गये। दारोगा ने उनके तीवर देखे, तो तुरन्त घोड़े पर सवार हो गया और कोदई को गिरफ्तार करने का हुक्म दिया। दो सिपाहियों ने बढ़ कर कोदई की बाँह पकड़ ली। कोदई ने कहा—घबड़ाते क्यों हो, मैं कहीं भागूँगा नहीं। चलो, कहाँ चलते हो ?

ज्योंही कोदई दोनों सिपाहियों के साथ चला, उसके दोनों जवान बेटे कई आदमियों के साथ सिपाहियों की ओर लपके कि कोदई को उनके हाथों से छीन लें। सभी आदमी विकट आवेश में आकर पुलिसवालों के चारों ओर जमा हो गये।

दारोगा ने कहा—तुम लोग हट जाओ वरना मैं फायर कर दूँगा। समूह ने इस धमकी का जवाब 'भारत माता की जय !' से दिया और एकाएक दो-दो कदम और आगे खिसक आये।

दारोगा ने देखा, अब जान बचती नहीं नजर आती है। नम्रता से बोला—नायक साहब, यह लोग फसाद पर आमादा हैं। इसका नतीजा अच्छा न होगा।

नायक ने कहा—नहीं, जब तक हममें एक आदमी भी यहाँ रहेगा, आपके ऊपर कोई हाथ न उठा सकेगा। आपसे हमारी कोई दुश्मनी नहीं है। हम और आप दोनों एक ही पैरों के तले दबे हुए हैं। यह हमारी बदनसीबी है कि हम-आप दो विरोधी दलों में खड़े हैं।

यह कहते हुए नायक ने गाँववालों को समझाया—भाइयो, मैं आपसे कह चुका

हूँ, यह न्याय और धर्म की लड़ाई है और हमें न्याय और धर्म के हथियार से ही लड़ना है। हमें अपने भाइयों से नहीं लड़ना है। हमें तो किसी से भी लड़ना नहीं है। दारोगा की जगह कोई अँगरेज होता, तो भी हम उसकी इतनी ही रक्षा करते। दारोगा ने कोदई चौधरी को गिरफ्तार किया है। मैं इसे चौधरी का सौभाग्य समझता हूँ। धन्य हैं वे लोग जो आजादी की लड़ाई में सजा पायें। यह बिगड़ने या घबड़ाने की बात नहीं है। आप लोग हट जायँ और पुलिस को जाने दें।

दारोगा और सिपाही कोदई को लेकर चले। लोगों ने जयध्वनि की–'भारतमाता की जय।'

कोदई ने जवाब दिया–राम-राम भाइयो, राम-राम। डटे रहना मैदान में। घबड़ाने की कोई बात नहीं है। भगवान् सबका मालिक है।

दोनों लड़के आँखों में आँसू भर लाये और कातर स्वर में बोले–हमें क्या कहे जाते हो दादा !

कोदई ने उन्हें बढ़ावा देते हुए कहा–भगवान् का भरोसा मत छोड़ना और वह करना जो मरदों को करना चाहिए। भय सारी बुराइयों की जड़ है। इसे मन से निकाल डालो, फिर तुम्हारा कोई कुछ नहीं कर सकता। सत्य की कभी हार नहीं होती।

आज पुलिस के सिपाहियों के बीच में कोदई को निर्भयता का जैसा अनुभव हो रहा था, वैसा पहले कभी न हुआ था। जेल और फाँसी उसके लिए आज भय की वस्तु नहीं, गौरव की वस्तु हो गयी थी ! सत्य का प्रत्यक्ष रूप आज उसने पहली बार देखा मानो वह कवच की भाँति उसकी रक्षा कर रहा हो।

5

गाँववालों के लिए कोदई का पकड़ लिया जाना लज्जाजनक मालूम हो रहा था। उनकी आँखों के सामने उनके चौधरी इस तरह पकड़ लिये गये और वे कुछ न कर सके। अब वे मुँह कैसे दिखायें ! हर एक मुख पर गहरी वेदना झलक रही थी जैसे गाँव लुट गया !

सहसा नोहरी ने चिल्लाकर कहा–अब सब जने खड़े क्यों पछता रहे हो ? देख ली अपनी दुर्दशा, या अभी कुछ बाकी है! आज तुमने देख लिया न कि हमारे ऊपर कानून से नहीं लाठी से राज हो रहा है ! आज हम इतने बेशरम हैं कि इतनी दुर्दशा होने पर भी कुछ नहीं बोलते ! हम इतने स्वार्थी, इतने कायर न होते, तो उनकी मजाल थी कि हमें कोड़ों से पीटते। जब तक तुम गुलाम बने रहोगे, उनकी सेवा-टहल करते रहोगे, तुम्हें भूसा-चोकर मिलता रहेगा; लेकिन जिस दिन तुमने कंधा टेढ़ा किया, उसी दिन मार पड़ने लगेगी। कब तक इस तरह मार खाते रहोगे ? अब दिखा दो कि तुम भी जीते-जागते हो और तुम्हें भी अपनी इज्जत-आबरू का कुछ खयाल है। जब इज्जत ही न रही तो क्या करोगे खेती-बारी करके, धर्म कमा

कर ? जीकर ही क्या करोगे ? क्या इसीलिए जी रहे हो कि तुम्हारे बाल-बच्चे इसी तरह लातें खाते जायँ, इसी तरह कुचले जायँ ? छोड़ो यह कायरता ! आखिर एक दिन खाट पर पड़े-पड़े मर जाओगे। क्यों नहीं इस धरम की लड़ाई में आकर वीरों की तरह मरते ! मैं तो बूढ़ी औरत हूँ, लेकिन और कुछ न कर सकूँगी तो जहाँ यह लोग सोयेंगे वहाँ झाड़ू तो लगा दूँगी, इन्हें पंखा तो झलूँगी।

कोदई का बड़ा लड़का मैकू बोला—हमारे जीते-जी तुम जाओगी काकी, हमारे जीवन को धिक्कार है ! अभी तो हम तुम्हारे बालक जीते ही हैं। मैं चलता हूँ उधर ! खेती-बारी गंगा देखेगा।

गंगा उसका छोटा भाई था। बोला—भैया तुम यह अन्याय करते हो। मेरे रहते तुम नहीं जा सकते। तुम रहोगे, तो गिरस्ती सँभालोगे। मुझसे तो कुछ न होगा। मुझे जाने दो।

मैकू—इसे काकी पर छोड़ दो। इस तरह हमारी-तुम्हारी लड़ाई होगी। जिसे काकी का हुक्म हो, वह जाय।

नोहरी ने गर्व से मुस्करा कर कहा—जो मुझे घूस देगा, उसी को जिताऊँगी।

मैकू—क्या तुम्हारी कचहरी में भी वही घूस चलेगा काकी? हमने तो समझा था, यहाँ ईमान का फैसला होगा !

नोहरी—चलो रहने दो। मरती दायीं राज मिला है तो कुछ तो कमा लूँ।

गंगा हँसता हुआ बोला—मैं तुम्हें घूस दूँगा काकी। अबकी बाजार जाऊँगा, तो तुम्हारे लिए पूर्वी तमाखू का पत्ता लाऊँगा।

नोहरी—तो बस तेरी ही जीत है, तू ही जाना।

मैकू—काकी, तुम न्याय नहीं कर रही हो।

नोहरी—अदालत का फैसला कभी दोनों फरीक ने पसन्द किया है कि तुम्हीं करोगे ?

गंगा ने नोहरी के चरण छुए, फिर भाई के गले मिला और बोला—कल दादा को कहला भेजना कि मैं जाता हूँ।

एक आदमी ने कहा—मेरा भी नाम लिख लो भाई—सेवाराम।

सबने जय-घोष किया। सेवाराम आकर नायक के पास खड़ा हो गया।

दूसरी आवाज आयी—मेरा नाम लिख लो—भजनसिंह।

सबने जय-घोष किया। भजनसिंह जाकर नायक के पास खड़ा हो गया।

भजनसिंह दस-पाँच गाँवों में पहलवानी के लिए मशहूर था। यह अपनी चौड़ी छाती ताने, सिर उठाये नायक के पास खड़ा हुआ, तो जैसे मंडप के नीचे एक नये जीवन का उदय हो गया।

तुरन्त ही तीसरी आवाज आयी—मेरा नाम लिखो—घूरे।

यह गाँव का चौकीदार था। लोगों ने सिर उठा-उठाकर उसे देखा। सहसा

किसी को विश्वास न आता था कि घूरे अपना नाम लिखायेगा।

भजनसिंह ने हँसते हुए पूछा—तुम्हें क्या हुआ है घूरे ?

घूरे ने कहा—मुझे वही हुआ है, जो तुम्हें हुआ है। बीस साल तक गुलामी करते-करते थक गया।

फिर आवाज आयी—मेरा नाम लिखो—काले खाँ।

वह जमींदार का सहना था, बड़ा ही जाबिर और दबंग। फिर लोगों को आश्चर्य हुआ।

मैकू बोला—मालूम होता है, हमको लूट-लूटकर घर भर लिया है, क्यों ?

काले खाँ गम्भीर स्वर में बोला—क्या जो आदमी भटकता रहे, उसे कभी सीधे रास्ते पर न आने दोगे भाई ? अब तक जिसका नमक खाता था, उसका हुक्म बजाता था। तुमको लूट-लूटकर उसका घर भरता था। अब मालूम हुआ कि मैं बड़े भारी मुगालते में पड़ा हुआ था। तुम सब भाइयों को मैंने बहुत सताया है। अब मुझे माफी दो।

पाँचों रँगरूट एक-दूसरे से लिपटते थे, उछलते थे, चीखते थे, मानो उन्होंने सचमुच स्वराज्य पा लिया हो, और वास्तव में उन्हें स्वराज्य मिल गया था। स्वराज्य चित्त की वृत्ति मात्र है। ज्योंही पराधीनता का आतंक दिल से निकल गया, आपको स्वराज्य मिल गया। भय ही पराधीनता है, निर्भयता ही स्वराज्य है। व्यवस्था और संगठन तो गौण हैं।

नायक ने उन सेवकों को सम्बोधित करके कहा—मित्रो ! आप आज आजादी के सिपाहियों में आ मिले, इस पर मैं आपको बधाई देता हूँ। आपको मालूम है, हम किस तरह लड़ाई करने जा रहे हैं ? आपके ऊपर तरह-तरह की सख्तियाँ की जायँगी, मगर याद रखिए, जिस तरह आज आपने मोह और लोभ का त्याग कर दिया है, उसी तरह हिंसा और क्रोध का भी त्याग कर दीजिए। हम धर्म-संग्राम में जा रहे हैं। हमें धर्म के रास्ते पर जमा रहना होगा। आप इसके लिए तैयार हैं ?

पाँचों ने एक स्वर में कहा—तैयार हैं !

नायक ने आशीर्वाद दिया—ईश्वर आपकी मदद करे।

6

उस सुहावने-सुनहले प्रभात में जैसे उमंग घुली हुई थी। समीर के हलके-हलके झोंकों में, प्रकाश की हलकी-हलकी किरणों में, उमंग सनी हुई थी। लोग जैसे दीवाने हो गये थे। मानो आजादी की देवी उन्हें अपनी ओर बुला रही हो। वही खेत-खलिहान हैं, वही बाग-बगीचे हैं, वही स्त्री-पुरुष हैं; पर, आज के प्रभात में जो आशीर्वाद है, जो वरदान है, जो विभूति है, वह और कभी न थी। वही खेत-खलिहान, बाग-बगीचे, स्त्री-पुरुष आज एक नयी विभूति में रंग गये हैं।

सूर्य निकलने के पहले ही कई हजार आदमियों का जमाव हो गया था। जब सत्याग्रहियों का दल निकला तो लोगों की मस्तानी आवाजों से आकाश गूँज उठा। नये सैनिकों की विदाई, उनकी रमणियों का कातर धैर्य, माता-पिता का आर्द्र गर्व, सैनिकों के परित्याग का दृश्य लोगों को मस्त किये देता था।

सहसा नोहरी लाठी टेकती हुई आ कर खड़ी हो गयी।

मैकू ने कहा—काकी, हमें आशीर्वाद दो।

नोहरी—मैं तुम्हारे साथ चलती हूँ बेटा ! कितना आशीर्वाद लोगे ?

कई आदमियों ने एक स्वर में कहा—काकी, तुम चली जाओगी तो यहाँ कौन रहेगा?

नोहरी ने शुभ-कामना से भरे हुए स्वर में कहा—भैया, जाने के तो अब दिन ही हैं, आज न जाऊँगी, दो-चार महीने बाद जाऊँगी। अभी जाऊँगी, तो जीवन सफल हो जायगा। दो-चार महीने में खाट पर पड़े-पड़े जाऊँगी, तो मन की आस मन में ही रह जायगी। इतने बालक हैं, इनकी सेवा से मेरी मुकुत बन जायगी। भगवान करे, तुम लोगों के सुदिन आयें और मैं अपनी ज़िंदगी में तुम्हारा सुख देख लूँ।

यह कहते हुए नोहरी ने सबको आशीर्वाद दिया और नायक के पास जाकर खड़ी हो गयी।

लोग खड़े देख रहे थे, और जत्था गाता हुआ जाता था :

एक दिन वह था कि हम सारे जहाँ में फ़र्द थे,
एक दिन यह है कि हम-सा बेहया कोई नहीं।

नोहरी के पाँव जमीन पर न पड़ते थे, मानो विमान पर बैठी हुई स्वर्ग जा रही हो। ❐

शराब की दुकान

प्रथमतः हिन्दी मासिक 'हंस', मई 1930 में प्रकाशित

1

कांग्रेस-कमेटी में यह सवाल पेश था—शराब और ताड़ी की दुकानों पर कौन धरना देने जाय? कमेटी के पच्चीस मेम्बर सिर झुकाये बैठे थे; पर किसी के मुँह से बात न निकलती थी। मुआमला बड़ा नाजुक था। पुलिस के हाथों गिरफ्तार हो जाना तो ज्यादा मुश्किल बात न थी। पुलिस के कर्मचारी अपनी जिम्मेदारियों को समझते हैं। चूँकि अच्छे और बुरे तो सभी जगह होते हैं, लेकिन पुलिस के अफ़सर, कुछ लोगों को छोड़ कर, सभ्यता से इतने खाली नहीं होते कि जाति और देश पर जान देनेवालों के साथ दुर्व्यवहार करें; लेकिन नशेबाजों में यह जिम्मेदरी कहाँ ? उनमें तो अधिकांश ऐसे लोग होते हैं, जिन्हें घुड़की-धमकी के सिवा और किसी शक्ति के सामने झुकने की आदत नहीं। मारपीट से नशा हिरन हो सकता है; पर शांतिवादियों के लिए तो वह दरवाजा बंद है। तब कौन इस ओखली में सिर दे, कौन पियक्कड़ों की गालियाँ खाय ? बहुत सम्भव है कि वे हाथापाई कर बैठें। उनके हाथों पिटना किसे मंजूर हो सकता था ? फिर पुलिसवाले भी बैठे तमाशा न देखेंगे। उन्हें और भी भड़काते रहेंगे। पुलिस की शह पाकर ये नशे के बंदे जो कुछ न कर डालें, वह थोड़ा। ईंट का जवाब पत्थर से दे नहीं सकते और इस समुदाय पर विनती का कोई असर नहीं।

एक मेम्बर ने कहा—मेरे विचार में तो इन जातों में पंचायतों को फिर सँभालना चाहिए। इधर हमारी लापरवाही से उनकी पंचायतें निर्जीव हो गयी हैं। इसके सिवा मुझे तो और कोई उपाय नहीं सूझता।

सभापति ने कहा—हाँ, यह एक उपाय है। मैं इसे नोट किये लेता हूँ पर धरना देना जरूरी है।

दूसरे महाशय बोले—उनके घरों पर जा कर समझाया जाय, तो अच्छा असर होगा।

सभापति ने अपनी चिकनी खोपड़ी सहलाते हुए कहा—यह भी अच्छा उपाय है, मगर धरने को हम लोग त्याग नहीं सकते।

फिर सन्नाटा हो गया।

पिछली कतार में एक देवी भी मौन बैठी हुई थीं। जब कोई मेम्बर बोलता

वह एक नजर उसकी तरफ डाल कर फिर सिर झुका लेती थीं। यही कांग्रेस की लेडी मेम्बर थीं। उनके पति महाशय जी. पी. सक्सेना कांग्रेस के अच्छे काम करनेवालों में थे। उनका देहांत हुए तीन साल हो गये थे। मिसेज सक्सेना ने इधर एक साल से कांग्रेस के कामों में भाग लेना शुरू कर दिया था और काँग्रेस कमेटी ने उन्हें अपना मेम्बर चुन लिया था। वह शरीफ घरानों में जाकर स्वदेशी और खद्दर का प्रचार करती थीं। जब कभी कांग्रेस के प्लेटफार्म पर बोलने खड़ी होतीं तो उनका जोश देखकर ऐसा मालूम होता था, आकाश में उड़ जाना चाहती हैं। कुंदन का-सा रंग लाल हो जाता था, बड़ी-बड़ी करुण आँखें जिनमें जल भरा हुआ मालूम होता था, चमकने लगती थीं। बड़ी खुशमिजाज और इसके साथ बला की निर्भीक स्त्री थीं। दबी हुई चिनगारी थी, जो हवा पाकर दहक उठती है। उनके मामूली शब्दों में इतना आकर्षण कहाँ से आ जाता था, कह नहीं सकते। कमेटी के कई जवान मेम्बर, जो पहले कांग्रेस में बहुत कम आते थे, अब बिला नागा आने लगे थे। मिसेज सक्सेना कोई भी प्रस्ताव करें, उनका अनुमोदन करनेवालों की कमी न थी। उनकी सादगी, उनका उत्साह, उनकी विनय, उनकी मृदु-वाणी कांग्रेस पर उनका सिक्का जमाये देती थी। हर आदमी उनकी खातिर सम्मान की सीमा तक करता था, पर उनकी स्वाभाविक नम्रता उन्हें अपने दैवी साधनों से पूरा-पूरा फायदा न उठाने देती थी। जब कमरे में आतीं, लोग खड़े हो जाते थे; पर वह पिछली सफ से आगे न बढ़ती थीं।

मिसेज सक्सेना ने प्रधान से पूछा—शराब की दुकानों पर औरतें धरना दे सकती हैं ?

सबकी आँखें उनकी ओर उठ गयीं। इस प्रश्न का आशय सब समझ गये।

प्रधान ने कातर स्वर में कहा—महात्माजी ने तो यह काम औरतों ही को सुपुर्द करने पर जोर दिया है पर...

मिसेज सक्सेना ने उन्हें अपना वाक्य पूरा न करने दिया। बोलीं—तो फिर मुझे इस काम पर भेज दीजिए।

लोगों ने कुतूहल की आँखों से मिसेज सक्सेना को देखा। यह सुकुमारी जिसके कोमल अंगों में शायद हवा भी चुभती हो, गंदी गलियों में ताड़ी और शराब की दुर्गंध-भरी दुकानों के सामने जाने और नशे से पागल आदमियों की कलुषित आँखों और बाँहों का सामना करने को कैसे तैयार हो गयी !

एक महाशय ने अपने समीप के आदमी के कान में कहा—बला की निडर औरत है।

उन महाशय ने जले हुए शब्दों में उत्तर दिया—हम लोगों को काँटों में घसीटना चाहती हैं, और कुछ नहीं। वह बेचारी क्या पिकेटिंग करेंगी। दुकान के सामने खड़ा तक तो हुआ न जायेगा।

प्रधान ने सिर झुका कर कहा—मैं आपके साहस और उत्सर्ग की प्रशंसा करता हूँ, लेकिन मेरे विचार में अभी इस शहर की दशा ऐसी नहीं है कि देवियाँ पिकेटिंग कर सकें। आपको खबर नहीं, नशेबाज कितने मुँहफट होते हैं। विनय तो वह जानते ही नहीं !

मिसेज सक्सेना ने व्यंग्य-भाव से कहा—तो क्या आपका विचार है कि कोई ऐसा जमाना भी आयेगा, जब शराबी लोग विनय और शील के पुतले बन जायेंगे ? यह दशा तो हमेशा ही रहेगी। आखिर महात्माजी ने कुछ समझ कर ही तो औरतों को यह काम सौंपा है। मैं नहीं कह सकती कि मुझे कहाँ तक सफलता होगी; पर इस कर्तव्य को टालने से काम न चलेगा।

प्रधान ने पसोपेश में पड़ कर कहा—मैं तो आपको इस काम के लिए घसीटना उचित नहीं समझता, आगे आपको अख्तियार है।

मिसेज सक्सेना ने जैसे विनय का आलिंगन करते हुए कहा—मैं आपके पास फरियाद ले कर न आऊँगी कि मुझे फलाँ आदमी ने मारा या गाली दी। इतना जानती हूँ कि अगर मैं सफल हो गयी, तो ऐसी स्त्रियों की कमी न रहेगी जो इस काम को सोलहों आने अपने हाथ में न ले लें।

इस पर एक नौजवान मेम्बर ने कहा—मैं सभापति जी से निवेदन करूँगा कि मिसेज सक्सेना को यह काम दे कर आप हिंसा का सामना कर रहे हैं। इससे यह कहीं अच्छा है कि आप मुझे यह काम सौंपें।

मिसेज सक्सेना ने गर्म होकर कहा—आपके हाथों हिंसा होने का डर और भी ज्यादा है।

इस नौजवान मेम्बर का नाम था जयराम। एक बार एक कड़ा व्याख्यान देने के लिए जेल हो आये थे, पर उस वक्त उनके सिर गृहस्थी का भार न था। कानून पढ़ते थे। अब उनका विवाह हो गया था, दो-तीन बच्चे भी हो गये थे, दशा बदल गयी थी। दिल में वही जोश, वही तड़प, वही दर्द था, पर अपनी हालत से मजबूर थे।

मिसेज सक्सेना की ओर नम्र आग्रह से देख कर बोले—आप, मेरी खातिर, इस गंदे काम में हाथ न डालें। मुझे एक सप्ताह का अवसर दीजिए। अगर इस बीच में कहीं दंगा हो जाये, तो आपको मुझे निकाल देने का अधिकार होगा।

मिसेज सक्सेना जयराम को खूब जानती थीं। उन्हें मालूम था कि यह त्याग और साहस का पुतला है और अब तक परिस्थितियों के कारण पीछे दुबका हुआ था। इसके साथ ही वह यह भी जानती थीं कि इसमें वह धैर्य और बर्दाश्त नहीं है, जो पिकेटिंग के लिए लाजमी है। जेल में उसने दारोगा को अपशब्द कहने पर चाँटा लगाया था और उसकी सजा तीन महीने और बढ़ गयी थी। बोलीं—आपके सिर गृहस्थी का भार है। मैं घमंड नहीं करती पर जितने धैर्य से मैं यह काम कर

सकती हूँ, आप नहीं कर सकते।

जयराम ने उसी नम्र आग्रह के साथ कहा—आप मेरे पिछले रेकार्ड पर फैसला कर रही हैं। आप भूल जाती हैं कि आदमी की अवस्था के साथ उसकी उद्दंडता घटती जाती है।

प्रधान ने कहा—मैं चाहता हूँ, महाशय जयराम इस काम को अपने हाथों में लें।

जयराम ने प्रसन्न होकर कहा—मैं सच्चे हृदय से आपको धन्यवाद देता हूँ।

मिसेज सक्सेना ने निराश होकर कहा—महाशय जयराम, आपने मेरे साथ बड़ा अन्याय किया है और मैं इसे कभी क्षमा न करूँगी। आप लोगों ने इस बात का आज नया परिचय दे दिया कि पुरुषों के अधीन स्त्रियाँ अपने देश की सेवा भी नहीं कर सकतीं।

2

दूसरे दिन, तीसरे पहर जयराम पाँच स्वयंसेवकों को लेकर बेगमगंज के शराबखाने की पिकेटिंग करने जा पहुँचा। ताड़ी और शराब—दोनों की दुकानें मिली हुई थीं। ठीकेदार भी एक ही था। दुकान के सामने, सड़क की पटरी पर, अंदर के आँगन में नशेबाजों की टोलियाँ विष में अमृत का आनंद लूट रही थी। कोई वहाँ अफलातून से कम न था। कहीं वीरता की डींग थी, कहीं अपने दान-दक्षिणा के पचड़े, कहीं अपने बुद्धि-कौशल का आलाप। अहंकार नशे का मुख्य रूप है।

एक बूढ़ा शराबी कह रहा था—भैया, जिंदगानी का भरोसा नहीं। हाँ, कोई भरोसा नहीं। मेरी बात मान लो, जिंदगानी का कोई भरोसा नहीं। बस यही खाना-खिलाना याद रह जायेगा। धन-दौलत, जगह-जमीन सब धरी रह जायेगी!

दो ताड़ीवालों में एक दूसरी बहस छिड़ी हुई थी।

'हम-तुम रिआया हैं भाई ! हमारी मजाल है कि सरकार के सामने सिर उठा सकें ?'

'अपने घर में बैठकर बादशाह को गालियाँ दे लो; लेकिन मैदान में आना कठिन है।'

'कहाँ की बात भैया, सरकार तो बड़ी चीज है, लाल पगड़ी देख कर तो घर भाग जाते हो।'

'छोटा आदमी भर-पेट खाके बैठता है, तो समझता है, अब बादशाह हमीं हैं। लेकिन अपनी हैसियत को भूलना न चाहिए।'

'बहुत पक्की बात कहते हो खाँ साहब। अपनी असलियत पर डटे रहो। जो राजा है, वह राजा है, जो परजा है, वह परजा है। भला परजा कहीं राजा हो सकती है ?'

इतने में जयराम ने आकर कहा—राम-राम भाइयो, राम-राम !

पाँच-छह खद्दरदारी मनुष्यों को देखकर सभी लोग उनकी ओर शंका और कुतूहल से ताकने लगे। दुकानदार ने चुपके से अपने एक नौकर के कान में कुछ कहा और नौकर दुकान से उतर कर चला गया।

जयराम ने झंडे को जमीन पर खड़ा करके कहा—भाइयो, महात्मा गाँधी का हुक्म है कि आप लोग ताड़ी-शराब न पियें। जो रुपये आप यहाँ उड़ा देते हैं, वह अगर अपने बाल-बच्चों को खिलाने-पिलाने में खर्च करें, तो कितनी अच्छी बात हो। जरा देर के नशे के लिए आप अपने बाल-बच्चों को भूखों मारते हैं। गंदे घरों में रहते हैं, महाजन की गालियाँ खाते हैं। सोचिए, इस रुपये से आप अपने प्यारे बच्चों को कितने आराम से रख सकते हैं।

एक बूढ़े शराबी ने अपने साथी से कहा—भैया, है तो बुरी चीज, घर तबाह करके छोड़ देती है। मुदा इतनी उमर पीते कट गयी, तो अब मरते दम क्यों छोड़ें? उसके साथी ने समर्थन किया—पक्की बात कहते हो चौधरी ! जब इतनी उमिर पीते कट गयी, तो अब मरते दम क्या छोड़ें ?

जयराम ने कहा—वाह चौधरी, यही तो उमिर है छोड़ने की। जवानी तो दीवानी होती है, उस वक्त सब कुछ मुआफ है।

चौधरी ने तो कोई जवाब न दिया; लेकिन उसके साथी ने, जो काला, मोटा, बड़ी-बड़ी मूँछोंवाला आदमी था, सरल आपत्ति के भाव से कहा—अगर पीना बुरा है, तो अँगरेज़ क्यों पीते हैं ?

जयराम वकील था, उससे बहस करना भिड़ के छत्ते को छेड़ना था। बोला—यह तुमने बहुत अच्छा सवाल पूछा भाई। अँगरेजों के बाप-दादा अभी डेढ़-दो सौ साल पहले लुटेरे थे। हमारे-तुम्हारे बाप-दादा ऋषि-मुनि थे। लुटेरों की संतान पिये, तो पीने दो। उनके पास न कोई धर्म है, न नीति; लेकिन ऋषियों की संतान उनकी नकल क्यों करे ? हम और तुम उन महात्माओं की संतान हैं, जिन्होंने दुनिया को सिखाया, जिन्होंने दुनिया को आदमी बनाया। हम अपना धर्म छोड़ बैठे, उसी का फल है कि आज हम गुलाम हैं। लेकिन अब हमने गुलामी की ज़ंजीरों को तोड़ने का फैसला कर लिया है और...

एकाएक थानेदार और चार-पाँच कांस्टेबल आ खड़े हुए।

थानेदार ने चौधरी से पूछा—यह लोग तुमको धमका रहे हैं ?

चौधरी ने खड़े हो कर कहा—नहीं हुज़ूर, यह तो हमें समझा रहे हैं। कैसे प्रेम से समझा रहे हैं कि वाह !

थानेदान ने जयराम से कहा—अगर यहाँ फिसाद हो जाये, तो आप जिम्मेदार होंगे ?

जयराम—मैं उस वक्त तक ज़िम्मेदार हूँ, जब तक आप न रहें।

'आपका मतलब है कि मैं फिसाद कराने आया हूँ ?'

'मैं यह नहीं कहता, लेकिन आप आये हैं, तो अँगरेजी साम्राज्य की अतुल शक्ति का परिचय जरूर ही दीजिएगा। जनता में उत्तेजना फैलेगी। तब आप पिल पड़ेंगे और दस-बीस आदमियों को मार गिरायेंगे। वही सब जगह होता है और यहाँ भी होगा।'

सब-इन्स्पेक्टर ने ओंठ चबा कर कहा—मैं आपसे कहता हूँ, यहाँ से चले जाइए, वरना मुझे जाबते की कार्रवाई करनी पड़ेगी।

जयराम ने अविचल भाव से कहा—और मैं आपसे कहता हूँ कि आप मुझे अपना काम करने दीजिए। मेरे बहुत-से भाई यहाँ जमा हैं और मुझे उनसे बातचीत करने का उतना ही हक है जितना आपको।

इस वक्त तक सैकड़ों दर्शक जमा हो गये थे। दारोगा ने अफसरों से पूछे बगैर और कोई कार्रवाई करना उचित न समझा। अकड़ते हुए दुकान पर गये और कुर्सी पर पाँव रख कर बोले—ये लोग तो माननेवाले नहीं हैं !

दुकानदार ने गिड़गिड़ाकर कहा—हुजूर, मेरी तो बधिया बैठ जायेगी।

दारोगा—दो-चार गुंडे बुला कर भगा क्यों नहीं देते ? मैं कुछ न बोलूँगा। हाँ, जरा एक बोतल अच्छी-सी भेज देना। कल न जाने क्या भेज दिया, कुछ मजा ही नहीं आया।

थानेदार चला गया, तो चौधरी ने अपने साथी से कहा—देखा कल्लू, थानेदार कितना बिगड़ रहा था ? सरकार चाहती है कि हम लोग खूब शराब पीयें और कोई हमें समझाने न पाये। शराब का पैसा ही तो सरकार ही में जाता है।

कल्लू ने दार्शनिक भाव से कहा—हर एक बहाने से पैसा खींचते हैं सब !

चौधरी—तो फिर क्या सलाह है ? है तो बुरी चीज ?

कल्लू—बहुत बुरी चीज है भैया, महात्माजी का हुक्म है, तो छोड़ ही देना चाहिए।

चौधरी—अच्छा तो यह लो, आज से अगर पियें तो दोगला।

यह कहते हुए चौधरी ने बोतल जमीन पर पटक दी। आधी बोतल शराब जमीन पर बह कर सूख गयी।

जयराम को शायद जिंदगी में कभी इतनी खुशी न हुई थी। जोर-जोर से तालियाँ बजा कर उछल पड़े।

उसी वक्त दोनों ताड़ी पीनेवालों ने भी 'महात्माजी की जय' पुकारी और अपनी हाँड़ी जमीन पर पटक दी। एक स्वयंसेवक ने लपक कर फूलों की माला लीं और चारों आदमियों के गले में डाल दीं।

3

सड़क की पटरी पर कई नशेबाज बैठे इन चारों आदमियों की तरफ उस दुर्बल

भक्ति से ताक रहे थे, जो पुरुषार्थहीन मनुष्यों का लक्षण है। वहाँ एक भी ऐसा व्यक्ति न था, जो अँगरेजों की माँस-मदिरा या ताड़ी को जिंदगी के लिए अनिवार्य समझता हो और उसके बगैर जिंदगी की कल्पना भी न कर सके। सभी लोग नशे को दूषित समझते थे, केवल दुर्बलेन्द्रिय होने के कारण नित्य आ कर पी जाते थे। चौधरी जैसे घाघ पियक्कड़ को बोतल पटकते देख कर उनकी आँखें खुल गयीं।

एक मरियल दाढ़ीवाले आदमी ने आकर चौधरी की पीठ ठोंकी। चौधरी ने उसे पीछे ढकेल कर कहा–पीठ क्या ठोंकते हो जी, जाकर अपनी बोतल पटक दो।

दाढ़ीवाले ने कहा–आज और पी लेने दो चौधरी ! अल्लाह जानता है, कल से इधर भूल कर भी न आऊँगा।

चौधरी–जितनी बची हो, उसके पैसे हमसे ले लो। घर जाकर बच्चों को मिठाई खिला देना।

दाढ़ीवाले ने जाकर बोतल पटक दी और बोला–लो, तुम भी क्या कहोगे ? अब तो हुए खुश।

चौधरी–अब तो न पीयोगे कभी ?

दाढ़ीवाले ने कहा–अगर तुम न पीयोगे, तो मैं भी न पीऊँगा। जिस दिन तुमने पी, उसी दिन फिर शुरू कर दी।

चौधरी की तत्परता ने दुराग्रह की जड़ें हिला दीं। बाहर अभी पाँच-छह आदमी और थे। वे सचेत निर्लज्जता से बैठे हुए अभी तक पीते जाते थे। जयराम ने उनके सामने जा कर कहा–भाइयो, आपके पाँच भाइयों ने अभी आपके सामने अपनी-अपनी बोतल पटक दी। क्या आप उन लोगों को बाजी जीत ले जाने देंगे ?

एक ठिगने, काले आदमी ने जो किसी अँगरेज़ का खानसामा मालूम होता था, लाल-लाल आँखें निकाल कर कहा–हम पीते हैं तुमसे मतलब ? तुमसे भीख माँगने तो नहीं जाते।

जयराम ने समझ लिया, अब बाजी मार ली। गुमराह आदमी जब विवाद करने पर उतर आये, तो समझ लो, वह रास्ते पर आ जायेगा। चुप्पा-ऐब वह चिकना घड़ा है, जिस पर किसी बात का असर नहीं होता।

जयराम ने कहा–अगर मैं अपने घर में आग लगाऊँ तो उसे देखकर क्या आप मेरा हाथ पकड़ लेंगे ? मुझे तो इसमें रत्ती भर संदेह नहीं कि आप मेरा हाथ ही न पकड़ लेंगे बल्कि मुझे वहाँ से जबरदस्ती खींच ले जायेंगे।

चौधरी ने खानसामा की तरफ मुग्ध आँखों से देखा, मानो कह रहा है–इसका तुम्हारे पास क्या जवाब है ? और बोला–जमादार, अब इसी बात पर बोतल पटक दो।

खानसामा ने जैसे काट खाने के लिए दाँत तेज कर लिये और बोला–बोतल क्यों पटक दूँ, पैसे नहीं दिये ?

चौधरी परास्त हो गया। जयराम से बोला—इन्हें छोड़िए बाबूजी, यह लोग इस तरह मानने वाले असामी नहीं हैं। आप इनके सामने जान भी दे दें तो भी शराब न छोड़ेंगे। हाँ, पुलिस की एक घुड़की पा जायें तो फिर कभी इधर भूल कर भी न आयें।

खानसामा ने चौधरी की ओर तिरस्कार के भाव से देखा, जैसे कह रहा हो—क्या तुम समझते हो कि मैं ही मनुष्य हूँ, यह सब पशु हैं ? फिर बोला—तुमसे क्या मतलब है जी, क्यों बीच में कूद पड़ते हो ? मैं तो बाबूजी से बात कर रहा हूँ। तुम कौन होते हो बीच में बोलने वाले ? मैं तुम्हारी तरह नहीं हूँ कि बोतल पटक कर वाह-वाह कराऊँ। कल फिर मुँह में कालिख लगाऊँ, घर पर मँगवा कर पीऊँ। जब यहाँ छोड़ेंगे, तो सच्चे दिल से छोड़ेंगे। फिर कोई लाख रुपये भी दे तो आँख उठा कर न देखें।

जयराम—मुझे आप लोगों से ऐसी ही आशा है।

चौधरी ने खानसामा की ओर कटाक्ष करके कहा—क्या समझते हो, मैं कल फिर पीने आऊँगा ?

खानसामा ने उद्दंडता से कहा—हाँ-हाँ, कहता हूँ तुम आओगे और बद कर आओगे। कहो, पक्के कागज पर लिख दूँ।

चौधरी—अच्छा भाई, तुम बड़े धरमात्मा हो, मैं पापी सही। तुम छोड़ोगे तो जिंदगी भर के लिए छोड़ोगे, मैं आज छोड़ कर कल फिर पीने लगूँगा, यही सही। मेरी एक बात गाँठ बाँध लो। तुम उस बखत छोड़ोगे, जब जिंदगी तुम्हारा साथ छोड़ देगी। इसके पहले तुम नहीं छोड़ सकते।

खानसामा—तुम मेरे दिल का हाल क्या जानते हो ?

चौधरी—जानता हूँ, तुम्हारे जैसे सैकड़ों आदमी को भुगत चुका हूँ।

खानसामा—तो तुमने ऐसे-वैसे बेशर्मों को देखा होगा। हयादार आदमियों को न देखा होगा।

यह कहते हुए उसने जा कर बोतल पटक दी और बोला—अब अगर तुम इस दुकान पर देखना, तो मुँह में कालिख लगा देना।

चारों तरफ तालियाँ बजने लगीं। मर्द ऐसे होते हैं।

ठीकेदार ने दुकान के नीचे उतर कर कहा—तुम लोग अपनी-अपनी दुकान पर क्यों नहीं जाते जी? मैं तो किसी की दुकान पर नहीं जाता ?

एक दर्शक ने कहा—खड़े हैं तो तुमसे मतलब ? सड़क तुम्हारी नहीं है। तुम गरीबों को लूटे जाओ। किसी के बाल-बच्चे भूखों मरें तुम्हारा क्या बिगड़ता है। (दूसरे शराबियों से) क्या यारो, अब भी पीते जाओगे ! जानते हो, यह किसका हुक्म है ? अरे कुछ भी तो शर्म हो ?

जयराम ने दर्शकों से कहा—आप लोग यहाँ भीड़ न लगायें और न किसी को

भला-बुरा कहें।

मगर दर्शकों का समूह बढ़ता जाता था। अभी तक चार-पाँच आदमी बे-गम बैठे हुए कुल्हड़-पर-कुल्हड़ चढ़ा रहे थे। एक मनचले आदमी ने जा कर उस बोतल को उठा लिया, जो उनके बीच में रखी हुई थी और उसे पटकना चाहता था कि चारों शराबी उठ खड़े हुए और उसे पीटने लगे। जयराम और उसके स्वयंसेवक तुरन्त वहाँ पहुँच गये और उसे बचाने की चेष्टा करने लगे कि चारों उसे छोड़ कर जयराम की तरफ लपके। दर्शकों ने देखा कि जयराम पर मार पड़ा चाहती है, तो कई आदमी झल्ला कर उन चारों शराबियों पर टूट पड़े; लातें, घूँसे और डंडे चलाने लगे। जयराम को इसका कुछ अवसर न मिलता था कि किसी को समझाये। दोनों हाथ फैलाये उन चारों के वारों से बच रहा था; वह चारों भी आपे से बाहर हो कर दर्शकों पर डंडे चला रहे थे। जयराम दोनों तरफ से मार खाता था। शराबियों के वार भी उस पर पड़ते थे, तमाशाइयों के वार भी उसी पर पड़ते थे, पर वह उनके बीच से हटता न था। अगर वह इस वक्त अपनी जान बचा कर हट जाता, तो शराबियों की खैरियत न थी। इसका दोष कांग्रेस पर पड़ता। वह काँग्रेस को इस आक्षेप से बचाने के लिए अपने प्राण देने पर तैयार था। मिसेज सक्सेना को अपने ऊपर हँसने का मौका वह न देना चाहता था।

आखिर उसके सिर पर डंडा इस जोर से पड़ा कि वह सिर पकड़ कर बैठ गया। आँखों के सामने तितलियाँ उड़ने लगीं। फिर उसे होश न रहा।

4

जयराम सारी रात बेहोश पड़ा रहा। दूसरे दिन सुबह को जब उसे होश आया, तो सारी देह में पीड़ा हो रही थी और कमजोरी इतनी थी कि रह-रहकर जी डूबता जाता था। एकाएक सिरहाने की तरफ आँख उठ गयी, तो मिसेज सक्सेना बैठी नजर आयीं। उन्हें देखते ही स्वयंसेवकों के मना करने पर भी उठ बैठा। दर्द और कमजोरी दोनों जैसे गायब हो गयीं। एक-एक अंग में स्फूर्ति दौड़ गयी।

मिसेज सक्सेना ने उसके सिर पर हाथ रखकर कहा—आपको बड़ी चोट आयी। इसका सारा दोष मुझ पर है।

जयराम ने भक्तिमय कृतज्ञता के भाव से देख कर कहा—चोट तो ऐसी ज्यादा न थी, इन लोगों ने बरबस पट्टी-सट्टी बाँध कर जख्मी बना दिया।

मिसेज सक्सेना ने ग्लानित होकर कहा—मुझे आपको न जाने देना चाहिए था।

जयराम—आपका वहाँ जाना उचित न था। मैं आपसे अब भी यही अनुरोध करूँगा कि उस तरफ न जाइएगा।

मिसेज सक्सेना ने जैसे उन बाधाओं पर हँस पर कहा—वाह ! मुझे आज से

वहाँ पिकेट करने की आज्ञा मिल गयी है।

'आप मेरी इतनी विनय मान जाइएगा। शोहदों के लिए आवाज कसना बिलकुल मामूली बात है।'

'मैं आवाजों की परवाह नहीं करती !'

'तो फिर मैं भी आपके साथ चलूँगा।'

'आप इस हालत में ?' मिसेज सक्सेना ने आश्चर्य से कहा।

'मैं बिलकुल अच्छा हूँ, सच !'

'यह नहीं हो सकता। जब तक डाक्टर यह न कह देगा कि अब आप वहाँ जाने के योग्य हैं, आपको न जाने दूँगी। किसी तरह नहीं।'

'तो मैं भी आपको न जाने दूँगा।'

मिसेज सक्सेना ने मृदु-व्यंग्य के साथ कहा—आप भी अन्य पुरुषों ही की भाँति स्वार्थ के पुतले हैं। सदा यश खुद लूटना चाहते हैं, औरतों को कोई मौका नहीं देना चाहते। कम-से-कम यह तो देख लीजिए कि मैं भी कुछ कर सकती हूँ या नहीं।

जयराम ने व्यथित कंठ से कहा—जैसी आपकी इच्छा।

5

तीसरे पहर मिसेज सक्सेना चार स्वयंसेवकों के साथ बेगमगंज चलीं।

जयराम आँखें बंद किये चारपाई पर पड़ा था। शोर सुन कर चौंका और अपनी स्त्री से पूछा—वह कैसा शोर है ?

स्त्री ने खिड़की से झाँककर देखा और बोली—वह औरत, जो कल आयी थी झंडा लिये कई आदमियों के साथ जा रही है। इसे शर्म भी नहीं आती।

जयराम ने उसके चेहरे पर क्षमा की दृष्टि डाली और विचार में डूब गया। फिर वह उठ खड़ा हुआ और बोला—मैं भी वहीं जाता हूँ।

स्त्री ने उसका हाथ पकड़ कर कहा—अभी कल मार खा कर आये हो, आज फिर जाने की सूझी।

जयराम ने हाथ छुड़ा कर कहा—तुम उसे मार कहती हो, मैं उसे उपहार समझता हूँ।

स्त्री ने उसका रास्ता रोक लिया—कहती हूँ, तुम्हारा जी अच्छा नहीं है, मत जाओ, क्यों मेरी जान के गाहक हुए हो ? उसकी देह में हीरे नहीं जड़े हैं, जो वहाँ कोई नोंच लेगा।

जयराम ने मिन्नत करके कहा—मेरी तबीयत बिलकुल अच्छी है चम्मू ! अगर कुछ कसर है तो वह भी मिट जायेगी। भला सोचो, यह कैसे मुमकिन है कि एक देवी उन शोहदों के बीच में पिकेटिंग करने जाय और मैं बैठा रहूँ। मेरा वहाँ रहना

जरूरी है। अगर कोई बात आ पड़ी, तो कम-से-कम मैं लोगों को समझा तो सकूँगा।

चम्मू ने जल कर कहा—यह क्यों नहीं कहते कि कोई और ही चीज खींचे लिये जाती है !

जयराम ने मुस्करा कर उसकी ओर देखा, जैसे कह रहा हो—यह बात तुम्हारे दिल से नहीं, कंठ से निकल रही है; और कतरा कर निकल गया। फिर द्वार पर खड़ा हो कर बोला—शहर में तीन लाख से कुछ ही कम आदमी हैं, कमेटी में भी तीस मेम्बर हैं, मगर सब-के-सब जी चुरा रहे हैं। लोगों को अच्छा बहाना मिल गया कि शराबखानों पर धरना देने के लिए स्त्रियों ही की जरूरत है ? आखिर क्यों स्त्रियों ही को इस काम के लिए उपयुक्त समझा जाता है ? इसीलिए कि मरदों के सिर भूत सवार हो जाता है और जहाँ नम्रता से काम लेना चाहिए, वहाँ लोग उग्रता से काम लेने लगते हैं। वे देवियाँ क्या इसी योग्य हैं कि शोहदों के फ़िकरे सुनें और उनकी कुदृष्टि का निशाना बनें ? कम-से-कम मैं यह नहीं देख सकता।

वह लँगड़ाता हुआ घर से निकल पड़ा। चम्मू ने फिर उसे रोकने का प्रयास नहीं किया। रास्ते में एक स्वयंसेवक मिल गया। जयराम ने उसे साथ लिया और एक ताँगे पर बैठ कर चला। शराबखाने से कुछ दूर इधर एक लेमनेड-बर्फ की दुकान थी। उसने ताँगे को छोड़ दिया और वालंटियर को शराबखाने भेज कर खुद उसी दुकान में जा बैठा।

दुकानदार ने लेमनेड का एक गिलास उसे देते हुए कहा—बाबूजी, कलवाले चारों बदमाश आज फिर आये हुए हैं। आपने न बचाया होता तो आज शराब या ताड़ी की जगह हल्दी-गुड़ पीते होते।

जयराम ने गिलास लेकर कहा—तुम लोग बीच में न कूद पड़ते, तो मैंने उन सबों को ठीक कर लिया होता।

दुकानदार ने प्रतिवाद किया—नहीं बाबू जी, वह सब छँटे हुए गुंडे हैं। मैं तो उन्हें अपनी दुकान के सामने खड़ा भी नहीं होने देता। चारों तीन-तीन साल काट आये हैं।

अभी बीस मिनट भी न गुजरे होंगे कि वह स्वयंसेवक आकर खड़ा हो गया। जयराम ने सचिंत होकर पूछा—कहो, वहाँ क्या हो रहा है ?

स्वयंसेवक ने कुछ ऐसा मुँह बना लिया, जैसे वहाँ की दशा कहना वह उचित नहीं समझता और बोला—कुछ नहीं, देवी जी आदमियों को समझा रही हैं।

जयराम ने उसकी ओर अतृप्त नेत्रों से ताका, मानो कह रहे हों—बस इतना ही ! इतना तो मैं जानता ही था।

स्वयंसेवक ने एक क्षण बाद फिर कहा—देवियों का ऐसे शोहदों के सामने जाना अच्छा नहीं।

जयराम ने अधीर होकर पूछा—साफ-साफ क्यों नहीं कहते, क्या बात है ?

स्वयंसेवक डरते-डरते बोला—सब-के-सब उनसे दिल्लगी कर रहे हैं। देवियों का यहाँ आना अच्छा नहीं।

जयराम ने और कुछ न पूछा। डंडा उठाया और लाल-लाल आँखें निकाले बिजली की तरह कौंध कर शराबखाने के सामने जा पहुँचा और मिसेज सक्सेना का हाथ पकड़ कर पीछे हटाता हुआ शराबियों से बोला—अगर तुम लोगों ने देवियों के साथ ज़रा भी गुस्ताखी की, तो तुम्हारे हक़ में अच्छा न होगा। कल मैंने तुम लोगों की जान बचायी थी, आज इसी डंडे से तुम्हारी खोपड़ी तोड़ कर रख दूँगा।

उसके बदले हुए तेवर को देखकर सब-के-सब नशेबाज घबड़ा गये। वे कुछ कहना चाहते थे कि मिसेज सक्सेना ने गम्भीर भाव से पूछा—आप यहाँ क्यों आये ? मैंने तो आपसे कहा था, अपनी जगह से न हिलिएगा। मैंने तो आपसे मदद न माँगी थी ?

जयराम ने लज्जित होकर कहा—मैं इस नीयत से यहाँ नहीं आया था। एक जरूरत से इधर आ निकला था। यहाँ जमाव देखकर आ गया। मेरे खयाल में आप अब यहाँ से चलें। मैं आज कांग्रेस कमेटी में यह सवाल पेश करूँगा कि इस काम के लिए पुरुषों को भेजें।

मिसेज सक्सेना ने तीखे स्वर में कहा—आपके विचार में दुनिया के सारे काम मरदों के लिए हैं।

जयराम—मेरा यह मतलब न था।

मिसेज सक्सेना—तो आप जा कर आराम से लेटें और मुझे अपना काम करने दें।

जयराम वहीं सिर झुकाये खड़ा रहा।

मिसेज सक्सेना ने पूछा—अब आप क्यों खड़े हैं ?

जयराम ने विनीत स्वर में कहा—मैं भी यहीं एक किनारे खड़ा रहूँगा।

मिसेज सक्सेना ने कठोर स्वर में कहा—जी नहीं, आप जायें।

जयराम धीरे-धीरे लदी हुई गाड़ी की भाँति चला और आ कर फिर उसी लेमनेड की दुकान पर बैठ गया। उसे जोर से प्यास लगी थी। उसने एक गिलास शर्बत बनवाया और सामने मेज पर रख कर विचार में डूब गया; मगर आँखें और कान उसी तरफ़ लगे हुए थे।

जब कोई आदमी दुकान पर आता, वह चौंक कर उसकी तरफ ताकने लगता—वहाँ कोई नयी बात तो नहीं हो गयी ?

कोई आध घंटे बाद वही स्वयंसेवक फिर डरा हुआ-सा आ कर खड़ा हो गया। जयराम ने उदासीन बनने की चेष्टा करके पूछा—वहाँ क्या हो रहा है जी ?

स्वयंसेवक ने कानों पर हाथ रख कर कहा—मैं कुछ नहीं जानता बाबूजी,

मुझसे कुछ न पूछिए।

जयराम ने एक साथ ही नम्र और कठोर होकर पूछा—फिर कोई छेड़-छाड़ हुई ?

स्वयंसेवक—जी नहीं, कोई छेड़छाड़ नहीं हुई, एक आदमी ने देवी जी को धक्का दे दिया, वे गिर पड़ीं।

जयराम निस्पंद बैठा रहा; पर उसके अंतराल में भूकम्प-सा मचा हुआ था। बोला—उनके साथ के स्वयंसेवक क्या कर रहे हैं ?

'खड़े हैं, देवी जी उन्हें बोलने ही नहीं देतीं।'

'तो क्या बड़े जोर से धक्का दिया?'

'जी हाँ, गिर पड़ीं। घुटनों में चोट आ गयी। वे आदमी साथ पी रहे थे। जब एक बोतल उड़ गयी, तो उनमें से एक आदमी दूसरी बोतल लेने चला। देवी जी ने रास्ता रोक लिया। बस, उसने धक्का दे दिया। वही जो काला-काला मोटा सा आदमी है! कल वाले चारों आदमियों की शरारत है।'

जयराम उन्माद की दशा में वहाँ से उठा और दौड़ता हुआ शराबखाने के सामने आया। मिसेज सक्सेना सिर पकड़े जमीन पर बैठी हुई थीं और वह काला मोटा आदमी दुकान के कठघरे के सामने खड़ा था। पचासों आदमी जमा थे। जयराम ने उसे देखते ही लपक कर उसकी गर्दन पकड़ ली और इतने जोर से दबायी कि उसकी आँखें बाहर निकल आयीं। मालूम होता था, उसके हाथ फौलाद के हो गये हैं।

सहसा मिसेज सक्सेना ने आकर उसका फौलादी हाथ पकड़ लिया और भवें सिकोड़ कर बोलीं—छोड़ दो इसकी गर्दन ! क्या इसकी जान ले लोगे ?

जयराम ने और जोर से उसकी गर्दन दबायी और बोला—हाँ, ले लूँगा ? ऐसे दुष्ट की यही सजा है।

मिसेज सक्सेना ने अधिकार-गर्व से गर्दन उठा कर कहा—आपको यहाँ आने का कोई अधिकार नहीं है।

एक दर्शक ने कहा—ऐसा दबाओ बाबूजी, कि साला ठंडा हो जाये। उसने देवी जी को ऐसा ढकेला कि बेचारी गिर पड़ीं। हमें तो बोलने का हुक्म नहीं है, नहीं तो हड्डी तोड़ कर रख देते।

जयराम ने शराबी की गर्दन छोड़ दी। वह किसी बाज के चंगुल से छूटी हुई चिड़िया की तरह सहमा हुआ खड़ा हो गया। उसे एक धक्का देते हुए उसने मिसेज सक्सेना से कहा—आप यहाँ से चलती क्यों नहीं ? आप जायें, मैं बैठता हूँ; अगर एक छटाँक शराब बिक जाय, तो मेरा कान पकड़ लीजियेगा।

उसका दम फूलने लगा, आँखों के सामने अँधेरा छा रहा था। वह खड़ा न रह सका। जमीन पर बैठ कर रूमाल से माथे का पसीना पोंछने लगा।

मिसेज सक्सेना ने परिहास करके कहा—आज काँग्रेस ने इस काम का भार मुझ पर रखा है, आपको मेरे बीच में बोलने का कोई हक नहीं है। आप मेरा अपमान कर रहे हैं। काँग्रेस-कमेटी के सामने आपको इसका जवाब देना होगा।

जयराम तिलमिला उठा। बिना कोई जवाब दिये लौट पड़ा। और वेग से घर की तरफ चला; पर ज्यों-ज्यों आगे बढ़ता था उसकी गति मंद होती जाती थी। यहाँ तक कि बाजार के दूसरे सिरे पर आकर वह रुक गया। रस्सी यहाँ खत्म हो गयी। उसके आगे जाना उसके लिए असाध्य हो गया। जिस झटके ने उसे यहाँ तक भेजा था, उसकी शक्ति अब शेष हो गयी थी। उन शब्दों में जो कटुता और चोट थी, उसमें अब उसे सहानुभूति और स्नेह की सुगंध आ रही थी।

उसे फिर चिंता हुई—न जाने वहाँ क्या हो रहा है। कहीं उन बादमाशों ने और कोई दुष्टता न की हो, या पुलिस न आ जाये !

वह बाजार की तरफ मुड़ा लेकिन एक कदम ही चल कर फिर रुक गया। ऐसे पसोपेश में वह कभी न पड़ा था।

सहसा उसे वही स्वयंसेवक दौड़ता आता दिखायी दिया। वह बदहवास होकर उससे मिलने के लिए खुद भी उसकी तरफ दौड़ा। बीच में दोनों मिल गये।

जयराम ने हाँफते हुए पूछा—क्या हुआ ? क्यों भागे जा रहे हो ?

स्वयंसेवक ने दम लेकर कहा—बड़ा गजब हो गया बाबूजी ! आपके आने के बाद वह काला शराबी बोतल लेकर दुकान से चला, तो देवी जी दरवाजे पर बैठ गयीं। वह बार-बार देवी जी को हटा कर निकलना चाहता है; पर वह फिर आ कर बैठ जाती हैं। धक्कम-धक्के में उनके कुछ कपड़े फट गये हैं और कुछ चोट भी...

अभी बात पूरी न हुई थी कि जयराम शराबखाने की तरफ दौड़ा।

6

जयराम शराबखाने के सामने पहुँचा तो देखा, मिसेज सक्सेना के चारों स्वयंसेवक दुकान के सामने लेटे हुए हैं और मिसेज सक्सेना एक किनारे सिर झुकाये खड़ी हैं। जयराम ने डरते-डरते उनके चेहरे पर निगाह डाली। आँचल पर रक्त की बूँदें दिखायी दीं। उसे फिर कुछ सुध न रही। खून की वह चिनगारियाँ जैसे उसके रोम-रोम में समा गयीं। उसका खून खौलने लगा। मानो उसके सिर खून सवार हो गया हो, वह उन चारों शराबियों पर टूट पड़ा और पूरे जोर के साथ लकड़ी चलाने लगा। एक-एक बूँद की जगह वह एक-एक घड़ा खून बहा देना चाहता था। खून उसे कभी इतना प्यारा न था। खून में इतनी उत्तेजना है, इसकी उसे खबर न थी।

वह पूरे जोर से लकड़ी चला रहा था। मिसेज सक्सेना कब आकर उसके सामने खड़ी हो गयीं उसे कुछ पता न चला। जब वह जमीन पर गिर पड़ीं, तब उसे जैसे होश आ गया हो। उसने लकड़ी फेंक दी और वहीं निश्चल, निस्पंद खड़ा

हो गया, मानो उसका रक्त प्रवाह रुक गया है।

चारों स्वयंसेवकों ने दौड़ कर मिसेज सक्सेना को पंखा झलना शुरू किया। दुकानदार ठंडा पानी ले कर दौड़ा। एक दर्शक डाक्टर को बुलाने भागा, पर जयराम वहीं बेजान खड़ा था जैसे स्वयं अपने तिरस्कार-भाव का पुतला बन गया हो। अगर इस वक्त कोई उसके दोनों हाथ काट डालता, कोई उसकी आँखें लाल लोहे से फोड़ देता, तब भी वह चूँ न करता।

फिर वहीं सड़क पर बैठ कर उसने अपने लज्जित, तिरस्कृत, पराजित मस्तक को भूमि पर पटक दिया और बेहोश हो गया।

उसी वक्त उस काले मोटे शराबी ने बोतल जमीन पर पटक दी और उसके सिर पर ठंडा पानी डालने लगा।

एक शराबी ने लैसंसदार से कहा—तुम्हारा रोजगार अन्य लोगों की जान ले कर रहेगा। अब तो अभी दूसरा ही दिन है।

लैसंसदार ने कहा—कल से मेरा इस्तीफा है। अब स्वदेशी कपड़े का रोजगार करूँगा, जिसमें जस भी है और उपकार भी।

शराबी ने कहा—घाटा तो बहुत रहेगा।

दुकानदार ने किस्मत ठोंककर कहा—घाटा-नफा तो जिंदगानी के साथ है।

❑

मैकू

प्रथमतः हिन्दी मासिक 'हंस', जून 1930 में प्रकाशित

1

कादिर और मैकू ताड़ीखाने के सामने पहुँचे; तो वहाँ काँग्रेस के वालंटियर झंडा लिये खड़े नजर आये। दरवाजे के इधर-उधर हजारों दर्शक खड़े थे। शाम का वक्त था। इस वक्त गली में पियक्कड़ों के सिवा और कोई न आता था। भले आदमी इधर से निकलते झिझकते। पियक्कड़ों की छोटी-छोटी टोलियाँ आती-जाती रहती थीं। दो-चार वेश्याएँ दुकान के सामने खड़ी नजर आती थीं। आज यह भीड़-भाड़ देखकर मैकू ने कहा—बड़ी भीड़ है बे, कोई दो-तीन सौ आदमी होंगे।

कादिर ने मुस्करा कर कहा—भीड़ देख कर डर गये क्या ? यह सब हुर्र हो जायँगे, एक भी न टिकेगा। यह लोग तमाशा देखने आये हैं, लाठियाँ खाने नहीं आये हैं।

मैकू ने संदेह के स्वर में कहा—पुलिस के सिपाही भी बैठे हैं। ठीकेदार ने तो कहा था, पुलिस न बोलेगी।

कादिर—हाँ बे, पुलिस न बोलेगी, तेरी नानी क्यों मरी जा रही है ? पुलिस वहाँ बोलती है, जहाँ चार पैसे मिलते हैं या जहाँ कोई औरत का मामला होता है। ऐसी बेफजूल बातों में पुलिस नहीं पड़ती। पुलिस तो और शह दे रही है। ठीकेदार से साल में सैकड़ों रुपये मिलते हैं। पुलिस इस वक्त उसकी मदद न करेगी तो कब करेगी ?

मैकू—चलो, आज दस हमारे भी सीधे हुए। मुफ्त में पियेंगे वह अलग। मगर सुनते हैं, काँग्रेसवालों में बड़े-बड़े मालदार लोग शरीक हैं। वह कहीं हम लोगों से कसर निकालें तो बुरा होगा।

कादिर—अबे, कोई कसर-वसर नहीं निकालेगा, तेरी जान क्यों निकल रही है ? काँग्रेसवाले किसी पर हाथ नहीं उठाते, चाहे कोई उन्हें मार ही डाले। नहीं तो उस दिन जुलूस में दस-बारह चौकीदारों की मजाल थी कि दस हजार आदमियों को पीटकर रख देते ? चार तो वहीं ठंडे हो गये थे, मगर एक ने हाथ नहीं उठाया। इनके जो महात्मा हैं, वह बड़े भारी फकीर हैं ! उनका हुक्म है कि चुपके से मार खा लो, लड़ाई मत करो।

यों बातें करते-करते दोनों ताड़ीखाने के द्वार पर पहुँच गये। एक स्वयंसेवक

हाथ जोड़कर सामने आ गया और बोला—भाईसाहब, आपके मजहब में ताड़ी हराम है।

मैकू ने बात का जवाब चाँटे से दिया। ऐसा तमाचा मारा कि स्वयंसेवक की आँखों में खून आ गया। ऐसा मालूम होता था, गिरा चाहता है। दूसरे स्वयंसेवक ने दौड़कर उसे सँभाला। पाँचों उँगलियों का रक्तमय प्रतिबिम्ब झलक रहा था।

मगर वालंटियर तमाचा खा कर भी अपने स्थान पर खड़ा रहा। मैकू ने कहा—अब हटता है कि और लेगा ?

स्वयंसेवक ने नम्रता से कहा—अगर आपकी यही इच्छा है, तो सिर सामने किये हुए हूँ। जितना चाहिए, मार लीजिए। मगर अंदर न जाइए।

यह कहता हुआ वह मैकू के सामने बैठ गया।

मैकू ने स्वयंसेवक के चेहरे पर निगाह डाली। उसकी पाँचों उँगलियों के निशान झलक रहे थे। मैकू ने इसके पहले अपनी लाठी से टूटे हुए कितने ही सिर देखे थे, पर आज की-सी ग्लानि उसे कभी न हुई थी। वह पाँचों उँगलियों के निशान किसी पंचशूल की भाँति उसके हृदय में चुभ रहे थे।

कादिर चौकीदारों के पास खड़ा सिगरेट पीने लगा। वहीं खड़े-खड़े बोला—अब, खड़ा देखता क्या है, लगा कसके एक हाथ।

मैकू ने स्वयंसेवक से कहा—तुम उठ जाओ, मुझे अंदर जाने दो।

'आप मेरी छाती पर पाँव रखकर चले जा सकते हैं।'

'मैं कहता हूँ, उठ जाओ; मैं अन्दर ताड़ी न पीऊँगा, एक दूसरा ही काम है।'

उसने यह बात कुछ इस दृढ़ता से कही कि स्वयंसेवक उठ कर रास्ते से हट गया। मैकू ने मुस्करा कर उसकी ओर ताका। स्वयंसेवक ने फिर हाथ जोड़कर कहा—अपना वादा भूल न जाना।

एक चौकीदार बोला—लात के आगे भूत भागता है, एक ही तमाचे में ठीक हो गया।

कादिर ने कहा—यह तमाचा बच्चा को जन्म-भर याद रहेगा। मैकू के तमाचे सह लेना मामूली काम नहीं है।

चौकीदार—आज ऐसा ठोंको इन सबों को कि फिर इधर आने का नाम न लें।

कादिर—खुदा ने चाहा, तो फिर इधर आयेंगे भी नहीं। मगर हैं सब बड़े हिम्मती। जान को हथेली पर लिये फिरते हैं।

2

मैकू भीतर पहुँचा, तो ठीकेदार ने स्वागत किया—आओ मैकू मियाँ ! एक ही तमाचा लगाकर क्यों रह गये ? एक तमाचे का भला इन पर क्या असर होगा ? बड़े लतखोर हैं सब। कितना ही पीटो, असर ही नहीं होता। बस आज सबों के हाथ-पाँव तोड़

दो; फिर इधर न आयें !

मैकू—तो क्या और न आयेंगे ?

ठीकेदार—फिर आते सबों की नानी मरेगी।

मैकू—और जो कहीं इन तमाशा देखने वालों ने मेरे ऊपर डंडे चलाये तो !

ठीकेदार—तो पुलिस उनको मार भगायेगी। एक झड़प में मैदान साफ हो जायगा। लो, अब एक एकाध बोतल पी लो। मैं तो आज मुफ्त की पिला रहा हूँ।

मैकू—क्या इन ग्राहकों को भी मुफ्त ?

ठीकेदार—क्या करता, कोई आता ही न था। सुना कि मुफ्त मिलेगी, तो सब धँस पड़े।

मैकू—मैं तो आज न पीऊँगा।

ठीकेदार—क्यों ? तुम्हारे लिए तो आज ताजी ताड़ी मँगवायी है।

मैकू—यों ही, आज पीने की इच्छा नहीं है। लाओ, कोई लकड़ी निकालो, हाथ से मारते नहीं बनता।

ठीकेदार ने लपक कर एक मोटा सोंटा मैकू के हाथ में दे दिया, और डंडेबाजी का तमाशा देखने के लिए द्वार पर खड़ा हो गया।

मैकू ने एक क्षण डंडे को तौला, तब उछल कर ठीकेदार को ऐसा डंडा रसीद किया कि वहीं दोहरा होकर द्वार में गिर पड़ा। इसके बाद मैकू ने पियक्कड़ों की ओर रुख किया और लगा डंडों की वर्षा करने। न आगे देखता था, न पीछे, बस डंडे चलाये जाता था।

ताड़ीबाजों के नशे हिरन हुए। घबड़ा-घबड़ा कर भागने लगे, पर किवाड़ों के बीच में ठीकेदार की देह बिंधी पड़ी थी। उधर से फिर भीतर की ओर लपके। मैकू ने फिर डंडों से आह्वान किया। आखिर सब ठीकेदार की देह को रौंद-रौंद कर भागे। किसी का हाथ टूटा, किसी का सिर फूटा, किसी की कमर टूटी। ऐसी भगदड़ मची कि एक मिनट के अंदर ताड़ीखाने में एक चिड़िये का पूत भी न रह गया।

एकाएक मटकों के टूटने की आवाज आयी। स्वयंसेवक ने भीतर झाँककर देखा, तो मैकू मटकों का विध्वंस करने में जुटा हुआ था। बोला—भाईसाहब, अजी भाई साहब, यह आप गजब कर रहे हैं। इससे तो कहीं अच्छा था कि आपने हमारे ही ऊपर अपना गुस्सा उतारा होता।

मैकू ने दो-तीन हाथ चला कर बाकी बची हुई बोतलों और मटकों का सफाया कर दिया और तब चलते-चलते ठीकेदार को एक लात जमा कर बाहर निकल आया। कादिर ने उसको रोक कर पूछा—तू पागल तो नहीं हो गया है बे ? क्या करने आया था, और क्या कर रहा है ?

मैकू ने लाल-लाल आँखों से उसकी ओर देख कर कहा—हाँ, अल्लाह का शुक्र है कि मैं जो करने आया था, वह न करके कुछ और कर बैठा। तुममें कूवत हो,

तो वालंटरों को मारो, मुझमें कूवत नहीं है। मैंने तो जो एक थप्पड़ लगाया, उसका रंज अभी तक है और हमेशा रहेगा ! तमाचे के निशान मेरे कलेजे पर बन गये हैं। जो लोग दूसरों को गुनाह से बचाने के लिए अपनी जान देने को खड़े हैं, उन पर वही हाथ उठायेगा, जो पाजी है, कमीना है, नामर्द है। मैकू फिसादी है, लठैत, गुंडा है, पर कमीना और नामर्द नहीं है। कह दो पुलिसवालों से, चाहें तो मुझे गिरफ्तार कर लें।

कई ताड़ीबाज खड़े सिर सहलाते हुए, उसकी ओर सहमी हुई आँखों से ताक रहे थे। कुछ बोलने की हिम्मत न पड़ती थी। मैकू ने उनकी ओर देख कर कहा—मैं कल फिर आऊँगा। अगर तुममें से किसी को यहाँ देखा तो खून ही पी जाऊँगा। जेल और फाँसी से नहीं डरता। तुम्हारी भलमनसी इसी में है कि अब भूल कर भी इधर न आना। यह काँग्रेसवाले तुम्हारे दुश्मन नहीं है। तुम्हारे और तुम्हारे बाल-बच्चों की भलाई के लिए ही तुम्हें पीने से रोकते हैं। इन पैसों से अपने बाल-बच्चों की परवरिश करो, घी-दूध खाओ। घर में तो फाके हो रहे हैं, घरवाली तुम्हारे नाम को रो रही है, और तुम यहाँ बैठे पी रहे हो ? लानत है इस नशेबाजी पर।

मैकू ने वहीं डंडा फेंक दिया और कदम बढ़ाता हुआ घर चला। इस वक्त तक हजारों आदमियों का हुजूम हो गया था। सभी श्रद्धा, प्रेम और गर्व की आँखों से मैकू को देख रहे थे। □

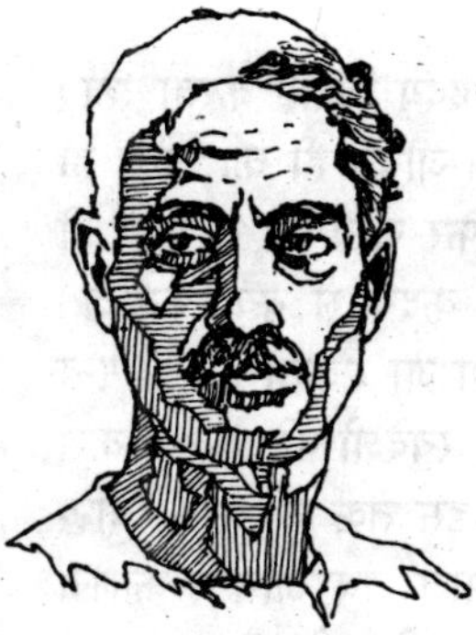

आहुति

प्रथमतः हिन्दी मासिक 'हंस', नवम्बर 1930 में प्रकाशित

1

आनन्द ने गद्देदार कुर्सी पर बैठकर सिगार जलाते हुए कहा—आज विशम्भर ने कैसी हिमाकत की ! इम्तहान करीब है और आप आज वालंटियर बन बैठे। कहीं पकड़े गये, तो इम्तहान से हाथ धोयेंगे। मेरा तो खयाल है कि वज़ीफ़ा भी बन्द हो जायगा।

सामने दूसरे बेंच पर रूपमणि बैठी एक अखबार पढ़ रही थी। उसकी आँखें अखबार की तरफ थीं; पर कान आनन्द की तरफ लगे हुए थे। बोली—यह तो बुरा हुआ। तुमने समझाया नहीं ?

आनन्द ने मुँह बनाकर कहा—जब कोई अपने को दूसरा गाँधी समझने लगे, तो उसे समझाना मुश्किल हो जाता है। वह उलटे मुझे समझाने लगता है।

रूपमणि ने अखबार को समेटकर बालों को सँभालते हुए कहा—तुमने मुझे भी नहीं बताया, शायद मैं उसे रोक सकती।

आनन्द ने कुछ चिढ़कर कहा—तो अभी क्या हुआ, अभी तो शायद काँग्रेस आफिस ही में हो। जाकर रोक लो।

आनन्द और विशम्भर दोनों ही यूनिवर्सिटी के विद्यार्थी थे। आनन्द के हिस्से में लक्ष्मी भी पड़ी थी, सरस्वती भी ; विशम्भर फूटी तकदीर लेकर आया था। प्रोफेसरों ने दया करके एक छोटा-सा वज़ीफ़ा दे दिया था। बस, यही उसकी जीविका थी। रूपमणि भी साल भर पहले उन्हीं की समकक्ष थी; पर इस साल उसने कालेज छोड़ दिया था। स्वास्थ्य कुछ बिगड़ गया था। दोनों युवक कभी-कभी उससे मिलने आते रहते थे। आनन्द आता था उसका हृदय लेने के लिए, विशम्भर आता था यों ही। जी पढ़ने में न लगता या घबड़ाता, तो उसके पास आ बैठता था। शायद उससे अपनी विपत्ति-कथा कहकर उसका चित्त कुछ शान्त हो जाता था। आनन्द के सामने कुछ बोलने की हिम्मत न पड़ती थी। आनन्द के पास उसके लिए सहानुभूति का एक शब्द भी न था। वह उसे फटकारता था, ज़लील करता था और बेवकूफ बनाता था। विशम्भर में उससे बहस करने की सामर्थ्य न थी। सूर्य के सामने दीपक की हस्ती ही क्या ? आनन्द का उस पर मानसिक आधिपत्य था। जीवन में पहली बार उसने उस आधिपत्य को अस्वीकार किया था और उसी की शिकायत लेकर आनन्द रूपमणि के पास आया था। महीनों विशम्भर ने आनन्द के तर्क पर अपने भीतर

के आग्रह को ढाला; पर तर्क से परास्त होकर भी उसका हृदय विद्रोह करता रहा। बेशक उसका यह साल खराब हो जाएगा। संभव है, छात्र-जीवन ही का अन्त हो जाय। फिर इन चौदह-पन्द्रह वर्षों की मेहनत पर पानी फिर जायगा। न खुदा ही मिलेगा, न सनम का विसाल ही नसीब होगा। आग में कूदने से क्या फायदा। यूनिवर्सिटी में रहकर भी तो बहुत कुछ देश का काम किया जा सकता है। आनन्द महीने में कुछ-न-कुछ चंदा जमा कर देता है, दूसरे छात्रों से स्वदेशी की प्रतिज्ञा करा ही लेता है। विशम्भर को भी आनन्द ने यही सलाह दी। इस तर्क ने उसकी बुद्धि को तो जीत लिया, पर उसके मन को न जीत सका। आज जब आनन्द कालेज गया तो विशम्भर ने स्वराज्य-भवन की राह ली। आनन्द कालेज से लौटा तो उसे अपनी मेज पर विशम्भर का पत्र मिला। लिखा था–

'प्रिय आनन्द,

मैं जानता हूँ कि मैं जो कुछ करने जा रहा हूँ वह मेरे लिए हितकर नहीं है; पर न जाने कौन-सी शक्ति मुझे खींचे लिये जा रही है। मैं जाना नहीं चाहता, पर जाता हूँ, उसी तरह जैसे आदमी मरना नहीं चाहता, पर मरता है; रोना नहीं चाहता, पर रोता है। जब सभी लोग, जिन पर हमारी भक्ति है, ओखली में अपना सिर डाल चुके थे, तो मेरे लिए भी अब कोई दूसरा मार्ग नहीं है। मैं अब और अपनी आत्मा को धोखा नहीं दे सकता। यह इज्जत का सवाल है, और इज्जत किसी तरह का समझौता (Compromise) नहीं कर सकती।

तुम्हारा
विशम्भर

खत पढ़कर आनन्द के जी में आया, कि विशम्भर को समझा कर लौटा लाये; पर उसकी हिमाक़त पर गुस्सा आया और उसी तैश में वह रूपमणि के पास जा पहुँचा। अगर रूपमणि उसकी खुशामद करके कहती–जाकर उसे लौटा लाओ, तो शायद वह चला जाता, पर उसका यह कहना कि मैं उसे रोक लेती, उसके लिए असह्य था। उसके जवाब में रोष था, रुखाई थी और शायद कुछ हसद भी था।

रूपमणि ने गर्व से उसकी ओर देखा और बोली–अच्छी बात है, मैं जाती हूँ।

एक क्षण के बाद उसने डरते-डरते पूछा–तुम क्यों नहीं चलते ?

फिर वही गलती। अगर रूपमणि उसकी खुशामद करके कहती तो आनन्द ज़रूर उसके साथ चला जाता, पर उसके प्रश्न में पहले ही यह भाव छिपा था कि आनन्द जाना नहीं चाहता। अभिमानी आनन्द इस तरह नहीं जा सकता। उसने उदासीन भाव से कहा–मेरा जाना व्यर्थ है। तुम्हारी बातों का ज्यादा असर होगा। मेरी मेज पर यह खत छोड़ गया था। जब वह आत्मा और कर्त्तव्य और आदर्श की बड़ी-बड़ी बातें सोच रहा है और अपने को भी कोई ऊँचे दरजे का आदमी समझ रहा है, तो मेरा उस पर कोई असर न होगा।

उसने जेब से पत्र निकालकर-रूपमणि के सामने रख दिया। इन शब्दों में जो संकेत और व्यंग्य था, उसने एक क्षण तक रूपमणि को उसकी तरफ देखने न दिया। आनन्द के इस निर्दय प्रहार ने उसे आहत-सा कर दिया था; पर एक ही क्षण में विद्रोह की एक चिनगारी-सी उसके अन्दर जा घुसी। उसने स्वच्छन्द भाव से पत्र को लेकर पढ़ा। पढ़ा सिर्फ आनन्द के प्रहार का जवाब देने के लिए; पर पढ़ते-पढ़ते उसका चेहरा तेज से कठोर हो गया, गरदन तन गई, आँखों में उत्सर्ग की लाली आ गई। उसने मेज़ पर पत्र रखकर कहा—नहीं, अब मेरा जाना भी व्यर्थ है।

आनन्द ने अपनी विजय पर फूल कर कहा—मैंने तो तुमसे पहले ही कह दिया, इस वक्त उसके सिर पर भूत सवार है, उस पर किसी के समझाने का असर न होगा। जब साल-भर जेल में चक्की पीस लेंगे और वहाँ से तपेदिक लेकर निकलेंगे, या पुलिस के डण्डों से सिर और हाथ-पाँव तुड़वा लेंगे, तो बुद्धि ठिकाने आवेगी। अभी तो जय-जयकार और तालियों के स्वप्न देख रहे होंगे।

रूपमणि सामने आकाश की ओर देख रही थी। नीले आकाश में एक छायाचित्र-सा नजर आ रहा था—दुर्बल, सूखा और नग्न शरीर, घुटनों तक धोती, चिकना सिर, पोपला मुँह; तप, त्याग और सत्य की सजीव मूर्ति।

आनन्द ने फिर कहा—अगर मुझे मालूम हो, कि मेरे रक्त से देश का उद्धार हो जायगा, तो मैं आज उसे देने को तैयार हूँ; लेकिन मेरे जैसे सौ-पचास आदमी निकल ही आयें, तो क्या होगा ? प्राण देने के सिवा और तो कोई प्रत्यक्ष फल नहीं दीखता।

रूपमणि अब भी वही छायाचित्र देख रही थी। वही छाया मुस्करा रही थी, सरल मनोहर मुस्कान, जिसने विश्व को जीत लिया है।

आनन्द फिर बोला—जिन महाशयों को परीक्षा का भूत सताया करता है, उन्हें देश का उद्धार करने की सूझती है ? पूछिए, आप अपना उद्धार तो कर ही नहीं सकते, देश का क्या उद्धार कीजिएगा ? इधर फेल होने से उधर के डण्डे फिर भी हल्के हैं।

रूपमणि की आँखें आकाश की ओर थीं। छायाचित्र कठोर हो गया था।

आनन्द ने जैसे चौंककर कहा—हाँ, आज बड़ी मजेदार फ़िल्म है। चलती हो ? पहले शो में लौट आयें।

रूपमणि ने जैसे आकाश से नीचे उतरकर कहा—नहीं, मेरा जी नहीं चाहता।

आनन्द ने धीरे से उसका हाथ पकड़कर कहा—तबीयत तो अच्छी है ?

रूपमणि ने हाथ छुड़ाने की चेष्टा न की। बोली—हाँ, तबीयत में हुआ क्या है ?

'तो चलती क्यों नहीं ?'

'आज जी नहीं चाहता।'

'तो फिर मैं भी न जाऊँगा।'

'बहुत ही उत्तम, टिकट के रुपये काँग्रेस को दे दो।'

'यह तो टेढ़ी शर्त है; लेकिन मंजूर !'

'कल रसीद मुझे दिखा देना।'

'तुम्हें मुझ पर इतना विश्वास भी नहीं ?'

आनन्द होस्टल चला। जरा देर बाद रूपमणि स्वराज्य-भवन की ओर चली।

2

रूपमणि स्वराज्य-भवन पहुँची, तो स्वयंसेवकों का एक दल विलायती कपड़े के गोदामों को पिकेट करने जा रहा था। विशम्भर दल में न था।

दूसरा दल शराब की दुकानों पर जाने को तैयार खड़ा था। विशम्भर इसमें भी न था।

रूपमणि ने मंत्री के पास जाकर कहा—आप बता सकते हैं, विशम्भर नाथ कहाँ हैं ?

मंत्री ने पूछा—वही, जो आज भरती हुए हैं ?

'जी हाँ, वही।'

'बड़ा दिलेर आदमी है। देहातों को तैयार करने का काम लिया है। स्टेशन पहुँच गया होगा। सात बजे की गाड़ी से जा रहा है।'

'तो अभी स्टेशन पर होंगे ?'

मंत्री ने घड़ी पर नज़र डालकर जवाब दिया—हाँ, अभी तो शायद स्टेशन पर मिल जायँ।

रूपमणि ने बाहर निकलकर साइकिल तेज की। स्टेशन पर पहुँची, तो देखा, विशम्भर प्लेटफार्म पर खड़ा है। रूपमणि को देखते ही लपककर उसके पास आया और बोला—तुम यहाँ कैसे आईं। आज आनन्द से तुम्हारी मुलाकात हुई थी ?

रूपमणि ने उसे सिर से पाँव तक देखकर कहा—यह तुमने क्या सूरत बना रखी है ? क्या पाँव में जूता पहनना भी देशद्रोह है ?

विशम्भर ने डरते-डरते पूछा—आनन्द बाबू ने तुमसे कुछ कहा नहीं ?

रूपमणि ने स्वर को कठोर बनाकर कहा—जी हाँ, कहा। तुम्हें यह क्या सूझी ? दो साल से कम के लिए न जाओगे।

विशम्भर का मुँह गिर गया। बोला—जब यह जानती हो, तो क्या तुम्हारे पास मेरी हिम्मत बँधाने के लिए दो शब्द नहीं हैं ?

रूपमणि का हृदय मसोस उठा; मगर बाहरी उपेक्षा को न त्याग सकी। बोली—तुम मुझे दुश्मन समझते हो, या दोस्त ?

विशम्भर ने आँखों में आँसू भरकर कहा—तुम ऐसा प्रश्न क्यों करती हो रूपमणि ? इसका जवाब मेरे मुँह से न सुनकर भी क्या तुम नहीं समझ सकतीं ?

रूपमणि—तो मैं कहती हूँ, तुम मत जाओ।

विशम्भर—यह दोस्त की सलाह नहीं है रूपमणि ! मुझे विश्वास है, तुम हृदय से यह नहीं कह रही हो। मेरे प्राणों का क्या मूल्य है, जरा यह सोचो। एम॰ ए॰ होकर भी सौ रुपये की नौकरी। बहुत बढ़ा तो तीन-चार सौ तक जाऊँगा। इसके बदले यहाँ क्या मिलेगा, जानती हो ? सम्पूर्ण देश का स्वराज्य। इतने महान् हेतु के लिए मर जाना भी उस ज़िन्दगी से कहीं बढ़कर है। अब जाओ, गाड़ी आ रही है। आनन्द बाबू से कहना, मुझसे नाराज न हों।

रूपमणि ने आज तक इस मन्दबुद्धि युवक पर दया की थी। इस समय उसकी श्रद्धा का पात्र बन गया। त्याग में हृदय को खींचने की जो शक्ति है, उसने रूपमणि को इतने वेग से खींचा कि परिस्थितियों का अन्तर मिट-सा गया। विशम्भर में जितने दोष थे, वे सभी अलंकार बन-बनकर चमक उठे। उसके हृदय की विशालता में वह किसी पक्षी की भाँति उड़-उड़कर आश्रय खोजने लगी।

रूपमणि ने उसकी ओर आतुर नेत्रों से देखकर कहा—मुझे भी अपने साथ लेते चलो।

विशम्भर पर जैसे घड़ों का नशा चढ़ गया।

'तुमको ? आनन्द बाबू मुझे जिन्दा न छोड़ेंगे !'

'मैं आनन्द के हाथों बिकी नहीं हूँ !'

'आनन्द तो तुम्हारे हाथों बिके हुए हैं।'

रूपमणि ने विद्रोह भरी आँखों से उसकी ओर देखा, पर कुछ बोली नहीं। परिस्थितियाँ उसे इस समय बाधाओं-सी मालूम हो रही थी। वह भी विशम्भर की भाँति स्वच्छन्द क्यों न हुई ? सम्पन्न माँ-बाप की अकेली लड़की, भोग-विलास में पली हुई, इस समय अपने को कैदी समझ रही थी। उसकी आत्मा उन बन्धनों को तोड़ डालने के लिए जोर लगाने लगी।

गाड़ी आ गई। मुसाफिर चढ़ने-उतरने लगे। रूपमणि ने सजल नेत्रों से कहा—तुम मुझे नहीं ले चलोगे ?

विशम्भर ने दृढ़ता से कहा—नहीं।

'क्यों ?'

'मैं इसका जवाब नहीं देना चाहता।'

'क्या तुम समझते हो, मैं इतनी विलासासक्त हूँ कि मैं देहात में रह नहीं सकती ?'

विशम्भर लज्जित हो गया। यह भी एक बड़ा कारण था, पर उसने इनकार किया—नहीं, यह बात नहीं।

'फिर क्या बात है ? क्या यह भय है, पिताजी मुझे त्याग देंगे ?'

'अगर यह भय हो तो क्या वह विचार करने योग्य नहीं ?'

'मैं उनकी तृण बराबर परवाह नहीं करती।'

विशम्भर ने देखा, रूपमणि के चाँद-से मुख पर गर्वमय संकल्प का आभास था। वह उस संकल्प के सामने जैसे काँप उठा। बोला—मेरी यह याचना स्वीकार करो रूपमणि, मैं तुमसे विनती करता हूँ।

रूपमणि सोचती रही।

विशम्भर ने फिर कहा—मेरी खातिर तुम्हें यह विचार छोड़ना पड़ेगा।

रूपमणि ने सिर झुकाकर कहा—अगर तुम्हारा यह आदेश है, तो मैं मानूँगी विशम्भर ! तुम दिल में समझते हो, मैं क्षणिक आवेश में आकर इस समय अपने भविष्य को गारत करने जा रही हूँ। मैं तुम्हें दिखा दूँगी, यह मेरा क्षणिक आवेश नहीं है, दृढ़ संकल्प है। जाओ, मगर मेरी इतनी बात मानना कि कानून के पंजे में उसी वक्त आना, जब आत्माभिमान या सिद्धान्त पर चोट लगती हो। मैं ईश्वर से तुम्हारे लिए प्रार्थना करती रहूँगी।

गाड़ी ने सीटी दी। विशम्भर अन्दर जा बैठा। गाड़ी चली गई, रूपमणि मानो विश्व की सम्पत्ति अंचल में लिए खड़ी रही।

3

रूपमणि के पास विशम्भर का एक पुराना रद्दी-सा फोटो अल्मारी के एक कोने में पड़ा हुआ था। आज स्टेशन से आकर उसने उसे निकाला और उसे एक मखमली फ्रेम में लगाकर मेज पर रख दिया। आनन्द का फोटो वहाँ से हटा दिया गया।

विशम्भर ने छुट्टियों में उसे दो-चार पत्र लिखे थे। रूपमणि ने उन्हें पढ़कर एक किनारे डाल दिये थे। आज उसने उन पत्रों को निकाला और उन्हें दोबारा पढ़ा। उन पत्रों में आज कितना रस था ! वह बड़ी हिफाजत से राइटिंग-बाक्स में बन्द कर दिये गये।

दूसरे दिन समाचारपत्र आया तो रूपमणि उस पर टूट पड़ी। विशम्भर का नाम देखकर वह गर्व से फूल उठी।

दिन में एक बार स्वराज्य-भवन जाना उनका नियम हो गया। जलसों में भी बराबर शरीक होती, विलास की चीजें एक-एक करके सब फेंक दी गईं। रेशमी साड़ियों की जगह गाढ़े की साड़ियाँ आईं। चरखा भी आया। वह घण्टों बैठी सूत काता करती। उसका सूत दिन-दिन बारीक होता जाता था। इसी सूत से वह विशम्भर के कुरते बनवायेगी।

उन दिनों परीक्षा की तैयारियाँ थीं। आनन्द को सिर उठाने की फुरसत न मिलती। दो-एक बार वह रूपमणि के पास आया; पर ज्यादा देर बैठा नहीं। शायद रूपमणि की शिथिलता ने उसे ज्यादा बैठने ही न दिया।

एक महीना बीत गया।

एक दिन शाम को आनन्द आया। रूपमणि स्वराज्य-भवन जाने को तैयार थी। आनन्द ने भवें सिकोड़कर कहा—तुमसे तो अब बातें भी मुश्किल हैं।

रूपमणि ने कुर्सी पर बैठकर कहा—तुम्हें भी तो किताबों से छुट्टी नहीं मिलती। आज की कुछ ताजी खबर नहीं मिली। स्वराज्य-भवन में रोज-रोज का हाल मालूम हो जाता है।

आनन्द ने दार्शनिक उदासीनता से कहा—विशम्भर ने तो सुना, देहातों में खूब शोरगुल मचा रखा है। जो काम उसके लायक था, वह मिल गया। यहाँ उसकी ज़बान बन्द रहती थी। वहाँ देहातियों में खूब गरजता होगा; मगर आदमी दिलेर है।

रूपमणि ने उसकी ओर ऐसी आँखों से देखा; जो कह रही थीं; तुम्हारे लिए यह चर्चा अनाधिकार चेष्टा है, और बोली—आदमी में अगर यह गुण है तो फिर उसके सारे अवगुण मिट जाते हैं। तुम्हें काँग्रेस बुलेटिन पढ़ने की क्यों फुरसत मिलती होगी। विशम्भर ने देहातों में ऐसी जागृति फैला दी है कि विलायती का एक सूत भी नहीं बिकने पाता और न नशे की दुकानों पर कोई जाता है। और मजा यह है कि पिकेटिंग करने की जरूरत नहीं पड़ती। अब तो पंचायतें खोल रहे हैं।

आनन्द ने उपेक्षा भाव से कहा—तो समझ लो, अब उनके चलने के दिन भी आ गये हैं।

रूपमणि ने जोश से कहा—इतना करके जाना बहुत सस्ता नहीं है। कल तो किसानों का एक बहुत बड़ा जलसा होने वाला था। पूरे परगने के लोग जमा हुए होंगे। सुना है, आजकल देहातों से कोई मुकदमा ही नहीं आता। वकीलों की नानी मरी जा रही है।

आनन्द ने कड़वेपन से कहा—यही तो स्वराज्य का मजा है कि जमींदार, वकील और व्यापारी सब मरें। बस, केवल मजदूर और किसान रह जायँ।

रूपमणि ने समझ लिया, आज आनन्द तुलकर आया है। उसने भी जैसे आस्तीन चढ़ाते हुए कहा—तो तुम क्या चाहते हो कि ज़मींदार और वकील और व्यापारी गरीबों को चूस-चूसकर मोटे होते जायँ और जिन सामाजिक व्यवस्थाओं में ऐसा महान् अन्याय हो रहा है, उनके खिलाफ ज़बान तक न खोली जाय ? तुम तो समाजशास्त्र के पंडित हो। क्या किसी अर्थ में यह व्यवस्था आदर्श कही जा सकती है ? सभ्यता के तीन मुख्य सिद्धान्तों का ऐसी दशा में किसी न्यूनतम मात्रा में भी व्यवहार हो सकता है ?

आनन्द ने गर्म होकर कहा—शिक्षा और सम्पत्ति का प्रभुत्व हमेशा रहा है और हमेशा रहेगा। हाँ, उसका रूप भले ही बदल जाय।

रूपमणि ने आवेश में कहा—अगर स्वराज्य आने पर भी सम्पत्ति का यही प्रभुत्व रहे और पढ़ा-लिखा समाज यों ही स्वार्थान्ध बना रहे, तो मैं कहूँगी, ऐसे स्वराज्य का न आना ही अच्छा। अंग्रेजों, महाजनों की धन-लोलुपता और शिक्षितों

का स्वहित ही आज हमें पीसे डाल रहा है। जिन बुराइयों को दूर करने के लिए आज हम प्राणों को हथेली पर लिए हुए हैं, उन्हीं बुराइयों को क्या प्रजा इसलिए सिर चढ़ायेगी कि वे विदेशी नहीं, स्वदेशी हैं ? कम-से-कम मेरे लिए तो स्वराज्य का यह अर्थ नहीं है कि जॉन की जगह गोविन्द बैठ जाय। मैं समाज की ऐसी व्यवस्था देखना चाहती हूँ, जहाँ कम-से-कम विषमता को आश्रय न मिल सके।

आनन्द–यह तुम्हारी निज की कल्पना होगी।

रूपमणि–तुमने अभी इस आन्दोलन का साहित्य पढ़ा ही नहीं।

आनन्द–न पढ़ा है, न पढ़ना चाहता हूँ।

रूपमणि–इससे राष्ट्र की कोई बड़ी हानि न होगी।

आनन्द–तुम तो जैसे वह रही ही नहीं। बिलकुल काया-पलट हो गई।

सहसा डाकिये ने काँग्रेस बुलेटिन लाकर मेज पर रख दिया। रूपमणि ने अधीर होकर उसे खोला। पहले शीर्षक पर नज़र पड़ते ही उसकी आँखों में जैसे नशा छा गया। अज्ञात रूप से गर्दन तन गई और चेहरा एक अलौकिक तेज से दमक उठा।

उसने आवेश में खड़ी होकर कहा–विशम्भर पकड़ लिऐ गए और दो साल की सजा हो गई।

आनन्द ने विरक्त मन से पूछा–किस मुआमले में सजा हुई ?

रूपमणि ने विशम्भर के फोटो को अभिमान की आँखों से देखकर कहा–रानीगंज में किसानों की विराट सभा थी। वहीं पकड़ा है।

आनन्द–मैंने तो पहले ही कहा था, दो साल के लिए जायेंगे। जिन्दगी खराब कर डाली।

रूपमणि ने फटकार बताई–क्या डिग्री ले लेने ही से आदमी का जीवन सफल हो जाता है ? सारा ज्ञान, सारा अनुभव पुस्तकों ही में भरा हुआ है ? मैं समझती हूँ, संसार और मानवी चरित्र का जितना अनुभव विशम्भर को दो सालों में हो जायेगा, उतना दर्शन और कानून की पोथियों से तुम्हें दो सौ वर्षों में भी न होगा। अगर शिक्षा का उद्देश्य चरित्रबल मानो, तो राष्ट्र-संग्राम में मनोबल के जितने साधन हैं, पेट के संग्राम में कभी हो ही नहीं सकते। तुम यह कह सकते हो कि हमारे लिए पेट की चिन्ता ही बहुत है, हमसे और कुछ हो ही नहीं सकता, हममें न उतना साहस है, न बल, न धैर्य, न संगठन, तो मैं मान जाऊँगी; लेकिन जातिहित के लिए प्राण देने वालों को बेवकूफ बताना मुझसे नहीं सहा जा सकता। विशम्भर के इशारे पर आज लाखों आदमी सीना खोलकर खड़े हो जायेंगे। तुममें है जनता के सामने खड़े होने का हौसला ? जिन लोगों ने तुम्हें पैरों के नीचे कुचल रखा है, जो तुम्हें कुत्तों से भी नीचे समझते हैं, उन्हीं की गुलामी करने के लिए तुम डिग्रियों पर जान दे रहे हो। तुम इसे अपने लिए गौरव की बात समझो, मैं नहीं समझती।

आनन्द तिलमिला उठा। बोला–तुम तो पक्की क्रांतिकारिणी हो गईं इस वक्त !

रूपमणि ने उसी आवेश में कहा—अगर सच्ची-खरी बातों में तुम्हें क्रांति की गन्ध मिले, तो मेरा दोष नहीं।

'आज विशम्भर को बधाई देने के लिए जलसा जरूर होगा। क्या तुम उसमें जाओगी ?'

रूपमणि ने उग्रभाव से कहा—जरूर जाऊँगी, बोलूँगी भी, और कल रानीगंज भी चली जाऊँगी। विशम्भर ने जो दीपक जलाया है, वह मेरे जीते-जी बुझने न पायेगा।

आनन्द ने डूबते हुए आदमी की तरह तिनके का सहारा लिया—अपनी अम्माँ और दादा से पूछ लिया है ?

'पूछ लूँगी !'

'और वह तुम्हें अनुमति भी दे देंगे ?'

'सिद्धान्त के विषय में अपनी आत्मा का आदेश सर्वोपरि होता है।'

'अच्छा, यह नई बात मालूम हुई।'

यह कहता हुआ आनन्द उठ खड़ा हुआ और बिना हाथ मिलाये कमरे से बाहर निकल गया। उसके पैर इस तरह लड़खड़ा रहे थे कि अब गिरा, अब गिरा। ❐

जेल

प्रथमतः हिन्दी मासिक 'हंस', फरवरी 1931 में प्रकाशित

1

मृदुला मैजिस्ट्रेट के इजलास से ज़नाने जेल में वापस आयी, तो उसका मुख प्रसन्न था। बरी हो जाने की गुलाबी आशा उसके कपोलों पर चमक रही थी। उसे देखते ही राजनैतिक कैदियों के एक गिरोह ने घेर लिया और पूछने लगीं, कितने दिन की हुई ?

मृदुला ने विजय-गर्व से कहा—मैंने तो साफ-साफ कह दिया, मैंने धरना नहीं दिया। यों आप जबर्दस्त हैं, जो फैसला चाहें, करें। न मैंने किसी को रोका, न पकड़ा, न धक्का दिया, न किसी से आरजू-मिन्नत ही की। कोई गाहक मेरे सामने आया ही नहीं। हाँ, मैं दुकान पर खड़ी ज़रूर थी। वहाँ कई वालंटियर गिरफ्तार हो गये थे। जनता जमा हो गयी थीं। मैं भी खड़ी हो गयी। बस, थानेदार ने आ कर मुझे पकड़ लिया।

क्षमादेवी कुछ कानून जानती थीं। बोलीं—मैजिस्ट्रेट पुलिस के बयान पर फैसला करेगा। मैं ऐसे कितने ही मुकदमे देख चुकी।

मृदुला ने प्रतिवाद किया—पुलिसवालों को मैंने ऐसा रगड़ा कि वह भी याद करेंगे। मैं मुकदमे की कार्रवाई में भाग न लेना चाहती थी; लेकिन जब मैंने उनके गवाहों को सरासर झूठ बोलते देखा, तो मुझसे ज़ब्त न हो सका। मैंने उनसे जिरह करनी शुरू की। मैंने भी इतने दिनों घास नहीं खोदी है। थोड़ा-सा कानून जानती हूँ। पुलिस ने समझा होगा, यह कुछ बोलेगी तो है नहीं, हम जो बयान चाहेंगे, देंगे। जब मैंने जिरह शुरू की, तो सब बगलें झाँकने लगे। मैंने तीनों गवाहों को झूठा साबित कर दिया। उस समय जाने कैसे मुझे चोट सूझती गयी। मैजिस्ट्रेट ने थानेदार को दो-तीन बार फटकार भी बतायी। वह मेरे प्रश्नों का ऊल-जलूल जवाब देता था, तो मैजिस्ट्रेट बोल उठता था—वह जो कुछ पूछती हैं, उसका जवाब दो, फजूल की बातें क्यों करते हो। तब मियाँ जी का मुँह जरा-सा निकल आता था। मैंने सबों का मुँह बंद कर दिया। अभी साहब ने फैसला तो नहीं सुनाया, लेकिन मुझे विश्वास है, बरी हो जाऊँगी। मैं जेल से नहीं डरती; लेकिन बेवकूफ भी नहीं बनना चाहती। वहाँ हमारे मंत्री जी भी थे और बहुत-सी बहनें थीं। सब यही कहती थीं, तुम छूट जाओगी।

महिलाएँ उसे द्वेष-भरी आँखों से देखती हुई चली गयीं। उनमें किसी की मियाद साल-भर की थी, किसी की छह मास की। उन्होंने अदालत के सामने जबान ही न खोली थी। उनकी नीति में यह अधर्म से कम न था। मृदुला पुलिस से जिरह करके उनकी नजरों में गिर गयी थी। सजा हो जाने पर उसका व्यवहार क्षम्य हो सकता था; लेकिन बरी हो जाने में तो उसका कुछ प्रायश्चित्त ही न था।

दूर जा कर एक देवी ने कहा—इस तरह तो हम लोग भी छूट जाते। हमें तो यह दिखाना है, नौकरशाही से हमें न्याय की कोई आशा ही नहीं।

दूसरी महिला बोली—यह तो क्षमा माँग लेने के बराबर है। गयी तो थीं धरना देने, नहीं दुकान पर जाने का काम ही क्या था। वालंटियर गिरफ्तार हुए थे आपकी बला से। आप वहाँ क्यों गयीं; मगर अब कहती हैं, मैं धरना देने गयी ही नहीं। यह क्षमा माँगना हुआ, साफ !

तीसरी देवी मुँह बनाकर बोलीं—जेल में रहने के लिए बड़ा कलेजा चाहिए। उस वक्त तो वाह-वाह लूटने के लिए आ गयीं, अब रोना आ रहा है। ऐसी स्त्रियों को तो राष्ट्रीय कामों के नगीच ही न आना चाहिए। आंदोलन को बदनाम करने से क्या फायदा।

केवल क्षमा देवी अब तक मृदुला के पास चिंता में डूबी खड़ी थीं। उन्होंने एक उद्दंड व्याख्यान देने के अपराध में साल-भर की सजा पायी थी। दूसरे जिले से एक महीना हुआ यहाँ आयी थीं। अभी मियाद पूरी होने में आठ महीने बाकी थे। यहाँ की पंद्रह कैदिनों में किसी से उनका दिल न मिलता था। जर-जरा सी बातों के लिए उनका आपस में झगड़ना, बनाव-सिंगार की चीजों के लिये लेडीवार्डरों की खुशामदें करना, घरवालों से मिलने के लिए व्यग्रता दिखलाना उसे पसंद न था। वही कुत्सा और कनफुसकियाँ जेल के भीतर भी थीं। वह आत्माभिमान, जो उसके विचार में एक पोलिटिकल कैदी में होना चाहिए, किसी में भी न था। क्षमा उन सबों से दूर रहती थी। उसके जाति-प्रेम का पारापार न था। इस रंग में पगी हुई थी; पर अन्य देवियाँ उसे घमंडित समझती थीं और उपेक्षा का जवाब उपेक्षा से देती थीं। मृदुला को हिरासत में आये आठ दिन हुए थे। इतने ही दिनों में क्षमा को उससे विशेष स्नेह हो गया था। मृदुला में वह संकीर्णता और ईर्ष्या न थी, न निन्दा करने की आदत, न श्रृंगार की धुन, न भद्दी दिल्लगी का शौक। उसके हृदय में करुणा थी, सेवा का भाव था, देश का अनुराग था। क्षमा ने सोचा था, इसके साथ छह महीने आनन्द से कट जायँगे; लेकिन दुर्भाग्य यहाँ भी उसके पीछे पड़ा हुआ था। कल मृदुला यहाँ से चली जायगी। वह फिर अकेली हो जायगी। यहाँ ऐसा कौन है ? जिसके साथ घड़ी भर बैठ कर अपना दुःख-दर्द सुनायेगी, देश-चर्चा करेगी; यहाँ तो सभी के मिजाज आसमान पर हैं।

मृदुला ने पूछा—तुम्हें तो अभी आठ महीने बाकी हैं, बहन !

क्षमा ने हसरत के साथ कहा—किसी-न-किसी तरह कट ही जायँगे बहन ! पर तुम्हारी याद बराबर सताती रहेगी। इसी एक सप्ताह के अन्दर तुमने मुझ पर न जाने क्या जादू कर दिया। जब से तुम आयी हो, मुझे जेल जेल न मालूम होता था। कभी-कभी मिलती रहना।

मृदुला ने देखा, क्षमा की आँखें डबडबायी हुई थीं। ढाढस देती हुई बोली—जरूर मिलूँगी दीदी ! मुझसे तो खुद न रहा जायगा। भान को भी लाऊँगी। कहूँगी—चल, तेरी मौसी आयी है, तुझे बुला रही है। दौड़ा हुआ आयेगा। अब तुमसे आज कहती हूँ बहन, मुझे यहाँ किसी की याद थी, तो भान की। बेचारा रोया करता होगा। मुझे देख कर रूठ जायगा। तुम कहाँ चली गयीं ? मुझे छोड़ कर क्यों चली गयीं ? जाओ, मैं तुमसे नहीं बोलता, तुम मेरे घर से निकल जाओ। बड़ा शैतान है बहन ! छन-भर निचला नहीं बैठता, सबेरे उठते ही गाता है—'झन्ना ऊँता लये अमाला' 'छोलाज का मन्दिल जेल में है।' जब एक झंडी कन्धे पर रख कर कहता है—'ताली-छलाब पीनी हलाम है' तो देखते ही बनता है। आप को तो कहता है—तुम गुलाम हो। वह एक अँगरेजी कम्पनी में हैं, बार-बार इस्तीफा दने का विचार करके रह जाते हैं। लेकिन गुजर-बसर के लिए कोई उद्यम करना ही पड़ेगा। कैसे छोड़ें। वह तो छोड़ बैठे होते। तुमसे सच कहती हूँ, गुलामी से उन्हें घृणा है, लेकिन मैं ही समझाती रहती हूँ। बेचारे कैसे दफ़्तर जाते होंगे, कैसे भान को सँभालते होंगे। सास जी के पास तो रहता ही नहीं। वह बेचारी बूढ़ी उसके साथ कहाँ-कहाँ दौड़ें ! चाहती हैं कि मेरी गोद में दबक कर बैठा रहे। और भान को गोद से चिढ़ है। अम्माँ मुझ पर बहुत बिगड़ेंगी, बस यही डर लग रहा है। मुझे देखने एक बार भी नहीं आयीं। कल अदालत में बाबू जी मुझसे कहते थे, तुमसे बहुत खफा हैं। तीन दिन तक तो दाना-पानी छोड़ें रहीं। इस छोकरी ने कुल-मरजाद डुबा दी, खानदान में दाग लगा दिया, कलमुँही-कुलच्छनी न जाने क्या-क्या बकती रहीं। मैं उनकी बातों को बुरा नहीं मानती ! पुराने जमाने की हैं। उन्हें कोई चाहे कि आ कर हम लोगों में मिल जायँ, तो यह उसका अन्याय है। चल कर मनाना पड़ेगा। बड़ी मिन्नतों से मानेंगी। कल ही कथा होगी, देख लेना। ब्राह्मण खायेंगे। बिरादरी जमा होगी। जेल का प्रायश्चित तो करना ही पड़ेगा। तुम हमारे घर दो-चार दिन रह कर तब जाना बहन ! मैं आकर तुम्हें ले जाऊँगी।

क्षमा आनन्द के इन प्रसंगों से वंचित है। वह विधवा है, अकेली है। जलियाँवाला बाग में उसका सर्वस्व लुट चुका है, पति और पुत्र दोनों ही की आहुति जा चुकी है। अब कोई ऐसा नहीं, जिसे वह अपना कह सके। अभी उसका हृदय इतना विशाल नहीं हुआ है कि प्राणी-मात्र को अपना समझ सके। इन दस बरसों से उसका व्यथित हृदय जाति सेवा में धैर्य और शांति खोज रहा है। जिन कारणों ने उसके बसे हुए घर को उजाड़ दिया, उसकी गोद सूनी कर दी, उन कारणों

का अन्त करने—उनको मिटाने में—वह जी-जान से लगी हुई थी। बड़े-बड़े बलिदान तो वह पहले ही कर चुकी थी। अब अपने हृदय के सिवाय उसके पास होम करने को और क्या रह गया था? औरों के लिए जाति-सेवा सभ्यता का एक संस्कार हो, या यशोपार्जन का एक साधन; क्षमा के लिए तो यह तपस्या थी और वह नारीत्व की सारी शक्ति और श्रद्धा के साथ उसकी साधना में लगी हुई थी। लेकिन आकाश में उड़नेवाले पक्षी को भी तो अपने बसेरे की याद आती ही है। क्षमा के लिए वह आश्रय कहाँ था? यही वह अवसर थे, जब क्षमा भी आत्म-सम्वेदना के लिए आकुल हो जाती थी। यहाँ मृदुला को पाकर वह अपने को धन्य मान रही थी; पर यह छाँह भी इतनी जल्दी हट गयी!

क्षमा ने व्यथित कंठ से कहा—यहाँ से जा कर भूल जाओगी मृदुला। तुम्हारे लिए तो यह रेलगाड़ी का परिचय है और मेरे लिए तुम्हारे वादे उसी परिचय के वादे हैं। कभी भेंट हो जायगी तो या तो पहचानोगी ही नहीं, या जरा मुस्करा कर नमस्ते करती हुई अपनी राह चली जाओगी। यही दुनिया का दस्तूर है। अपने रोने से छुट्टी ही नहीं मिलती, दूसरों के लिए कोई क्योंकर रोये ! तुम्हारे लिए तो मैं कुछ नहीं थी, मेरे लिए तुम बहुत अच्छी थीं। मगर अपने प्रियजनों में बैठ कर कभी-कभी इस अभागिनी को जरूर याद कर लिया करना। भिखारी के लिए चुटकी भर आटा ही बहुत है।

दूसरे दिन मैजिस्ट्रेट ने फैसला सुना दिया। मृदुला बरी हो गयी। संध्या समय वह सब बहनों से गले मिलकर, रोकर रुला कर चली गयी, मानो मैके से विदा हुई हो।

2

तीन महीने बीत गये; पर मृदुला एक बार भी न आयी। और कैदियों से मिलनेवाले आते रहते थे किसी-किसी के घर से खाने-पीने की चीज़ें और सौगातें आ जाती थीं; लेकिन क्षमा का पूछनेवाला कौन बैठा था ? हर महीने के अन्तिम रविवार को प्रातःकाल से ही मृदुला की बाट जोहने लगती। जब मुलाकात का समय निकल जाता, तो जरा देर रोकर मन को समझा लेती—जमाने का यही दस्तूर है !

एक दिन शाम को क्षमा संध्या करके उठी थी कि देखा, मृदुला सामने चली आ रही है। न वह रूप-रंग है, न वह कांति। दौड़ कर उसके गले से लिपट गयी और रोती हुई बोली—यह तेरी क्या दशा है मृदुला ! सूरत ही बदल गयी। बीमार है क्या?

मृदुला की आँखों से आँसुओं की झड़ी लगी हुई थी। बोली—बीमार तो नहीं हूँ बहन; विपत्ति से बिंधी हुई हूँ। तुम मुझे खूब कोस रही होगी। उन सारी निठुराइयों का प्रायश्चित करने आयी हूँ और सब चिंताओं से मुक्त हो कर आयी हूँ।

क्षमा काँप उठी। अंतस्तल की गहराइयों से एक लहर-सी उठती हुई जान पड़ी, जिसमें उसका अपना अतीत जीवन टूटी हुई नौकाओं की भाँति उतराता हुआ दिखायी दिया। रुँधे हुए कंठ से बोली—कुशल तो है बहन, इतनी जल्दी तुम यहाँ फिर क्यों आ गयीं ? अभी तो तीन महीने भी नहीं हुए।

मुदृला मुस्करायी; पर उसकी मुस्कराहट में रुदन छिपा हुआ था। फिर बोली—अब सब कुशल हैं बहन, सदा के लिए कुशल हैं। कोई चिन्ता ही नहीं रही। अब यहाँ जीवन-पर्यन्त रहने को तैयार हूँ। तुम्हारे स्नेह और कृपा का मूल्य अब समझ रही हूँ। उसने एक ठँडी साँस ली और सजल नेत्रों से बोली—तुम्हें बाहर की खबरें क्या मिली होंगी ! परसों शहर में गोलियाँ चलीं। देहातों में आजकल संगीनों की नोंक पर लगान वसूल किया जा रहा है। किसानों के पास रुपये हैं नहीं, दें तो कहाँ से दें। अनाज का भाव दिन-दिन गिरता जाता है। पौने दो रुपये में मन भर गेहूँ आता है। मेरी उम्र ही अभी क्या है, अम्माँ जी भी कहती थीं कि अनाज इतना सस्ता कभी नहीं था। खेत की उपज से बीजों तक के दाम नहीं आते। मेहनत और सिंचाई इसके ऊपर। गरीब किसान लगान कहाँ से दें। उस पर सरकार का हुक्म है कि लगान कड़ाई के साथ वसूल किया जाय। किसान इस पर भी राजी हैं कि हमारी जमा-जथा नीलाम कर लो, घर कुर्क कर लो, अपनी जमीन ले लो; मगर यहाँ तो अधिकारियों को अपनी कारगुजारी दिखाने की फिक्र पड़ी हुई है। वह चाहे प्रजा को चक्की में पीस ही क्यों न डालें; सरकार उन्हें मना न करेगी। मैंने सुना है कि वह उलटे और सह देती है। सरकार को तो अपने कर से मतलब है। प्रजा मरे या जिये, उससे कोई प्रयोजन नहीं। अकसर जमींदारों ने तो लगान वसूल करने से इन्कार कर दिया है। अब पुलिस उनकी मदद पर भेजी गयी है। भैरोगंज का सारा इलाका लूटा जा रहा है। मरता क्या न करता, किसान भी घर-बार छोड़-छाड़ कर भागे जा रहे हैं। एक किसान के घर में घुस कर कई कांस्टेबलों ने उसे पीटना शुरू किया। बेचारा बैठा मार खाता रहा। उसकी स्त्री से न रहा गया। शामत की मारी कांस्टेबलों को कुवचन कहने लगी। बस, एक सिपाही ने उसे नंगा कर दिया। क्या कहूँ बहन, कहते शर्म आती है। हमारे ही भाई इतनी निर्दयता करें, इससे ज्यादा दुःख और लज्जा की और क्या बात होगी ? किसान से जब्त न हुआ। कभी पेट भर गरीबों को खाने को तो मिलता नहीं, इस पर इतना कठोर परिश्रम। न देह में बल है, न दिल में हिम्मत। पर मनुष्य का हृदय ही तो ठहरा। बेचारा बेदम पड़ा हुआ था। स्त्री का चिल्लाना सुनकर उठ बैठा और उस दुष्ट सिपाही को धक्का दे कर जमीन पर गिरा दिया। फिर दोनों में कुश्तम-कुश्ती होने लगी। एक किसान क़िसी पुलिस के आदमी के साथ इतनी बेअदबी करे, इसे भला वह कहीं बरदाश्त कर सकती है। सब कांस्टेबलों ने गरीब को इतना मारा, कि वह मर गया।

क्षमा ने कहा—गाँव के और लोग तमाशा देखते रहे होंगे।

मृदुला तीव्र कंठ से बोली—बहन, प्रजा का तो हर तरह से मरन है। अगर दस-बीस आदमी जमा हो जाते, तो पुलिस कहती, हमसे लड़ने आये हैं। डंडे चलाने शुरू करती और अगर कोई आदमी क्रोध से आकर एकाध कंकड़ फेंक देता, तो गोलियाँ चला देती। दस-बीस आदमी भुन जाते। इसलिए लोग जमा नहीं होते। लेकिन जब वह किसान मर गया तो गाँववालों को तैश आ गया। लाठियाँ ले-लेकर दौड़ पड़े और कांस्टेबलों को घेर लिया। सम्भव है दो-चार आदमियों ने लाठियाँ चलायी भी हों। कांस्टेबलों ने गोलियाँ चलानी शुरू कीं। दो-तीन सिपाहियों को हल्की चोटें आयीं। उसके बदले में बारह आदमियों की जानें ले ली गयीं और कितनों ही के अंग-भंग कर दिये गये। इन छोटे-छोटे आदमियों को इसीलिए तो इतने अधिकार दिये गये हैं कि उनका दुरुपयोग करें। आधे गाँव का कत्लेआम करके पुलिस विजय के नगाड़े बजाती हुई लौट गयी। गाँववालों की फरियाद कौन सुनता। गरीब हैं, बेकस हैं, अपंग हैं। जितने आदमियों को चाहो, मार डालो। अदालत और हाकिमों से तो उन्होंने न्याय की आशा करना ही छोड़ दिया। आखिर सरकार ही ने तो कांस्टेबलों को यह मुहिम सर करने के लिए भेजा था। वह किसानों की फरियाद क्यों सुनने लगी। मगर आदमी का दिल फरियाद किये बगैर नहीं मानता। गाँववालों ने अपने शहर के भाइयों से फरियाद करने का निश्चय किया। जनता और कुछ नहीं कर सकती, हमदर्दी तो करती है। दुःख-कथा सुन कर आँसू तो बहाती है। दुखियारों को हमदर्दी के आँसू भी कम प्यारे नहीं होते। अगर आस-पास के गाँवों के लोग जमा होकर उनके साथ रो लेते तो गरीबों के आँसू पुँछ जाते; किन्तु पुलिस ने उस गाँव की नाकेबंदी कर रखी थी, चारों सीमाओं पर पहरे बिठा दिये गये थे। यह घाव पर नमक था। मारते भी हो और रोने भी नहीं देते ! आखिर लोगों ने लाशें उठायीं और शहरवालों को अपनी विपत्ति की कथा सुनाने चले। इस हंगामे की खबर पहले ही शहर में पहुँच गयी थी। इन लाशों को देखकर जनता उत्तेजित हो गयी और जब पुलिस के अध्यक्ष ने इन लाशों का जुलूस निकालने की अनुमति न दी, तो लोग और भी झल्लाये। बहुत बड़ा जमाव हो गया। मेरे बाबूजी भी इसी दल में थे। और मैंने उन्हें रोका—मत जाओ, आज का रंग अच्छा नहीं है। तो कहने लगे—मैं किसी से लड़ने थोड़े ही जाता हूँ। जब सरकार की आज्ञा के विरुद्ध जनाजा चला तो पचास हजार आदमी साथ थे। उधर पाँच सौ सशस्त्र पुलिस रास्ता रोके खड़ी थी—सवार, प्यादे, सारजंट—पूरी फौज थी। हम निहत्थों के सामने इन नामर्दों को तलवारें चमकाते और झंकारते शर्म भी नहीं आती! जब बार-बार पुलिस की धमकियों पर भी लोग न भागे, तो गोलियाँ चलाने का हुक्म हो गया। घंटे-भर बराबर फैर होते रहे, पूरे घंटे-भर तक ! कितने मरे, कितने घायल हुए, कौन जानता है। मेरा मकान सड़क पर है। मैं छज्जे पर खड़ी, दोनों हाथों से दिल थामे, काँपती थी। पहली बाढ़ चलते ही भगदड़ पड़ गयी। हज़ारों आदमी बदहवास भागे

चले आ रहे थे। बहन ! वह दृश्य अभी तक आँखों के सामने है। कितना भीषण, कितना रोमांचकारी और कितना लज्जास्पद। ऐसा जान पड़ता था कि लोगों के प्राण आँखों से निकले पड़ते हैं, मगर इन भागनेवालों के पीछे वीर व्रत-धारियों का दल था, जो पर्वत की भाँति अटल खड़ा छातियों पर गोलियाँ खा रहा था और पीछे हटने का नाम न लेता था। बन्दूकों की आवाज़ें साफ सुनायी देती थीं और हरेक धायँ-धायँ के बाद हज़ारों गलों से जय की गहरी गगन-भेदी ध्वनि निकलती थी। उस ध्वनि में कितनी उत्तेजना थी ! कितना आकर्षण ! कितना उन्माद ! बस यही जी चाहता था कि जा कर गोलियाँ के सामने खड़ी हो जाऊँ और हँसते-हँसते मर जाऊँ। उस समय ऐसा भाव होता था कि मर जाना कोई खेल है। अम्माँ जी कमरे में भान को लिये मुझे बार-बार भीतर बुला रही थीं। जब मैं न गयी, तो वह भान को लिये हुए छज्जे पर आ गयीं। उसी वक्त दस-बारह आदमी एक स्ट्रेचर पर हृदयेश की लाश लिये हुए द्वार पर आये। अम्माँ की उन पर नजर पड़ी। समझ गयीं। मुझे तो सकता-सा हो गया। अम्माँ ने जाकर एक बार बेटे को देखा, उसे छाती से लगाया, चूमा, आशीर्वाद दिया और उन्मत्त दशा में चौरास्ते की तरफ चलीं, जहाँ से अब भी धायँ और जय की ध्वनि बारी-बारी से आ रही थी। मैं हतबुद्धि-सी खड़ी कभी स्वामी की लाश को देखती थी, कभी अम्माँ को। न कुछ बोली, न जगह से हिली, न रोयी, न घबरायी। मुझ में जैसे स्पंदन ही न था। चेतना जैसे लुप्त हो गयी हो।

क्षमा—तो क्या अम्माँ भी गोलियों के स्थान पर पहुँच गयीं ?

मृदुला—हाँ, यही तो विचित्रता है बहन ! बंदूक की आवाजें सुन कर कानों पर हाथ रख लेती थीं, खून देख कर मूर्छित हो जाती थीं। वही अम्माँ वीर सत्याग्रहियों की सफों को चीरती हुई सामने खड़ी हो गयीं और एक ही क्षण में उनकी लाश भी जमीन पर गिर पड़ी। उनके गिरते ही यौद्धाओं का धैर्य टूट गया, व्रत का बंधन टूट गया। सभी के सिरों पर खून-सा सवार हो गया। पुलिस पर धावा कर दिया। सिपाहियों ने इस बाढ़ को आते देखा तो होश जाते रहे। जानें लेकर भागे, मगर भागते हुए भी गोलियाँ चलाते जाते थे। भान छज्जे पर खड़ा था, न जाने किधर से एक गोली आ कर उसकी छाती में लगी। मेरा लाल वहीं पर गिर पड़ा। साँस तक न लीं; मगर मेरी आँखों में अब भी आँसू न थे। मैंने प्यारे भान को गोद में उठा लिया। उसकी छाती से खून के फव्वारे निकल रहे थे। मैंने उसे जो दूध पिलाया था, उसे वह खून से अदा कर रहा था। उसके खून से तर कपड़े पहने हुए मुझे वह नशा हो रहा था जो शायद उसके विवाह में गुलाल से तर रेशमी कपड़े पहन कर भी न होता। लड़कपन, जवानी और मौत ! तीनों मंजिलें एक ही हिचकी में तमाम हो गयीं। मैंने बेटे को बाप की गोद में लेटा दिया। इतने में कई स्वयंसेवक अम्माँ जी को भी लाये। मालूम होता था, लेटी हुई मुस्करा रही हैं। मुझे तो रोकती रहती

थीं और खुद इस तरह जा कर आग में कूद पड़ीं, मानो वह स्वर्ग का मार्ग हो ! बेटे ही के लिए जीती थीं, बेटे को अकेला कैसे छोड़तीं !

जब नदी के किनारे तीनों लाशें एक ही चिता में रखी गयीं, तब मेरा सकता टूटा, होश आया। एक बार जी में आया चिता में जा बैठूँ, सारा कुनबा एक साथ ईश्वर के दरबार में जा पहुँचे। लेकिन फिर सोचा—तूने अभी ऐसा कौन-सा काम किया है, जिसका इतना ऊँचा पुरस्कार मिले ? बहन ! चिता की लपटों में मुझे ऐसा मालूम हो रहा था कि अम्माँ जी सचमुच भान को गोद में लिये बैठी मुस्करा रही हैं और स्वामी जी खड़े मुझसे कह रहे हैं, तुम जाओ और निश्चिंत होकर काम करो। मुख पर कितना तेज था ! रक्त और अग्नि ही में तो देवता बसते हैं।

मैंने सिर उठा कर देखा। नदी के किनारे न जाने कितनी चिताएँ जल रही थीं। दूर से वह चितावली ऐसी मालूम होती थी, मानो देवता ने भारत का भाग्य गढ़ने के लिए भट्ठियाँ जलायी हों।

जब चिताएँ राख हो गयीं; तो हम लोग लौटे; लेकिन उस घर में जाने की हिम्मत न पड़ी। मेरे लिये अब वह घर, घर न था। मेरा घर तो अब यह है, जहाँ बैठी हूँ, या फिर वही चिता। मैंने घर का द्वार भी नहीं खोला। महिला आश्रम में चली गयी। कल की गोलियों में काँग्रेस-कमेटी का सफाया हो गया था। यह संस्था बागी बना डाली गयी थी। उसके दफ्तर पर पुलिस ने छापा मारा और उस पर अपना ताला डाल दिया। महिला आश्रम पर भी हमला हुआ। उस पर अपना ताला डाल दिया गया। हमने एक वृक्ष की छाँह में अपना नया दफ्तर बनाया और स्वच्छंदता के साथ काम करते रहे। यहाँ दीवारें हमें कैद न कर सकती थीं। हम भी वायु के समान मुक्त थे।

संध्या समय हमने एक जुलूस निकालने का फैसला किया। कल के रक्तपात की स्मृति, हर्ष और मुबारकबाद में जुलूस निकालना आवश्यक था ! लोग कहते हैं, जूलूस निकालने से क्या होता है। इससे यह सिद्ध होता है कि हम जीवित हैं, अटल हैं, और मैदान से हटे नहीं हैं। हमें अपने हार न माननेवाले आत्माभिमान का प्रमाण देना था। हमें यह दिखाना था कि हम गोलियों और अत्याचार से भयभीत होकर अपने लक्ष्य से हटने वाले नहीं और हम उस व्यवस्था का अंत करके रहेंगे जिसका आधार स्वार्थपरता और खून पर है। उधर पुलिस ने भी जुलूस को रोक कर अपनी शक्ति और विजय का प्रमाण देना आवश्यक समझा। शायद जनता को धोखा हो गया हो कि कल की दुर्घटना ने नौकरशाही का नैतिक ज्ञान जाग्रत कर दिया है। इस धोखे को दूर करना उसने अपना कर्त्तव्य समझा। वह यह दिखा देना चाहती थी कि हम तुम्हारे ऊपर शासन करने आये हैं और शासन करेंगे। तुम्हारी खुशी या नाराजी की हमें परवाह नहीं है। जुलूस निकालने की मनाही हो गयी। जनता को चेतावनी दे दी गयी कि खबरदार जुलूस में न आना, नहीं दुर्गति होगी। इसका

जनता ने वह जवाब दिया, जिसने अधिकारियों की आँखें खोल दीं होंगी। संध्या के समय पचास हजार आदमी जमा हो गये। आज का नेतृत्व मुझे सौंपा गया था। मैं अपने हृदय में एक विचित्र बल और उत्साह का अनुभव कर रही थी। एक अबला स्त्री जिसे संसार का कुछ ज्ञान नहीं, जिसने कभी घर से बाहर पाँव नहीं निकाला, आज अपने प्यारों के उत्सर्ग की बदौलत उस महान् पद पर पहुँच गयी थी, जो बड़े-बड़े अफसरों को भी, बड़े-से-बड़े महाराजा को भी प्राप्त नहीं—मैं इस समय जनता के हृदय पर राज कर रही थी। पुलिस अधिकारियों की इसीलिए गुलामी करती है कि उसे वेतन मिलता है। पेट की गुलामी उससे सब कुछ करवा लेती है। महाराजा का हुक्म लोग इसीलिए मानते हैं कि उससे उपकार की आशा या हानि का भय होता है। यह अपार जन-समूह क्या मुझसे किसी फायदे की आशा रखता था ? उसे मुझसे किसी हानि का भय था ? कदापि नहीं। फिर भी वह कड़े-से-कड़े हुक्म को मानने के लिए तैयार था। इसीलिए कि जनता मेरे बलिदानों का आदर करती थी, इसीलिए कि उनके दिलों में स्वाधीनता की जो तड़प थी, गुलामी के जंजीरों को तोड़ देने की जो बेचैनी थी मैं उस तड़प और बेचैनी की सजीव मूर्ति समझी जा रही थी। निश्चित समय पर जुलूस ने प्रस्थान किया। उसी वक्त पुलिस ने मेरी गिरफ्तारी का वारंट दिखाया। वारंट देखते ही तुम्हारी याद आयी। पहले तुम्हें मेरी जरूरत थी। अब मुझे तुम्हारी जरूरत है। उस वक्त तुम मेरी हमदर्दी की भूखी थीं। अब मैं सहानुभूति की भिक्षा माँग रही हूँ। मगर मुझमें अब लेशमात्र भी दुर्बलता नहीं है। मैं चिंताओं से मुक्त हूँ। मैजिस्ट्रेट जो कठोर-से-कठोर दंड प्रदान करे उसका स्वागत करूँगी। अब मैं पुलिस के किसी आक्षेप या असत्य आरोपण का प्रतिवाद न करूँगी; क्योंकि मैं जानती हूँ, मैं जेल के बाहर रह कर जो कुछ कर सकती हूँ, जेल के अंदर रह कर उससे कहीं ज्यादा कर सकती हूँ। जेल के बाहर भूलों की सम्भावना है, बहकने का भय है, समझौते का प्रलोभन है, स्पर्धा की चिंता है। जेल—सम्मान और भक्ति की एक रेखा है, जिसके भीतर शैतान कदम नहीं रख सकता। मैदान में जलता हुआ अलाव वायु में अपनी उष्णता को खो देता है; लेकिन इंजिन में बन्द हो कर वही आग संचालक-शक्ति का अखंड भंडार बन जाती है।

अन्य देवियाँ भी आ पहुँचीं और मृदुला सबसे गले मिलने लगी। फिर 'भारत माता की जय' ध्वनि जेल की दीवारों को चीरती हुई आकाश में जा पहुँची। □

लांछन

प्रथमतः हिन्दी मासिक 'माधुरी', फरवरी 1931 में प्रकाशित

मुंशी श्यामकिशोर के द्वार पर मुन्नू मेहतर ने झाड़ू लगायी, गुसलखाना धो-धो कर साफ किया और लब द्वार पर आ कर गृहिणी से बोला—माँ जी, देख लीजिए, सब साफ कर दिया। आज कुछ खाने को मिल जाय, सरकार।

देवीरानी ने द्वार पर आकर कहा—अभी तो तुम्हें महीना पाये दस दिन भी नहीं हुए। फिर इतनी जल्द माँगने लगे ?

मुन्नू—क्या करूँ, माँ जी, खर्च नहीं चलता। अकेला आदमी, घर देखूँ कि काम करूँ ?

देवी—तो ब्याह क्यों नहीं कर लेते ?

मुन्नू—हुजूर की इतनी निगाह है, तो कहीं-न-कहीं ठीक ही हो जायगी; सरकार कुछ मदद करेंगी न ?

देवी—हाँ-हाँ, तुम ठीक-ठाक करो; मुझसे जो कुछ हो सकेगा, मैं दे दूँगी।

मुन्नू—सरकार का मिजाज बड़ा अच्छा है। हुजूर इतना खयाल करती हैं। दूसरे घरों में तो मालकिनें बात भी नहीं पूछतीं। सरकार को अल्लाह ने जैसी सकल-सूरत दी है, वैसा दिल भी दिया है। अल्लाह जानता है, हुजूर को देखकर भूख-प्यास जाती रहती है। बड़े-बड़े घर की औरतें देखी हैं, मुदा आपके तलुओं की बराबरी भी नहीं कर सकतीं।

देवी—चल झूठे ! मैं ऐसी कोई खूबसूरत हूँ।

मुन्नू—अब सरकार से क्या कहूँ। बड़ी-बड़ी खत्रानियों को देखता हूँ; मगर गोरेपन के सिवा और कोई बात नहीं। उनमें यह नमक कहाँ, सरकार !

देवी—एक रुपये में तुम्हारा काम चल जायगा ?

मुन्नू—भला सरकार; दो रुपये तो दे दें।

देवी—अच्छा, यह लो और जाओ।

मुन्नू—जाता हूँ, सरकार ! आप नाराज न हों, तो एक बात पूछूँ ?

देवी—क्या पूछते हो, पूछो ? मगर जल्दी, मुझे चूल्हा जलाना है।

मुन्नू—तो सरकार जायँ; फिर कभी कहूँगा।

देवी—नहीं-नहीं; कहो, क्या बात है ? अभी कुछ ऐसी जल्दी नहीं है।

मुन्नू—दालमंडी में सरकार के कोई रहते हैं क्या?

देवी—नहीं, यहाँ तो कोई नातेदार नहीं है।

मुन्नू—तो कोई दोस्त होंगे। सरकार को अक्सर एक कोठे पर से उतरते देखता हूँ।

देवी—दालमंडी तो रंडियों का मुहल्ला है ?

मुन्नू—हाँ सरकार, रंडियाँ बहुत हैं यहाँ; लेकिन सरकार तो सीधे-सादे आदमी मालूम होते हैं। यहाँ रात को देर से तो नहीं आते ?

देवी—नहीं शाम से पहले ही आ जाते हैं और फिर कहीं नहीं जाते। हाँ, कभी-कभी लाइब्रेरी अलबत्ता जाते हैं।

मुन्नू—बस-बस, यही बात है हुजूर ? मौका मिले, तो इशारे से समझा दीजिएगा सरकार, कि रात को उधर न जाया करें। आदमी का दिल कितना ही साफ हो, लेकिन देखने वाले तो शक करने लगते हैं।

इतने में ही बाबू श्यामकिशोर आ गये। मुन्नू ने उन्हें सलाम किया, बाल्टी उठायी और चलता हुआ।

श्यामकिशोर ने पूछा—मुन्नू क्या कह रहा था ?

देवी—कुछ नहीं, अपने दुखड़े रो रहा था। खाने को माँगता था। दो रुपये दे दिये हैं। बातचीत बड़े ढंग से करता है।

श्याम॰—तुम्हें तो बातें करने का मरज है। और कोई नहीं तो मेहतर ही सही। इस भुतने-से न जाने तुम कैसे बातें करती हो !

देवी—मुझे उसकी सूरत ले कर क्या करना है ? गरीब आदमी है। अपना दुःख सुनाने लगता है, तो कैसे न सुनूँ?

बाबू साहब ने बेले का गजरा रूमाल से निकाल देवी के गले में डाल दिया; किन्तु देवी के मुख पर प्रसन्नता का कोई चिन्ह न दिखायी दिया। तिरछी निगाहों से देखकर बोलीं—आप आजकल दालमंडी की सैर बहुत किया करते हैं ?

श्याम॰—कौन ? मैं ?

देवी—जी हाँ, तुम। मुझसे तो लाइब्रेरी का बहाना करके जाते हो, और वहाँ जलसे होते हैं !

श्याम॰—बिलकुल झूठ; सोलहों आने झूठ। तुमसे कौन कहता था ? यही मुन्नू ?

देवी—मुन्नू ने मुझसे कुछ नहीं कहा; पर मुझे तुम्हारी टोह मिलती रहती है।

श्याम—तुम मेरी टोह मत लिया करो। शक करने से आदमी शक्की हो जाता है, और तब बड़े-बड़े अनर्थ हो जाते हैं। भला, मैं दालमंडी क्यों जाने लगा ? तुमसे बढ़कर दालमंडी में और कौन है ? मैं तो तुम्हारी इन मदभरी आँखों का आशिक हूँ। अगर अप्सरा भी सामने आ जाय, तो भी आँख उठा कर न देखूँ। आज शारदा कहाँ है ?

देवी—नीचे खेलने चली गयी है।

श्याम॰—नीचे मत जाने दिया करो। इक्के, मोटरें, बग्घियाँ दौड़ती रहती हैं। न जाने कब क्या हो जाय। आज ही अरदली बाजार में एक वारदात हो गयी। तीन लड़के एक साथ दब गये।

देवी—तीन लड़के !! बड़ा गजब हो गया। किसकी मोटर थी ?

श्याम॰—इसका अभी तक पता नहीं चला। ईश्वर जानता है, तुम्हें यह गजरा बहुत खिल रहा है !

देवी (मुस्कराकर)—चलो, बातें न बनाओ।

2

तीसरे दिन मुन्नू ने देवी से कहा—सरकार, एक जगह सगाई ठीक हो रही है; देखिए कौल से फिर न जाइएगा। मुझे आपका बड़ा भरोसा है।

देवी—देख ली औरत ? कैसी है ?

मुन्नू—सरकार जैसी तकदीर में है, वैसी है। घर की रोटियाँ तो मिलेंगी, नहीं तो अपने हाथों ठोकना पड़ता था। है क्या कि मिजाज की सीधी है। हमारे जात की औरतें बड़ी चंचल होती हैं, हुजूर ! सैकड़े पीछे एक भी पाक न मिलेगी।

देवी—मेहतर लोग अपनी औरतों को कुछ कहते नहीं।

मुन्नू—क्या कहें, हुजूर ! डरते हैं कि कहीं अपने आसना से चुगली खा कर हमारी नौकरी-चाकरी न छुड़ा दे। मेहतरानियों पर बाबू साहबों की बहुत निगाह रहती है, सरकार !

देवी—(हँसकर) चल झूठे ! बाबू साहबों की औरतें क्या मेहतरानियों से भी गयी-गुजरी होती हैं।

मुन्नू—अब सरकार कुछ न कहलायें, हुजूर को छोड़कर और तो कोई ऐसी बबुआइन नहीं देखता, जिसका कोई बखान करे। बहुत ही छोटा आदमी हूँ, सरकार; पर बबुआइनों की तरह मेरी औरत होती; तो उससे बोलने को जी न चाहता। हुजूर के चेहरे-मोहरे की कोई औरत मैंने नहीं देखी।

देवी—चल झूठे, इतनी खुशामद करना किससे सीखा ?

मुन्नू—खुशामद नहीं करता, सरकार; सच्ची बात कहता हूँ। हुजूर एक दिन खिड़की के सामने खड़ी थीं। रजा मियाँ की निगाह आप पर पड़ गयी। जूते की बड़ी दुकान है उनकी। अल्लाह ने जैसे धन दिया है वैसा ही दिल भी। आपको देखते ही आँखें नीचे कर लीं। आज बातों-बातों में हुजूर की सकल-सूरत को सराहने लगे। मैंने कहा—जैसी सूरत है, वैसा सरकार को अल्लाह ने दिल भी दिया है।

देवी—अच्छा, यह लाँबा-सा साँवले रंग का जवान है ?

मुन्नू—हाँ हुजूर; वही। मुझसे कहने लगे कि किसी तरह एक बार फिर उन्हें

देख पाता; लेकिन मैंने डाँट कर कहा—खबरदार ! मियाँ, जो मुझसे ऐसी बातें कीं। वहाँ तुम्हारी दाल न गलेगी।

देवी—तुमने बहुत अच्छा किया। निगोड़े की आँख फूट जाय; जब इधर से जाता है, खिड़की की ओर उसकी निगाह रहती है। कह देना—इधर भूल कर भी न ताके !

मुन्नू—कह दिया है, हुजूर, हुकुम हो तो चलूँ। और तो कुछ साफ नहीं करना है ? सरकार के आने की वेला हो गयी है। मुझे देखेंगे तो कहेंगे—यह क्या बातें कर रहा है।

देवी—ये रोटियाँ लेते जाओ। आज चूल्हे से बच जाओगे।

मून्नू—अल्लाह हुजूर को सलामत रखे ! मेरा तो यही जी चाहता है कि इसी दरवाजे पर पड़ा रहूँ और एक टुकड़ा खा लिया करूँ। सच कहता हूँ, हुजूर को देखकर भूख-प्यास जाती रहती है।

मुन्नू जा ही रहा था कि बाबू श्यामकिशोर ऊपर आ पहुँचे। मुन्नू की पिछली बात उनके कान में पड़ गयी थी। मुन्नू ज्यों ही नीचे गया, बाबू साहब देवी से बोले—मैंने तुमसे कह दिया था कि मुन्नू को मुँह न लगाओ, पर तुमने मेरी बात न मानी। छोटे आदमी एक घर की बात दूसरे घर पहुँचा देते हैं, इन्हें कभी मुँह न लगाना चाहिए। भूख-प्यास बंद होने की क्या बात थी ?

देवी—क्या जानें, भूख-प्यास कैसी ? ऐसी तो कोई बात न थी।

श्याम॰—थी क्यों नहीं, मैंने साफ सुना ?

देवी—मुझे तो ख्याल नहीं आता। होगी कोई बात। मै कौन उसकी सब बातें बैठी सुना करती हूँ।

श्याम॰—तो क्या यह दीवार से बातें करता है ? देखो, नीचे एक आदमी इस खिड़की की तरफ ताकता चला जाता है। इसी मुहल्ले का मुसलमान का लौंडा है। जूते की दुकान करता है। तुम क्यों इस खिड़की पर खड़ी रहा करती हो ?

देवी—चिक तो पड़ी हुई है।

श्याम॰—चिक के पास खड़ी होने से बाहर का आदमी तुम्हें साफ देख सकता है।

देवी—यह मुझे मालूम न था। अब कभी खिड़की खोलूँगी ही नहीं।

श्याम॰—हाँ, फायदा क्या। मुन्नू को अन्दर मत आने दिया करो।

देवी—गुसलखाना कौन साफ करेगा ?

श्याम॰—खैर, आये, मगर उससे बातें न करनी चाहिए। आज एक नया थियेटर आया है.। चलो देख आयें। सुना है, इसके एक्टर बहुत अच्छे हैं।

इतने में शारदा नीचे से मिठाई का दोना लिये दौड़ती हुई आयी। देवी ने पूछा—अरी, यह मिठाई किसने दी ?

शारदा—राजा भैया ने तो दी है। कहते थे—तुम को अच्छे-अच्छे खिलौने ला दूँगा।

श्याम॰—राजा भैया कौन है ?

शारदा—वही तो हैं, जो अभी इधर से गये हैं ?

श्याम॰—वही तो नहीं, जो लम्बा-सा साँवले रंग का आदमी है ?

शारदा—हाँ-हाँ, वही-वही। मैं अब उनके घर रोज जाऊँगी।

देवी—क्या तू उसके घर गयी थी ?

शारदा—वही तो गोद में उठाकर ले गये थे।

श्याम॰—तू नीचे खेलने मत जाया कर। किसी दिन मोटर के नीचे दब जायगी। देखती नहीं, कितनी मोटरें आती रहती हैं।

शारदा—राजा भैया कहते थे; तुम्हें मोटर पर हवा खिलाने ले चलेंगे।

श्याम॰—तुम बैठी-बैठी क्या किया करती हो, जो तुमसे एक लड़की की निगरानी भी नहीं हो सकती ?

देवी—इतनी बड़ी लड़की को संदूक में बंद करके नहीं रखा जा सकता।

श्याम॰—तुम जवाब देने में तो बहुत तेज हो, यह मैं जनता हूँ। यह क्यों नहीं कहती कि बातें करने में फुरसत नहीं मिलती।

देवी—बातें मैं किससे करती हूँ ? यहाँ तो कोई पड़ोसिन भी नहीं ?

श्याम॰—मुन्नू तो हई है ?

देवी—(ओंठ दबाकर) मुन्नू क्या मेरा कोई सगा है, जिससे बैठी बातें किया करती हूँ ? गरीब आदमी है, अपना दुःख रोता है, तो क्या कह दूँ ? मुझसे तो दुत्कारते नहीं बनता।

श्याम॰—खैर, खाना बना लो, नौ बजे तमाशा शुरू हो जायगा। सात बज गये हैं।

देवी—तुम जाओ, देख आओ, मैं न जाऊँगी।

श्याम॰—तुम्हीं तो महीनों से तमाशे की रट लगाये हुए थीं। अब क्या हो गया ? क्या तुमने कसम खा ली है कि यह जो बात कहें; वह कभी न मानूँगी।

देवी—जाने क्यों तुम्हारा ऐसा खयाल है। मैं तो तुम्हारी इच्छा पा कर ही कोई काम करती हूँ। मेरे जाने से कुछ और पैसे खर्च हो जायँगे। और रुपये कम पड़ जायेंगे तो तुम मेरी जान खाने लगोगे, यही सोच कर मैंने कहा था। अब तुम कहते हो तो चली चलूँगी। तमाशा देखना किसे बुरा लगता है।

3

नौ बजे श्यामकिशोर एक ताँगे पर बैठ कर देवी और शारदा के साथ थियेटर देखने चले। सड़क पर थोड़ी दूर गये थे कि पीछे से एक और ताँगा आ पहुँचा। इस पर

रजा बैठा हुआ था, और उसके बगल में—हाँ, उसके बगल में—बैठा था मुन्नू मेहतर, जो बाबू साहब के घर में सफाई करता था। देवी ने उन दोनों को देखते ही सिर झुका लिया। उसे आश्चर्य हुआ कि रजा और मुन्नू में इतनी गाढ़ी मित्रता है कि रजा उसे ताँगे पर बैठा कर सैर कराने ले जाता है ! शारदा रजा को देखते ही बोल उठी—बाबूजी, देखो, वह राजा भैया आ रहे हैं। (ताली बजा कर) राजा भैया, इधर देख, हम लोग तमाशा देखने जा रहे हैं।

रजा ने मुस्करा दिया; मगर बाबू साहब मारे क्रोध के तिलमिला उठे। उन्हें ऐसा मालूम हुआ कि ये दुष्ट केवल मेरा पीछा करने के लिए आ रहे हैं। इन दोनों में जरूर साँठ-गाँठ है। नहीं तो रजा मून्नू को साथ क्यों लेता ? उनसे पीछा छुड़ाने के लिए उन्होंने ताँगेवाले से कहा—और तेज ले चलो, देर हो रही है। ताँगा तेज हो गया। रजा ने भी अपना ताँगा तेज कर दिया। बाबू साहब ने जब ताँगे को धीमा करने को कहा, तो रजा का ताँगा भी धीमा हो गया। आखिर बाबू साहब ने झुँझला कर कहा—तुम ताँगे को छावनी की ओर ले चलो, हम थियेटर देखने नहीं जायँगे। ताँगेवाले ने उनकी ओर कुतूहल से देखा और ताँगा फेर दिया। रजा का ताँगा भी फिर गया। बाबू साहब को इतना क्रोध आ रहा था कि रजा को ललकारूँ; पर डरते थे कि कहीं झगड़ा हो गया, तो बहुत से आदमी जमा हो जायेंगे और व्यर्थ ही झेंप होगी। लहू का घूँट पी कर रह गये। अपने ही ऊपर झुँझलाने लगे कि नाहक आया। क्या जानता था कि ये दोनों शैतान सिर पर सवार हो जायँगे। मुन्नू को तो कल ही निकाल दूँगा। बारे रजा का ताँगा कुछ दूर चल कर दूसरी तरफ मुड़ गया, और बाबू साहब का क्रोध कुछ शांत हुआ; किन्तु अब थियेटर जाने का समय न था। छावनी से घर लौट आये।

देवी ने कोठे पर आ कर कहा—मुफ्त में ताँगेवाले को दो रुपये देने पड़े।

श्यामकिशोर ने उसकी ओर रक्त-शोषक दृष्टि से देख कर कहा—और मुन्नू से बातें करो, और खिड़की पर खड़ी हो-होकर रजा को छवि दिखाओ। तुम न जाने क्या करने पर तुली हुई हो।

देवी—ऐसी बातें मुँह से निकालते तुम्हें शर्म नहीं आती ? तुम मेरा व्यर्थ ही अपमान करते हो, इसका फल अच्छा न होगा। मैं किसी मर्द को तुम्हारे पैरों की धूल के बराबर भी नहीं समझती, उस अभागे मेहतर की क्या हकीकत है ! तुम मुझे इतनी नीच समझते हो ?

श्याम॰—नहीं, मैं तुम्हें इतना नीच नहीं समझता; मगर बेसमझ जरूर समझता हूँ। तुम्हें इस बदमाश को कभी मुँह न लगाना चाहिए था। अब तो तुम्हें मालूम हो गया कि वह छँटा हुआ शोहदा है, या अब भी कुछ शक है ?

देवी—मैं उसे कल ही निकाल दूँगी।

मुंशी जी लेटे; पर चित्त अशांत था। वह दिन भर दफ्तर में रहते थे। क्या

जान सकते थे कि उनके पीछे देवी क्या करती है। वह यह जानते थे कि देवी पतिव्रता है; पर यह भी जानते थे कि अपनी छवि दिखाने का सुंदरियों को मरज होता है। देवी जरूर बन-ठनकर खिड़की पर खड़ी होती है, और मुहल्ले के शोहदे उसको देख-देख कर मन में न जाने क्या-क्या कल्पना करते होंगे। इस व्यापार का बंद कराना उन्हें अपने काबू से बाहर मालूम होता था। शोहदे वशीकरण की कला में निपुण होते हैं। ईश्वर न करे, इन बदमाशों की निगाह किसी भले घर की बहू-बेटी पर पड़े ! इनसे पिंड कैसे छुड़ाऊँ ?

बहुत सोचने के बाद अन्त में उन्होंने वह मकान छोड़ देने का निश्चय किया। इसके सिवा उन्हें दूसरा कोई उपाय न सूझा। देवी से बोले—कहो तो यह घर छोड़ दूँ। इन शोहदों के बीच में रहने में आबरू बिगड़ने का भय है। देवी ने आपत्ति के भाव से कहा—जैसी तुम्हारी इच्छा !

श्याम॰—आखिर तुम्हीं कोई उपाय बताओ।

देवी—मैं कौन-सा उपाय बताऊँ, और किस बात का उपाय ? मुझे तो घर छोड़ने की कोई जरूरत नहीं मालूम होती। एक-दो नहीं, लाख-दो-लाख शोहदे हों, तो क्या। कुत्तों के भूकने के भय से भला कोई अपना मकान छोड़ देता है ?

श्याम॰—कभी-कभी कुत्ते काट भी लेते हैं।

देवी ने इसका कोई जवाब न दिया। और तर्क करने से पति की दुश्चिंताओं के बढ़ जाने का भय था। यह शक्की तो हैं ही, न जाने उसका क्या आशय समझ बैठें।

तीसरे ही दिन श्याम् बाबू ने वह मकान छोड़ दिया।

4

इस नये मकान में आने के एक सप्ताह पीछे एक दिन मुन्नू सिर में पट्टी बाँधे, लाठी टेकता हुआ आया और आवाज दी। देवी उसकी आवाज पहचान गयी, पर उसे दुत्कारा नहीं। जा कर किवाड़ खोल दिये। पुराने घर के समाचार जानने के लिए उसका चित्त लालायित हो रहा था। मुन्नू ने अन्दर आकर कहा—सरकार, जब से आपने वह मकान छोड़ दिया, कसम ले लीजिए जो उधर एक बार भी गया हूँ। उस घर को देख कर रोना आने लगता है। मेरा भी जी चाहता है कि इसी मुहल्ले में आऊँ। पागलों की तरह इधर-उधर मारा-मारा फिरा करता हूँ सरकार, किसी काम में जी नहीं लगता। बस, हर घड़ी आप ही की याद आती रहती है। हुजूर जितनी परवरिस करती थीं, उतनी अब कौन करेगा ? यह मकान तो बहुत छोटा है।

देवी—तुम्हारे ही कारन तो वह मकान छोड़ना पड़ा।

मुन्नू—मेरे कारन ! मुझसे कौन-सी खता हुई, सरकार ?

देवी—तुम्हीं तो ताँगे पर रजा के साथ बैठे मेरे पीछे-पीछे आ रहे थे। ऐसे आदमी पर आदमी का शक होता ही है !

मुन्नू—अरे सरकार, उस दिन की बात न पूछिए। रजा मियाँ को एक वकील साहब से मिलने जाना था। वह छावनी में रहते थे। मुझे भी साथ बिठा लिया। उनका साईस कहीं गया हुआ था। मारे लिहाज के आपके ताँगे के आगे न निकलते थे। सरकार उसे शोहदा कहती हैं। उसका-सा भला आदमी महल्ले-भर में नहीं है। पाँचों बखत की नमाज पढ़ता है हुजूर, तीसों रोजे रखता है। घर में बीवी-बच्चे सभी मौजूद हैं। क्या मजाल कि किसी पर बद-निगाह हो।

देवी—खैर होगा, तुम्हारे सिर में पट्टी क्यों बँधी है ?

मुन्नू—इसका माजरा न पूछिए, हुजूर। आपकी बुराई करते किसी को देखता हूँ, तो बदन में आग लग जाती है। दरवाजे पर जो हलवाई रहता था, कहने लगा—मेरे कुछ पैसे बाबू जी पर आते हैं। मैंने कहा—वह ऐसे आदमी नहीं है कि तुम्हारे पैसे हजम कर जाते। बस, हुजूर, इसी बात पर तकरार हो गयी। मैं तो दुकान के नीचे नाली धो रहा था। वह ऊपर से कूद कर आया और मुझे ढकेल दिया। मैं बेखबर खड़ा था, चारों खाने चित्त सड़क पर गिर पड़ा। चोट तो आयी; मगर मैंने भी दुकान के सामने बच्चा को इतनी गालियाँ सुनायीं कि याद ही करते होंगे। अब घाव अच्छा हो रहा है, हुजूर।

देवी—राम ! राम ! नाहक लड़ाई लेने गये। सीधी-सी बात तो थी। कह देते—तुम्हारे पैसे आते हैं; तो जा कर माँग लाओ। हैं शहर ही में, दूसरे देश में तो नहीं भाग गये?

मुन्नू—हुजूर, आपकी बुराई सुन के नहीं रहा जाता, फिर चाहे वह अपने घर लाट ही क्यों न हो, भिड़ पड़ूँगा। वह महाजन होगा, तो अपने घर का होगा। यहाँ कौन उसका दिया खाते हैं।

देवी—उस घर में अभी कोई आया कि नहीं?

मुन्नू—कई आदमी देखने आये, हुजूर; मगर जहाँ आप रह चुकी हैं, वहाँ अब दूसरा कौन रह सकता है ? हम लोगों ने उन लोगों को भड़का दिया। रजा मियाँ तो हुजूर, उसी दिन से खाना-पीना छोड़ बैठे हैं। बिटिया को याद कर के रोया करते हैं। हुजूर को हम गरीबों की याद काहे को आती होगी ?

देवी—याद क्यों नहीं आती ? मैं आदमी नहीं हूँ ? जानवर तक थान छूटने पर दो-चार दिन चारा नहीं खाते। यह पैसे लो, कुछ बाजार से ला कर खा लो, भूखे होगे।

मुन्नू—हुजूर की दुआ से खाने की तंगी नहीं है। आदमी का दिल देखा जाता है, हुजूर ! पैसा की कौन बात है। आपका दिया तो खाते ही हैं। हुजूर का मिजाज ऐसा है कि आदमी बिना कौड़ी का गुलाम हो जाता है। तो अब चलूँगा, हुजूर, बाबू

जी आते होंगे। कहेंगे—यह शैतान यहाँ फिर आ पहुँचा।

देवी—अभी उनके आने में बड़ी देर है।

मुन्नू—ओ हो, एक बात तो भूला ही जाता था। रजा मियाँ ने बिटिया के लिए ये खिलौने दिये थे। बातों में ऐसा भूल गया कि इनकी सुध ही न रही। कहाँ है बिटिया ?

देवी—अभी तो मदरसे से नहीं आयी, मगर इतने खिलौने लाने की क्या जरूरत थी ? अरे ! रजा ने तो गजब ही कर दिया। भेजना ही था, तो दो-चार आने के खिलौने भेज देते। अकेली मेम तीन-चार रुपये से कम की न होगी। कुल मिला कर तीस-पैंतीस रुपये से कम के खिलौने नहीं हैं।

मुन्नू—क्या जाने सरकार, मैंने तो कभी खिलौने नहीं खरीदे। तीस-पैंतीस रुपये के होंगे, तो उनके लिए कौन-सी बड़ी बात है ? अकेली दुकान से पचास रुपये रोज की आमदनी है, हुजूर !

देवी—नहीं, इनको लौटा ले जाओ। इतने खिलौने ले कर वह क्या करेगी? मैं सिर्फ एक मेम रखे लेती हूँ।

मुन्नू—हुजूर, रजा मियाँ को बड़ा रंज होगा। मुझे तो जीता ही न छोड़ेंगे। बड़े ही मुहब्बती आदमी हैं, हुजूर ! बीवी दो-चार दिन के लिए मैके चली जाती है, तो बेचैन हो जाते हैं।

सहसा शारदा पाठशाला से आ गयी और खिलौने देखते ही उन पर टूट पड़ी। देवी ने डाँटकर कहा—क्या करती है, क्या करती है ? मेम ले ले, और सब लेकर क्या करेगी ?

शारदा—मैं तो सब लूँगी। मेम को मोटर पर बैठा कर दौड़ाऊँगी। कुत्ता पीछे-पीछे दौड़ेगा। इन बरतनों में गुड़िया के खाने बनाऊँगी। कहाँ से आये हैं, अम्माँ ? बता दो।

देवी—कहीं से नहीं आये, मैंने देखने को मँगवाये थे। तू इनमें से कोई एक ले ले।

शारदा—मैं सब लूँगी, मेरी अम्माँ, न सब ले लीजिए। कौन लाया है, अम्माँ ?

देवी—मुन्नू, तुम खिलौने ले कर जाओ। सिर्फ एक मेम रहने दो।

शारदा—कहाँ से लाये हो मुन्नू, बता दो ?

मुन्नू—तुम्हारे राजा भैया ने तुम्हारे लिए भेजे हैं।

शारदा—राजा भैया ने भेजे हैं। ओ हो ! (नाच कर) राजा भैया बड़े अच्छे हैं। कल अपनी सहेलियों को दिखाऊँगी। किसी के पास ऐसे खिलौने न निकलेंगे।

देवी—अच्छा, मुन्नू, तुम अब जाओ। रजा मियाँ से कह देना, फिर यहाँ खिलौने न भेजें।

मुन्नू चला गया, तो देवी ने शारदा से कहा—ला बेटी, तेरे खिलौने रख दूँ।

बाबू जी देखेंगे, तो बिगड़ेंगे और कहेंगे कि रजा मियाँ के खिलौने क्यों लिये? तोड़-तोड़ कर फेंक देंगे। भूल कर भी उनसे खिलौनों की चर्चा न करना।

शारदा—हाँ, अम्माँ, रख दो। बाबू जी तोड़ देंगे।

देवी—उनसे कभी मत कहना कि राजा भैया ने खिलौने भेजे हैं, नहीं तो बाबू जी राजा भैया को मारेंगे और तुम्हारे कान भी काट लेंगे। कहेंगे, लड़की भिखमंगी है, सबसे खिलौने माँगती फिरती है।

शारदा—हाँ, अम्माँ, रख दो। बाबूजी तोड़ देंगे।

इतने में बाबू श्यामकिशोर भी दफ्तर से आ गये। भौहें चढ़ी हुई थीं। आते ही बोले—वह शैतान मुन्नू इस मोहल्ले में भी आने लगा ! मैंने आज उसे देखा। क्या यहाँ भी आया था?

देवी ने हिचकिचाते हुए कहा—हाँ, आया तो था।

श्याम॰—और तुमने आने दिया ? मैंने मना न किया था कि उसे कभी अंदर कदम न रखने देना।

देवी—आकर द्वार खटखटाने लगा, तो क्या करती ?

श्याम॰—उसके साथ वह शोहदा भी रहा होगा ?

देवी—उसके साथ और कोई नहीं था।

श्याम॰—तुमने आज भी न कहा होगा, यहाँ मत आया कर !

देवी—मुझे तो इतना खयाल न रहा। और अब वह यहाँ क्या करने आयेगा ?

श्याम॰—जो करने आज आया था, वही करने फिर आयेगा। तुम मेरे मुँह में कालिख लगाने पर तुली हो।

देवी ने क्रोध से ऐंठ कर कहा—मुझसे तुम ऐसी ऊटपटाँग बातें मत किया करो, समझ गये ? तुम्हें ऐसी बातें मुँह से निकालते शर्म भी नहीं आती ? एक बार पहले भी तुमने कुछ ऐसी ही बातें कही थीं। आज फिर तुम वही बात कर रहे हो। अगर तीसरी बार ये शब्द मैंने सुने, तो नतीजा बुरा होगा, इतना कहे देती हूँ। तुमने मुझे कोई वेश्या समझ लिया है ?

श्याम॰—मैं नहीं चाहता कि वह मेरे घर आये।

देवी—तो मना क्यों नहीं कर देते ? मैं तुम्हें रोकती हूँ ?

श्याम॰—तुम क्यों नहीं मना कर देतीं ?

देवी—तुम्हें कहते क्या शर्म आती है ?

श्याम॰—मेरा मना करना व्यर्थ है। मेरे मना करने पर भी तुम्हारी इच्छा पा कर उसका आना-जाना होता रहेगा।

देवी ने ओंठ चबा कर कहा—अच्छा, अगर वह आता ही रहे, तो क्या हानि है ? मेहतर सभी घरों में आया-जाया करते हैं।

श्याम॰—अगर मैंने मुन्नू को कभी अपने द्वार पर फिर देखा, तो तुम्हारी कुशल

नहीं, इतना समझाये देता हूँ।

यह कहते हुए श्यामकिशोर नीचे चले गये, और देवी स्तम्भित खड़ी रह गयी। तब उसका हृदय इस अपमान, लांछन और अविश्वास के आघात से पीड़ित हो उठा। वह फूट-फूट कर रोने लगी। उसको सबसे बड़ी चोट जिस बात से लगी, वह यह थी कि मेरे पति मुझे इतनी नीच, इतनी निर्लज्ज समझते हैं ! जो काम वेश्या भी न करेगी, उसका संदेह मुझ पर कर रहे हैं !!

5

श्यामकिशोर के आते ही शारदा अपने खिलौने उठा कर भाग गयी थी कि कहीं बाबू जी तोड़ न डालें। नीचे जाकर वह सोचने लगी कि इन्हें कहाँ छिपा कर रखूँ ? वह इसी सोच में थी कि उसकी एक सहेली आँगन में आ गयी। शारदा उसे अपने खिलौने दिखाने के लिए आतुर हो गयी। इस प्रलोभन को वह किसी तरह न रोक सकी। अभी तो बाबू जी ऊपर हैं; कौन इतनी जल्दी आये जाते हैं। तब तक क्यों न सहेली को अपने खिलौने दिखा दूँ ? उसने सहेली को बुला लिया और दोनों नये खिलौने देखने में मग्न हो गयीं, कि बाबू श्यामकिशोर के नीचे आने की भी उन्हें खबर न हुई। श्यामकिशोर खिलौने देखते ही झपट कर शारदा के पास जा पहुँचे और पूछा—तूने ये खिलौने कहाँ पाये ?

शारदा की घिग्घी बँध गयी। मारे भय के थर-थर काँपने लगी। मुँह से एक शब्द भी निकला।

श्यामकिशोर ने फिर गरज कर पूछा—बोलती क्यों नहीं, तुझे किसने खिलौने दिये ?

शारदा रोने लगी। तब श्यामकिशोर ने उसे फुसला कर कहा—रो मत, हम तुझे मारेंगे नहीं। तुझसे इतना ही पूछते हैं, तूने ऐसे सुंदर खिलौने कहाँ पाये ?

इस तरह दो-चार बार दिलासा देने से शारदा को कुछ धैर्य बँधा। उसने सारी कथा कह सुनायी। हा अनर्थ ! इससे कहीं अच्छा होता कि शारदा मौन ही रहती। उसका गूँगी हो जाना भी इससे अच्छा था। देवी कोई बहाना करके बला सिर से टाल देती; पर होनहार को कौन टाल सकता है? श्यामकिशोर के रोम-रोम से ज्वाला निकलने लगी। खिलौने वहीं छोड़ कर वह धम-धम करते हुए ऊपर गये और देवी के कंधे दोनों हाथों से झंझोड़ कर बोले—तुम्हें इस घर में रहना है या नहीं ? साफ-साफ कह दो। देवी अभी तक खड़ी सिसकियाँ ले रही थी। यह निर्मम प्रश्न सुन कर उसके आँसू गायब हो गये। किसी भारी विपत्ति की आशंका ने इस हल्के-से आघात को भुला दिया, जैसे घातक की तलवार देखकर कोई प्राणी रोग-शय्या से उठ कर भागे। श्यामकिशोर की ओर भयातुर नेत्रों से देखा; पर मुँह से कुछ न बोली। उसका एक-एक रोम मौन भाषा में पूछा रहा था—इस प्रश्न का क्या मतलब है ?

श्यामकिशोर ने फिर कहा—तुम्हारी जो इच्छा हो, साफ-साफ कह दो। अगर मेरे साथ रहते-रहते तुम्हारा जी ऊब गया हो, तो तुम्हें अख्तियार है। मैं तुम्हें कैद करके नहीं रखना चाहता। मेरे साथ तुम्हें छल, कपट करने की जरूरत नहीं। मैं सहर्ष तुम्हें विदा करने को तैयार हूँ। जब तुमने मन में एक बात निश्चय कर ली, तो मैंने भी निश्चय कर लिया। तुम इस घर में अब नहीं रह सकतीं, रहने के योग्य नहीं हो।

देवी ने आवाज सँभाल कर कहा—तुम्हें आजकल क्या हो गया है, जो हर वक्त जहर उगलते रहते हो ? अगर मुझसे जी ऊब गया है, तो जहर दे दो, जला-जला कर क्यों जान मारते हो ? मेहतर से बातें करना तो ऐसा अपराध न था। जब उसने आ कर पुकारा, तो मैंने आ कर द्वार खोल दिया। अगर मैं जानती कि जरा-सी बात का बतंगड़ हो जायगा, तो उसे दूर ही से दुत्कार देती।

श्याम॰—जी चाहता है, तालू से जबान खींच लें। बातें होने लगीं, इशारे होने लगे, तोहफे आने लगे। अब बाकी क्या रहा ?

देवी—क्यों नाहक घाव पर नमक छिड़कते हो ? एक अबला की जान ले कर कुछ पा न जाओगे !

श्याम॰—मैं झूठ कहता हूँ ?

देवी—हाँ, झूठ कहते हो।

श्याम॰—ये खिलौने कहाँ से आये ?

देवी का कलेजा धक्-से हो गया। काटो, तो बदन में लहू नहीं। समझ गयी, इस वक्त ग्रह बिगड़े हुए हैं, सर्वनाश के सभी संयोग मिलते जाते हैं। ये निगोड़े खिलौने न जाने किस बुरी साइत में आये ! मैंने लिये ही क्यों, उसी वक्त लौटा क्यों न दिये ! बात बना कर बोली—आग लगे वही खिलौने तोहफे हो गये ! बच्चों को कोई कैसे रोके, किसी की मानते हैं। कहती रही, मत ले; मगर न मानी, तो मैं क्या करती ? हाँ, यह जानती कि इन खिलौनों पर मेरी जान मारी जायगी तो जबरदस्ती छीन कर फेंक देती।

श्याम॰—इनके साथ और कौन-कौन-सी चीजें आयी हैं, भला चाहती हो तो अभी लाओ।

देवी—जो कुछ आया होगा, इसी घर ही में होगा। देख क्यों नहीं लेते ? इतना बड़ा घर भी नहीं है कि चार दिन देखते लग जायँ ?

श्याम॰—मुझे इतनी फुरसत नहीं है। खैरियत इसी में है कि जो चीजें आयी हों, ला कर मेरे सामने रख दो। यह तो हो नहीं सकता कि लड़की के लिए खिलौने आयें और तुम्हारे लिए कोई सौगात न आये। तुम भरी गंगा में कसम खाओ, तो भी मुझे विश्वास न आयेगा।

देवी—तो घर में देख क्यों नहीं लेते ?

श्यामकिशोर ने घूँसा तान कर कहा—कह दिया, मुझे फुरसत नहीं है। सीधे से सारी चीज़ें ला कर रख दो; नहीं तो इसी दम गला दबाकर मार डालूँगा।

देवी—मारना हो, तो मार डालो; जो चीजें आयी ही नहीं, उन्हें मैं दिखा कहाँ से दूँ।

श्यामकिशोर ने क्रोध से उन्मत्त हो कर देवी को इतनी जोर से धक्का दिया कि चारों खाने चित जमीन पर गिर पड़ी। तब उसके गले पर हाथ रख कर बोले—दबा दूँ गला ! न दिखलायेगी तू उन चीजों को ?

देवी—जो अरमान हों, पूरे कर लो।

श्याम॰—खून पी जाऊँगा ! तूने समझा क्या है ?

देवी—अगर दिल की प्यास बुझती हो, तो पी जाओ।

श्याम॰—फिर तो उस मेहतर से बातें न करोगी ? अगर अब कभी मुन्नू या उस शोहदे को द्वार पर देखा, तो गला काट लूँगा।

यह कह कर बाबू जी ने देवी को छोड़ दिया, और बाहर चले गये; लेकिन देवी उसी दशा में बड़ी देर तक पड़ी रही। उसके मन में इस समय पति-प्रेम की मर्यादा-रक्षा का लेश भी न था। उसका अन्तःकरण प्रतिकार के लिए विकल हो रहा था। इस वक्त अगर वह सुनती कि श्यामकिशोर को किसी ने बाजार में जूते से पीटा, तो कदाचित् वह खुश होती। कई दिनों तक पानी से भीगने के बाद, आज यह झोंका पा कर प्रेम की दीवार भूमि पर गिर पड़ी, और मान की रक्षा करनेवाली कोई साधना न रही। आज केवल संकोच और लोक-लाज की हलकी-सी रस्सी रह गयी है, जो एक झटके में टूट सकती है।

6

श्यामकिशोर बाहर चले गये, तो शारदा भी अपने खिलौने लिये हुए घर से बाहर निकली। बाबूजी खिलौनों को देखकर कुछ बोले नहीं, तो अब उसे किसकी चिंता और किसका भय ! अब वह क्यों न अपनी सहेलियों को खिलौने दिखाये। सड़क के उस पार एक हलवाई का मकान था। हलवाई की लड़की अपने द्वार पर खड़ी थी। शारदा उसे खिलौने दिखाने चली। बीच में सड़क थी, सवारी-गाड़ियों और मोटरों का ताँता बँधा हुआ। शारदा को अपनी धुन में किसी बात का ध्यान न रहा। बालोचित उत्सुकता से भरी हुई वह खिलौने लिये दौड़ी। वह क्या जानती थी कि मृत्यु भी उसी तरह प्राणों का खिलौना खेलने के लिये दौड़ी आ रही है। सामने एक मोटर आती हुई दिखायी दी। दूसरी ओर से एक बग्घी आ रही थी। शारदा ने चाहा, दौड़ कर उस पार निकल जाय। मोटर ने बिगुल बजाया; शारदा ने जोर मारा कि सामने से निकल जाय; पर होनहार को कौन टालता ! मोटर बालिका को रौंदती हुई चली गयी। सड़क पर एक माँस की लोथ पड़ी रह गयी। खिलौने ज्यों

के त्यों थे। उनमें से एक भी न टूटा था ! खिलौने रह गये, खेलनेवाला चला गया। दोनों में कौन स्थायी है और कौन अस्थायी, इसका फैसला कौन करे !

चारों ओर से लोग दौड़ पड़े। अरे ! यह तो बाबू जी की लड़की है, जो ऊपर वाले मकान में रहते हैं। लोथ कौन उठाये ? एक आदमी ने लपक कर द्वार पर पुकारा—बाबू जी। आपकी लड़की तो सड़क पर नहीं खेल रही थी ! जरा नीचे तो आ जाइए।

देवी ने छज्जे पर खड़े हो कर सड़क की ओर देखा, तो शारदा की लोथ पड़ी हुई थी। चीख मार कर बेतहाशा नीचे दौड़ी, और सड़क पर आ कर बालिका को गोद में उठा लिया। उसके पैर काँपने लगे। इस वज्रपात ने उसे स्तम्भित कर दिया; रोना भी न आया।

मुहल्ले के कई आदमी पूछने लगे—बाबूजी कहाँ गये हैं ? उनको कैसे बुलाया जाय?

देवी क्या जवाब देती ? वह तो संज्ञाहीन हो गयी थी। लड़की की लाश गोद में लिये, उसके रक्त से अपने वस्त्रों को भिगोती; आकाश की ओर ताक रही थी, मानो देवता से पूछ रही हो—क्या सारी विपत्तियाँ मुझी पर ?

अँधेरा होता जाता था; पर बाबू जी का पता नहीं। कुछ मालूम भी नहीं, वह कहाँ गये हैं। धीरे-धीरे नौ बजे; पर अब तक बाबूजी न लौटे। इतनी देर तक बाहर न रहते थे। क्या आज ही उन्हें भी गायब होना था ? दस बज गये, अब देवी रोने लगी। उसे लड़की की मृत्यु का इतना दुःख न था, जितना अपनी असमर्थता का। वह कैसे शव की दाहक्रिया करेगी ? कौन उसके साथ जायगा ? क्या इतनी रात गये कोई उसके साथ चलने को तैयार होगा ? अगर कोई न गया, तो क्या उसे अकेली ही जाना पड़ेगा ? क्या रात भर लोथ पड़ी रहेगी ?

ज्यों-ज्यों सन्नाटा होता जाता था, देवी को भय होता था। वह पछता रही थी कि शाम ही को क्यों न इसे ले कर चली गयी।

ग्यारह बजे थे। सहसा किसी ने द्वार खोला। देवी उठ कर खड़ी हो गयी। समझी, बाबूजी आ गये। उसका हृदय उमड़ आया और वह रोती हुई बाहर आयी; पर आह ! यह बाबू जी न थे, ये पुलिस के आदमी थी, जो इस मामले की तहकीकात करने आये थे। पाँच बजे की घटना थी। तहकीकात होने लगी ग्यारह बजे। आखिर थानेदार भी तो आदमी है; वह भी तो संध्या-समय घूमने-फिरने जाता ही है।

घंटे-भर तक तहकीकात होती रही। देवी ने देखा, अब संकोच से काम न चलेगा। थानेदार ने उससे जो कुछ पूछा, उसका उत्तर उसने निस्संकोच भाव से दिया। जरा भी न शरमायी, जरा भी न झिझकी। थानेदार भी दंग रह गया।

जब सब के बयान लिख कर दारोगा जी चलने लगे, तो देवी ने कहा—आप उस मोटर का पता लगायेंगे ?

दारोगा—अब तो शायद ही उसका पता लगे।

देवी—तो उसको कुछ सजा न होगी ?

दारोगा—मजबूरी है। किसी को नम्बर भी तो मालूम नहीं।

देवी—सरकार इसका कुछ इंतजाम नहीं करती ? गरीबों के बच्चे इसी तरह कुचले जाते रहेंगे।

दारोगा—इसका क्या इंतजाम हो सकता है ? मोटरें तो बन्द नहीं हो सकतीं ?

देवी—कम-से-कम पुलिसवालों को यह तो देखना चाहिए कि शहर में कोई बहुत तेज न चलाये ? मगर आप लोग ऐसा क्यों करने लगे ? आपके अफसर भी तो मोटरों पर बैठते हैं। आप उनकी मोटरें रोंकेंगे, तो नौकरी कैसे रहेगी ?

थानेदार लज्जित हो चला गया। जब लोग सड़क पर पहुँचे, तो एक सिपाही ने कहा—मेहरिया बड़ी टनमन दिखात है।

थानेदार—अजी, इसने तो मेरा नातका बंद कर दिया। किस गजब का हुस्न पाया है ! मगर कसम ले लो, जो मैंने एक बार भी उसकी तरफ निगाह की हो। ताकने की हिम्मत ही न पड़ती थी !

बाबू श्यामकिशोर बारह बजे के बाद नशे में चूर घर पहुँचे। उन्हें यह खबर रास्ते ही में मिल गयी थी। रोते हुए घर में दाखिल हुए। देवी भरी बैठी थी, सोच रखा था—आज चाहे जो हो जाय, पर फटकारूँगी जरूर। पर उनको रोते देखा, तो सारा गुस्सा गायब हो गया। खुद भी रोने लगी। दोनों बड़ी देर तक रोते रहे। इस विपत्ति ने दोनों के हृदयों को एक दूसरे की ओर बड़े जोर से खींचा। उन्हें ऐसा ज्ञात हुआ कि उनमें फिर पहले का-सा प्रेम जाग्रत हो गया है।

प्रातःकाल जब लोग दाह-क्रिया करके लौटे, तो श्यामकिशोर ने देवी की ओर स्नेह से देखकर करुण स्वर में कहा—तुम्हारा जी अकेले कैसे लगेगा ?

देवी—तुम दस पाँच दिन की छुट्टी न ले सकोगे ?

श्याम॰—यही तो मैं भी सोचता हूँ। पंद्रह दिन की छुट्टी ले लूँ।

श्याम बाबू दफ्तर छुट्टी लेने चले गये। इस विपत्ति में भी आज देवी का हृदय जितना प्रसन्न था, उतना उधर महीनों से न हुआ। बालिका को खो कर वह विश्वास और प्रेम पा गयी थी, और यह उसके आँसू पोंछने के लिए कुछ कम न था।

आह ! अभागिनी ! खुश मत हो। तेरे जीवन का वह अन्तिम कांड होना अभी बाकी है, जिसकी आज तू कल्पना भी नहीं कर सकती।

7

दूसरे दिन बाबू श्यामकिशोर घर ही पर थे कि मुन्नू ने आ कर सलाम किया। श्यामकिशोर ने जरा कड़ी आवाज में पूछा—क्या है जी, तुम क्यों बार-बार यहाँ

आया करते हो ?

मुन्नू बड़े दीन भाव से बोला—मालिक, कल की बात जो सुनता है, उसी का रंज होता है। मैं तो हुजूर का गुलाम ठहरा। अब नौकर नहीं हूँ तो क्या, सरकार का नमक तो खा चुका हूँ। भला, वह कभी हड्डियों से निकल सकता है। कभी-कभी हाल-हवाल पूछने आ जाता हूँ। जबसे कल वाली बात सुनी है हुजूर, ऐसा कलंक हो रहा है कि क्या कहूँ। कैसी प्यारी-प्यारी बच्ची थी कि देख कर दुख दूर हो जाता था। मुझे देखते ही मुन्नू-मुन्नू करके दौड़ती थी; जब गैरों का यह हाल है, तो हुजूर के दिल पर जो कुछ बीत रही होगी, हुजूर ही जानते होंगे।

श्याम बाबू कुछ नर्म हो कर बोले—ईश्वर की मरजी में इन्सान का क्या चारा ? मेरा तो घर ही अँधेरा हो गया। अब यहाँ रहने को जी नहीं चाहता।

मुन्नू—मालकिन तो और भी बेहाल होंगी !

श्याम॰—हुआ ही चाहें। मैं तो उसे शाम-सबेरे खिला लिया करता था। माँ तो दिन भर साथ रहती थी। मैं तो काम-धंधों में भूल भी जाऊँगा। वह कहाँ भूल सकती हैं। उनको तो सारी जिंदगी का रोना है।

पति को मुन्नू से बातें करते सुन कर देवी ने कोठे पर से आँगन की ओर देखा। मुन्नू को देखकर उसकी आँखों में बे-अख्तियार आँसू भर आये ! बोली—मुन्नू, मैं तो लुट गयी !

मुन्नू—हुजूर, अब सबर कीजिए, रोने-धोने से क्या फायदा ? यही सब अंधेर देख कर तो कभी-कभी अल्लाह मियाँ को जालिम कहना पड़ता है। जो बेईमान हैं, दूसरों का गला काटते फिरते हैं, उनसे अल्लाह मियाँ भी डरते हैं। जो सीधे और सच्चे हैं उन्हीं पर आफत आती है।

मुन्नू देवी को दिलासा देता रहा। श्याम बाबू भी उसकी बातों का समर्थन करते जाते थे। जब वह चला गया, तो बाबू साहब ने कहा—आदमी तो कुछ बुरा नहीं मालूम होता।

देवी ने कहा—मोहब्बती आदमी है। रंज न होता, तो यहाँ क्यों आता ?

8

पंद्रह दिन गुजर गये। बाबू साहब फिर दफ्तर जाने लगे। मुन्नू इस बीच में फिर कभी न आया ? अब तक तो देवी का दिन पति से बातें करने में कट जाता था; लेकिन अब उनके चले जाने पर उसे बार-बार शारदा की याद आती। प्रायः सारा दिन रोते ही कटता था। मुहल्ले की दो-चार नीच जाति की औरतें आती थीं; लेकिन देवी का उनसे मन न मिलता था, वे झूठी सहानुभूति दिखा कर देवी से कुछ ऐंठना चाहती थी !

एक दिन कोई चार बजे मुन्नू फिर आया, और आँगन में खड़ा होकर

बोला—मालकिन, मैं हूँ, मुन्नू, जरा नीचे आ जाइएगा।

देवी ने ऊपर ही से पूछा—क्या काम है ? कहो तो।

मुन्नू—जरा आइए तो !

देवी नीचे आयी, तो मुन्नू ने कहा—रजा मियाँ बाहर खड़े हैं; और हुजूर से मातमपुरसी करते हैं।

देवी ने कहा—जाकर कह दो, ईश्वर की जो मरजी थी, वह हुई।

रजा दरवाजे पर खड़ा था। ये बातें उसने साफ सुनीं। बाहर ही से बोला—खुदा जानता है, जब से यह खबर सुनी है दिल के टुकड़े हुए जाते हैं। मैं जरा दिल्ली चला गया था। आज ही लौट कर आया हूँ। अगर मेरी मौजूदगी में यह वारदात हुई होती, तो और तो क्या कर सकता था; मगर मोटरवाले को बिला सजा कराये न छोड़ता, चाहे वह किसी राजा ही की मोटर होती। सारा शहर छान डालता। बाबू साहब चुपके होके बैठ रहे, यह भी कोई बात है। मोटर चला कर क्या कोई किसी की जान ले लेगा। फूल-सी मासूम बच्ची को जालिमों ने मार डाला। हाय ! खिलौने ले आया हूँ। क्या जानता था कि यहाँ यह सितम हो गया। मुन्नू देख, यह तावीज ले जा कर बहू जी को दे दे। इसे अपने जूड़े में बाँध लेंगी। खुदा ने चाहा, तो उन्हें किसी तरह की दहशत या खटका न रहेगा। उन्हें बुरे-बुरे ख्वाब दिखायी देते होंगे, रात को नींद उचट जाती होगी, दिल घबराया करता होगा। ये सारी शिकायतें इस तावीज से दूर हो जायँगी। मैंने एक पहुँचे हुए फकीर से यह तावीज लिखाया है।

इसी तरह से रजा और मुन्नू उस वक्त तक एक-न-एक बहाने से द्वार से न टले, जब तक बाबू साहब आते न दिखायी दिये। श्यामकिशोर ने उन दोनों को जाते देख लिया। ऊपर जा कर गम्भीर भाव से बोले—रजा क्या करने आया था ?

देवी—यों ही मातमपुरसी करने आया था। आज दिल्ली से आया है। यह खबर सुन कर दौड़ा आया था।

श्याम॰—मर्द मर्दों से मातमपुरसी करते हैं या औरतों से?

देवी—तुम न मिले, तो मुझी से शोक प्रकट करके चला गया।

श्याम॰—इसके यह माने हैं कि जो आदमी मुझसे मिलने आये, वह मेरे न रहने पर तुमसे मिल सकता है। इसमें कोई हरज नहीं, क्यों ?

देवी—सबसे मिलने मैं थोड़े ही जा रही हूँ ?

श्याम॰—तो रजा क्या मेरा साला है या ससुरा ?

देवी—तुम तो जरा-जरा सी बात पर झल्लाने लगते हो।

श्याम॰—यह जरा-सी बात है ! एक भले घर की स्त्री एक शोहदे से बातें करे, यह जरा-सी बात है ! तो बड़ी-सी बात किसे कहते हैं ? यह जरा-सी बात नहीं है कि यदि मैं तुम्हारी गरदन घोंट दूँ तो भी मुझे पाप न लगेगा; देखता हूँ, फिर तुमने

वही रंग पकड़ा। इतनी बड़ी सजा पा कर भी तुम्हारी आँखें नहीं खुलीं। अबकी क्या मुझे ले बीतदा चाहती हो ?

देवी सन्नाटे में आ गयी। एक तो लड़की का शोक ! उस पर यह अपशब्दों की बौछार और भीषण आक्षेप ! उसके सिर में चक्कर-सा आ गया। बैठ कर रोने लगी। इस जीवन से तो मौत कहीं अच्छी! केवल यही शब्द उसके मुँह से निकले।

बाबू साहब गरज कर बोले—यही होगा, मत घबराओ, मत घबराओ, यही होगा। तुम मरना चाहती हो, तो मुझे भी तुम्हारे अमर होने की आकांक्षा नहीं है। जितनी जल्द तुम्हारे जीवन का अंत हो जाय, उतना ही अच्छा। कुल में कलंक तो न लगेगा ?

देवी ने सिसकियाँ लेते हुए कहा—क्यों एक अबला पर इतना अन्याय करते हो ? तुम्हें जरा भी दया नहीं आती ?

श्याम॰—मैं कहता हूँ, चुप रह !

देवी—क्यों चुप रहूँ; क्या किसी की जबान बंद कर दोगे ?

श्याम॰—फिर बोले जाती है ? मैं उठकर सिर तोड़ दूँगा !

देवी—क्या सिर तोड़ दोगे, कोई जबरदस्ती है ?

श्याम॰—अच्छा तो बुला, देखें तेरा कौन हिमायती है ?

यह कहते हुए बाबू साहब झल्ला कर उठे और देवी को कई थप्पड़ और घूँसे लगा दिये; मगर वह न रोयी न चिल्लायी, न जबान से एक शब्द निकाला, केवल अर्थ-शून्य नेत्रों से पति की ओर ताकती रही, मानो यह निश्चय करना चाहती थी कि यह आदमी है या कुछ और।

जब श्यामकिशोर मार-पीट कर अलग खड़े हो गये, तो देवी ने कहा—दिल के अरमान अभी न निकले हों तो और निकाल लो। फिर शायद यह अवसर न मिले।

श्यामकिशोर ने जवाब दिया, सिर काट लूँगा—सिर, तू है किस फेर में ? यह कहते हुए नीचे चले गये, झटके के साथ किवाड़ खोले, धमाके के साथ बन्द किये और कहीं चले गये।

अब देवी की आँखों से आँसू की नदी बहने लगी।

रात के दस बज गये; पर श्यामकिशोर घर न लौटे। रोते-रोते देवी की आँखें सूज आयीं। क्रोध में मधुर स्मृतियों का लोप हो जाता है। देवी को ऐसा ज्ञात होता है कि श्यामकिशोर को उसके साथ कभी प्रेम ही न था। हाँ, कुछ दिनों वह उसका मुँह अवश्य जोहते रहते थे; लेकिन वह बनावटी प्रेम था। उसके यौवन का आनन्द लूटने ही के लिए उससे मीठी-मीठी प्यार की बातें की जाती थीं, उसे छाती से लगाया जाता था, उसे कलेजे पर सुलाया जाता था। वह सब दिखावा था, स्वाँग था। उसे याद ही न आता था कि कभी उससे सच्चा प्रेम किया गया हो। अब वह रूप नहीं रहा, वह यौवन नहीं रहा, वह नवीनता नहीं रही! फिर उसके साथ क्यों

न अत्याचार किये जायँ ? उसने सोचा—कुछ नहीं ! अब इनका दिल मुझसे फिर गया है; नहीं तो क्या इस जरा-सी बात पर यों मुझ पर टूट पड़ते। कोई-न-कोई लांछन लगा कर मुझसे गला छुड़ाना चाहते हैं। यही बात है, तो मैं क्यों इनकी रोटियाँ और इनकी मार खाने के लिए इस घर में पड़ी रहूँ ? जब प्रेम ही नहीं रहा, तो मेरे यहाँ रहने को धिक्कार है ! मैके में कुछ न सही; यह दुर्गति तो न होगी। इनकी यही इच्छा है, तो यही सही। मैं भी समझ लूँगी कि विधवा हो गयी।

ज्यों-ज्यों रात गुजरती थी, देवी के प्राण सूखे जाते थे। उसे यह धड़का समाया हुआ था कि कहीं वह आकर फिर न मार-पीट शुरू कर दें। कितने क्रोध से भरे हुए यहाँ से गये। वाह री तकदीर ! अब मैं इतनी नीच हो गयी कि मेहतरों से, जूतेवालों से आशनाई करने लगी। इस भले आदमी को ऐसी बातें मुँह से निकालते शर्म भी नहीं आती ! ना-जाने इनके मन में ऐसी बातें कैसे आती हैं। कुछ नहीं, यह स्वभाव के नीच, दिल के मैले, स्वार्थी आदमी हैं। नीचों के साथ नीच ही बनना चाहिए। मेरी भूल थी कि इतने दिनों से इनकी घुड़कियाँ सहती रही। जहाँ इज्जत नहीं, मर्यादा नहीं, प्रेम नहीं, विश्वास नहीं, वहाँ रहना बेहयायी है। कुछ मैं इनके हाथ बिक तो गयी ही नहीं कि यह जो चाहें करें, मारें या काटें, पड़ी सहा करूँ। सीता-जैसी पत्नियाँ होती थीं, तो राम-जैसे पति भी होते थे !

देवी को ऐसी शंका होने लगी कि कहीं श्यामकिशोर आते-ही-आते सचमुच उसका गला न दबा दें, या छुरी भोंक दें। वह समाचार-पत्रों में ऐसी कई हरजाइयों की खबरें पढ़ चुकी थी। शहर ही में ऐसी कई घटनाएँ हो चुकी थीं। मारे भय के थरथरा उठी। यहाँ रहने से प्राणों की कुशल न थी।

देवी ने कपड़ों की एक छोटी-सी बकुची बाँधी और सोचने लगी—यहाँ से कैसे निकलूँ ? और फिर यहाँ से निकल कर जाऊँ कहाँ ? कहीं इस वक्त मुन्नू का पता लग जाता, तो बड़ा काम निकलता। वह मुझे क्या मैके न पहुँचा देता? एक बार मैके पहुँच भर जाती। फिर तो लाला सिर पटक कर रह जायँ, भूल कर भी न आऊँ। यह भी क्या याद करेंगे। रुपये क्यों छोड़ दूँ, जिससे यह मजे से गुलछर्रे उड़ायें ? मैंने ही तो काट-छाँट कर जमा किये हैं। इनकी कौन-सी ऐसी बड़ी कमाई थी। खर्च करना चाहती, तो कौड़ी न बचती। पैसा-पैसा बचाती रहती थी।

देवी ने जा कर नीचे के किवाड़ बंद कर दिये। फिर संदूक खोल कर अपने सारे जेवर और रुपये निकाल कर बकुची में बाँध लिये। सब-के-सब करेंसी नोट थे; विशेष बोझ भी न हुआ।

एकाएक किसी ने सदर दरवाजे में जोर से धक्का मारा। देवी सहम उठी। ऊपर से झाँक कर देखा, श्याम बाबू थे। उसकी हिम्मत न पड़ी कि जा कर द्वार खोल दे। फिर तो बाबू साहब ने इतने जोर से धक्के मारने शुरू किये, मानो किवाड़ ही तोड़ डालेंगे। इस तरह द्वार खुलवाना ही उनके चित्त की दशा को साफ प्रकट

कर रहा था। देवी शेर के मुँह में जाने का साहस न कर सकी।

आखिर श्यामकिशोर ने चिल्ला कर कहा—ओ डैम ! किवाड़ खोल, ओ ब्लाडी ! किवाड़ खोल, अभी खोल !

देवी की रही-सही हिम्मत जाती रही। श्यामकिशोर नशे में चूर थे। होश में शायद दया आ जाती, इसलिए शराब पी कर आये हैं। किवाड़ तो न खोलूँगी चाहे तोड़ ही डालो। अब तुम मुझे इस घर में पाओगे ही नहीं, मारोगे कहाँ से ? तुम्हें खूब पहचान गयी।

श्यामकिशोर पंद्रह-बीस मिनट तक शोर मचाने और किवाड़ हिलाने के बाद ऊल-जलूल बकते चले गये। दो-चार पड़ोसियों ने फटकारें भी सुनायीं—आप भी तो पढ़े-लिखे आदमी हो कर आधी रात को घर चलते हैं। नींद ही तो है, नहीं खुलती, तो क्या कीजिएगा ? जाइए, किसी यार-दोस्त के घर लेट रहिए; सबेरे आइएगा।

श्यामकिशोर के जाते ही देवी ने बकुची उठायी और धीरे-धीरे नीचे उतरी। जरा देर उसने कान लगाकर आहट ली कि कहीं श्यामकिशोर खड़े तो नहीं हैं। जब विश्वास हो गया कि वह चले गये, तो धीरे से द्वार खोला और बाहर निकल आयी। उसे जरा भी क्षोभ, जरा भी दुःख न था। बस केवल एक इच्छा थी कि यहाँ से बच कर भाग जाऊँ। कोई ऐसा आदमी न था, जिस पर वह भरोसा कर सके, जो इस संकट में काम आ सके। था तो बस यही मुन्नू मेहतर। अब उसी के मिलने पर उसकी सारी आशाएँ अवलम्बित थीं। उसी से मिल कर यह निश्चय करेगी कि कहाँ जाय, कैसे रहे ? मैके जाने का अब उसका इरादा न था। उसे भय होता था कि मैके में श्यामकिशोर से वह अपनी जान न बचा सकेगी। उसे यहाँ न पाकर वह अवश्य उसके मैके जायँगे, और उसे जबरदस्ती खींच लायेंगे। वह सारी यातनाएँ, सारे अपमान सहने को तैयार थी, केवल श्यामकिशोर की सूरत नहीं देखना चाहती थी। प्रेम अपमानित हो कर द्वेष में बदल जाता है।

थोड़ी ही दूर पर चौराहा था, कई ताँगेवाले खड़े थे। देवी ने एक इक्का किया और उससे स्टेशन चलने को कहा।

9

देवी ने रात स्टेशन पर काटी। प्रातःकाल उसने एक ताँगा किराये पर किया और परदे में बैठ चौक जा पहुँची। अभी दुकानें न खुली थीं; लेकिन पूछने से रजा मियाँ का पता चल गया। उसकी दुकान पर एक लौंड़ा झाड़ू दे रहा था। देवी ने उसे बुला कर कहा—जा कर रजा मियाँ से कह दे कि शारदा की अम्माँ तुमसे मिलने आयी हैं, अभी चलिए।

दस मिनट में रजा और मुन्नू आ पहुँचे।

देवी ने सजल नेत्र हो कर कहा—तुम लोगों के पीछे मुझे घर छोड़ना पड़ा।

कल रात को तुम्हारा मेरे घर जाना गजब हो गया। जो कुछ हुआ, वह फिर कहूँगी। मुझे कहीं एक घर दिला दो। घर ऐसा हो कि बाबू साहब को मेरा पता न मिले। नहीं तो वह मुझे जीती न छोड़ेंगे।

रजा ने मुन्नू की ओर देखा, मानो कह रहा है—देखो, चाल ठीक थी ! देवी से बोला—आप निसाखातिर रहें, ऐसा घर दिला दूँगा कि बाबू साहब के बाबा साहब को भी पता न चलेगा। आप को किसी बात की तकलीफ न होगी। हम आपके पसीने की जगह खून बहा देंगे। सच पूछो तो बहू जी, बाबू साहब आपके लायक थे नहीं।

मुन्नू—हुजूर मानती ही नहीं, तो क्या करूँ। अच्छा कभी दिखा दूँगा, तब तो मानिएगा।

रजा—अबे दिखाना पीछे, इस वक्त आपको मेरे घर पहुँचा दे। ऊपर ले जाना। तब तक मैं एक मकान देखने जाता हूँ। आपके लायक बहुत ही अच्छा है।

देवी—तुम्हारे घर में बहुत-सी औरतें होंगी।

रजा—कोई नहीं है, बहू जी, सिर्फ एक बुढ़िया मामी है। वह आपके लिए एक कहारिन बुला देगी। आपको किसी बात की तकलीफ न होगी। मैं मकान देखने जा रहा हूँ।

देवी—जरा बाबू साहब की तरफ भी होते आना। देखना घर आये कि नहीं।

रजा—बाबू साहब से तो मुझे चिढ़ हो गयी है। शायद नजर में आ जायँ तो मेरी उनसे लड़ाई हो जाय। जो मर्द आप-जैसी हुस्न की देवी की कदर कहीं कर सकता, वह आदमी नहीं।

मुन्नू—बहुत ठीक कहते हो, भैया। ऐसी सरीफजादी को न जाने किस मुँह से डाँटते हैं ! मुझे इतने दिन हुजूर की गुलामी करते हो गये, कभी एक बात न कही।

रजा मकान देखने गया, और ताँगा रजा के घर की तरफ चला।

देवी के मन में इस समय एक शंका का आभास हुआ—कहीं ये दोनों सचमुच शोहदे तो नहीं हैं ? लेकिन कैसे मालूम हो ? यह सत्य है कि देवी ने जीवन-पर्यंत के लिए स्वामी का परित्याग किया था; पर इतनी ही देर में उसे कुछ पश्चाताप होने लगा था। अकेली एक घर में कैसे रहेगी, बैठी-बैठी क्या करेगी, यह कुछ उसकी समझ में न आता था। उसने दिल में कहा—क्यों न घर लौट चलूँ ? ईश्वर करे, वह अभी घर न आयें हों। मुन्नू से बोली—तुम जरा दौड़ कर देखो तो, बाबू जी घर आये कि नहीं ?

मुन्नू—आप चल कर आराम से बैठें, मैं देख आता हूँ।

देवी—मैं अंदर न जाऊँगी।

मुन्नू—खुदा की कसम खाके कहता हूँ, घर बिलकुल खाली है। आप हम लोगों पर शक करती हैं। हम वह लोग हैं कि आपका हुक्म पायें, तो आग में कूद पड़ें।

देवी इक्के से उतर कर अंदर चली गयी। चिड़िया एक बार पकड़े जाने पर फड़फड़ायी भी; किन्तु पैरों में लासा लगे होने के कारण उड़ न सकी, और शिकारी ने उसे अपनी झोली में रख लिया। वह अभागिनी क्या फिर कभी आकाश में उड़ेगी ? क्या फिर उसे डालियों पर चहकना नसीब होगा ?

10

श्यामकिशोर सबेरे घर लौटे, तो उनका चित्त शांत हो गया था। उन्हें शंका हो रही थी कि कदाचित् देवी घर न होगी। द्वार के दोनों पट खुले देखे तो कलेजा सन्-से हो गया। इतने सबेरे किवाड़ों का खुला रहना अमंगलसूचक था। एक क्षण द्वार पर खड़े हो कर अंदर की आहट ली। कोई आवाज न सुनायी दी। आँगन में गये, वहाँ भी सन्नाटा, ऊपर चारों तरफ सूना! घर काटने को दौड़ रहा था। श्यामकिशोर ने अब जरा सतर्क हो कर देखना शुरू किया। संदूक में रुपये नदारत। गहने का संदूक भी खाली। अब क्या भ्रम हो सकता था। कोई गंगा-स्नान के लिए जाता है, तो घर के रुपये नहीं उठा ले जाता। वह चली गयी। अब इसमें लेशमात्र भी संदेह नहीं था। यह भी मालूम था कि वह कहाँ गयी है। शायद इसी वक्त लपक कर जाने से वह वापस भी लायी जा सकती है; लेकिन दुनिया क्या कहेगी ?

श्यामकिशोर ने अब चारपाई पर बैठ कर ठंडे दिल से इस घटना की विवेचना करनी शुरू की। इसमें तो संदेह न था कि रजा और उसके पिट्ठू मुन्नू ने ही बहकाया है। आखिर बाबू जी का कर्तव्य क्या था ? उन्होंने वह पुराना मकान छोड़ दिया, देवी को बार-बार समझाया। इसके उपरान्त वह क्या कर सकते थे ? क्या मारना अनुचित था ? अगर एक क्षण के लिए अनुचित ही मान लिया जाय, तो क्या देवी को इसी तरह घर से निकल जाना चाहिए था ? कोई दूसरी स्त्री, जिसके हृदय में पहले ही से विष न भर गया हो, केवल मार खा कर घर से निकल जाती ? अवश्य ही देवी का हृदय कलुषित हो गया है।

बाबू साहब ने फिर सोचा—अभी जरा देर में महरी आयेगी। वह देवी को घर में न देख कर पूछेगी, तो क्या जवाब दूँगा ? दम-के-दम में सारे मुहल्ले में यह खबर फैल जायगी। हाय भगवान् ! क्या करूँ ? श्यामकिशोर के मन में इस वक्त जरा भी पश्चाताप, जरा भी दया न थी। अगर देवी किसी तरह उन्हें मिल सकती, तो वह उसकी हत्या कर डालने में जरा भी पसोपेश न करते। उसका घर से निकल जाना, चाहे आवेश के सिवा उसका और कोई कारण न हो, उनकी निगाह में अक्षम्य था। क्रोध बहुधा विरक्ति का रूप धारण कर लिया करता है। श्यामकिशोर को संसार में घृणा हो गयी। जब अपनी पत्नी ही दगा कर जाय तो किसी से क्या आशा की जाय ? जिस स्त्री के लिए हम जीते भी हैं, और मरते भी; जिसको सुखी रखने के लिए हम अपने प्राणों का बलिदान कर देते हैं, जब वह अपनी न हुई, तो फिर

दूसरा कौन अपना हो सकता है ? इसी स्त्री को प्रसन्न रखने के लिए उन्होंने क्या नहीं किया। घरवालों से लड़ाई की, भाइयों से नाता तोड़ा, यहाँ तक कि वे अब उनकी सूरत भी नहीं देखना चाहते। उसकी कोई ऐसी इच्छा न थी, जो उन्होंने पूरी न की हो ! उसका जरा-सा सिर भी दुखता था, तो उनके हाथों के तोते उड़ जाते थे। रात-की-रात उसकी सेवा-सुश्रूषा में बैठे रह जाते थे। वही स्त्री आज उनसे दगा कर गयी ! केवल एक गुंडे के बहकाने में आ कर उनके मुँह में कालिख लगा गयी ! गुंडों पर इलजाम लगाना तो एक प्रकार से मन को समझाना है। जिसके दिल में खोट न हो, उसे कोई क्या बहका सकता है ? जब इस स्त्री ने धोखा दिया, तो फिर समझना चाहिए कि संसार में प्रेम और विश्वास का अस्तित्व ही नहीं। यह केवल भावुक प्राणियों की कल्पना-मात्र है। ऐसे संसार में रह कर दुःख और दुराशा के सिवा और क्या मिलता है। हा दुष्टा ! ले, आज से तू स्वतंत्र है, जो चाहे कर; अब कोई तेरा हाथ पकड़नेवाला नहीं रहा। जिसे तू 'प्रियतम' कहते नहीं थकती थी, इसके साथ तूने यह कुटिल व्यवहार किया ! चाहूँ, तो तुझे अदालत में घसीट कर इस पाप का दंड दे सकता हूँ; मगर क्या फायदा ! इसका फल तुझे ईश्वर देंगे।

श्यामकिशोर चुपचाप नीचे उतरे, न किसी से कुछ कहा न सुना, द्वार खुले छोड़ दिये और गंगा-तट की ओर चले। ❑

होली का उपहार

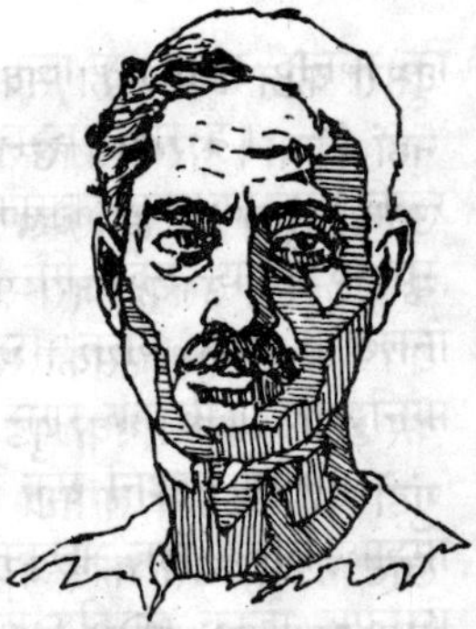

प्रथमतः हिन्दी मासिक 'माधुरी', अप्रैल 1931 में प्रकाशित

1

मैकूलाल अमरकांत के घर शतरंज खेलने आए, तो देखा, वह कहीं बाहर जाने की तैयारी कर रहे हैं। पूछा—कहीं बाहर की तैयारी कर रहे हो क्या भाई ? फुर्सत हो, तो आओ, आज दो-चार बाजियाँ हो जाएँ।

अमरकांत ने संदूक में आईना-कंघी रखते हुए कहा—नहीं भाई, आज तो बिल्कुल फुर्सत नहीं है। कल जरा ससुराल जा रहा हूँ। सामान-आमान ठीक कर रहा हूँ।

मैकू—तो आज ही से क्या तैयारी करने लगे। चार कदम ही तो है। शायद पहली ही बार जा रहे हो !

अमर—हाँ यार, अभी एक बार भी नहीं गया। मेरी इच्छा तो अभी जाने को न थी; पर ससुर जी आग्रह कर रहे हैं।

मैकू—तो कल शाम को उठना और चल देना। आध घंटे में तो पहुँच जाओगे।

अमर—मेरे हृदय में तो अभी से न जाने कैसी धड़कन हो रही है। अभी तक तो कल्पना में पत्नी-मिलन का आनंद लेता था। अब वह कल्पना प्रत्यक्ष हुई जाती है। कल्पना सुंदर होती है, प्रत्यक्ष क्या होगा, कौन जाने।

मैकू—तो कोई सौगात ले ली है ? खाली हाथ न जाना, नहीं मुँह ही सीधा न होगा।

अमरकांत ने कोई सौगात न लिया था। इस कला में अभी अभ्यस्त न हुए थे।

मैकू बोला—तो अब ले लो भले आदमी ! पहली बार जा रहे हो, भला वह दिल में क्या कहेंगी ?

अमर—तो क्या चीज ले जाऊँ ? मुझे तो इसका ख्याल ही नहीं आया। कोई ऐसी चीज बताओ, जो कम खर्च और बालानशीन हो; क्योंकि घर भी रुपये भेजने हैं, दादा ने रुपये माँगे हैं।

मैकू माँ-बाप से अलग रहता था। व्यंग्य करके बोला—जब दादा ने रुपये माँगे हैं तो भला कैसे टाल सकते हो ! दादा का रुपये माँगना कोई मामूली बात तो है नहीं।

अमरकांत ने व्यंग्य न समझकर कहा—हाँ, इसी वजह से तो मैंने होली के लिए कपड़े भी नहीं बनवाए। मगर जब कोई सौगात ले जाना भी जरूरी है, तो कुछ-न-कुछ तो लेना ही पड़ेगा। हल्के दामों की कोई चीज बतलाओ।

दोनों मित्रों में विचार-विनिमय होने लगा। विषय बड़े ही महत्व का था। उसी आधार पर भावी दांपत्य-जीवन सुखमय या इसके प्रतिकूल हो सकता था। पहले दिन बिल्ली को मारना अगर जीवन पर स्थायी प्रभाव डाल सकता है, तो पहला उपहार क्या कम महत्व का विषय है ? देर तक बहस होती रही; पर कोई निश्चय न हो सका।

उसी वक्त एक पारसी महिला एक नए फैशन की साड़ी पहने हुए मोटर पर निकल गई। मैकूलाल ने कहा—अगर ऐसी एक साड़ी ले लो, तो वह जरूर खुश हो जाएँ। कितना सूफियाना रंग है और वजा कितनी निराली ! मेरी आँखों में तो जैसे बस गई। हाशिम की दुकान से ले लो। पचीस रुपये में आ जाएगी।

अमरकांत भी उस साड़ी पर मुग्ध हो रहा था। वधू यह साड़ी देखकर कितनी प्रसन्न होगी और उसके गोरे रंग पर यह कितना खिलेगी, वह इसी कल्पना में मग्न था। बोला—हाँ यार, पसंद तो मुझे भी है; लेकिन हाशिम की दुकान पर पिकेटिंग हो रही है।

"तो होने दो। खरीदने वाले खरीदते ही हैं। अपनी इच्छा है। जो चीज चाहते हैं, खरीदते हैं, किसी के बाबा का साझा है ?"

अमरकांत ने क्षमा-प्रार्थना के भाव से कहा—यह तो सत्य है; लेकिन मेरे लिए स्वयंसेवकों के बीच से दुकान में जाना संभव नहीं है। फिर तमाशाइयों की हरदम भीड़ भी तो लगी रहती है।

मैकू ने मानो उसकी कायरता पर दया करके कहा—तो पीछे के द्वार से चले जाना। वहाँ पिकेटिंग नहीं होती।

"किसी देशी दुकान पर न मिल जाएगी ?"

"हाशिम की दुकान के सिवा और कहीं न मिलेगी।"

2

संध्या हो गई थी। अमीनाबाद में आकर्षण का उदय हो गया था। सूर्य की प्रतिभा विद्युत-प्रकाश के बुलबुलों में अपनी स्मृति छोड़ गई थी।

अमरकांत दबे पाँव हाशिम की दुकान के सामने पहुँचा। स्वयंसेवकों का धरना भी था और तमाशाइयों की भीड़ भी। उसने दो-तीन बार अंदर जाने के लिए कलेजा मजबूत किया; पर फुटपाथ तक जाते-जाते हिम्मत ने जवाब दे दिया।

मगर साड़ी लेना जरूरी था। वह उसकी आँखों में खुब गई थी। वह उसके लिए पागल हो रहा था।

आखिर उसने पिछवाड़े के द्वार से जाने का निश्चय किया। जाकर देखा, अभी तक वहाँ कोई वालंटियर न था। जल्दी से एक सपाटे में भीतर चला गया और बीस-पच्चीस मिनट में उसी के नमूने की एक साड़ी लेकर फिर उसी द्वार पर आया; पर इतनी ही देर में परिस्थिति बदल चुकी थी। तीन स्वयंसेवक आ पहुँचे थे।

अमरकांत एक मिनट तक द्वार पर दुविधा में खड़ा रहा। फिर तीर की तरह निकल भागा और अंधाधुंध भागता चला गया। दुर्भाग्य की बात ! एक बुढ़िया लाठी टेकती हुई चली आ रही थी। अमरकांत उससे टकरा गया। बुढ़िया गिर पड़ी और लगी गालियाँ देने—आँखों में चर्बी छा गई है क्या ? देखकर नहीं चलते ? यह जवानी ढै जाएगी एक दिन।

अमरकांत के पाँव आगे न जा सके। बुढ़िया को उठाया और उससे क्षमा माँग रहे थे कि तीनों स्वयंसेवकों ने पीछे से आकर उन्हें घेर लिया। एक स्वयंसेवक ने साड़ी के पैकेट पर हाथ रखते हुए कहा—बिल्लाती कपड़ा ले जाए का हुक्म नहीं न। बुलाइत है तो सुनत नाहीं हौ।

दूसरा बोला—आप तो ऐसे भागे, जैसे कोई चोर भागे।

तीसरा—हज्जारन मनई पकर-पकर के जेहल में भरा जात अहैं: देश मां आग लगी है, और इनका मन बिल्लाती माल से नहीं भरा।

अमरकांत ने पैकेट को दोनों हाथों से मजबूत पकड़कर कहा—तुम लोग मुझे जाने दोगे या नहीं ?

पहले स्वयंसेवक ने पैकेट पर हाथ बढ़ाते हुए कहा—जाए कसम देई। बिल्लाती कपड़ा लेके तुम यहाँ से कबौं नाहीं जाय सकत हौ।

अमरकांत ने पैकेट को झटके से छुड़ाकर कहा—तुम मुझे हर्गिज नहीं रोक सकते!

उन्होंने आगे कदम बढ़ाया, मगर दो स्वयंसेवक तुरंत उनके सामने लेट गए। अब बेचारे बड़ी मुश्किल में फँसे। जिस विपत्ति से बचना चाहते थे, वह जबरदस्ती गले में पड़ गई। एक मिनट में बीसों आदमी जमा हो गए। चारों तरफ से उन पर टिप्पणियाँ होने लगीं।

"कोई जंटुलमैन मालूम होते हैं।"

"यह कोई अपने को शिक्षित कहते हैं। छिः ! इस दुकान पर से रोज दस-पाँच आदमी गिरफ्तार होते हैं; पर आपको इसकी क्या परवाह !"

"कपड़ा छीन लो और कह दो जाकर पुलिस में रपट करें।"

बेचारे बेड़ियाँ-सी पहने खड़े थे। कैसे गला छूटे, इसका कोई उपाय न सूझता था। मैकूलाल पर क्रोध आ रहा था कि उसी ने यह रोग उसके सिर मढ़ा। उन्हें तो किसी सौगात की फिक्र न थी। आए वहाँ से कि कोई सौगात ले लो।

कुछ देर तक लोग टिप्पणियाँ ही करते रहे, फिर छीन-झपट शुरू हुई। किसी ने सिर से टोपी उड़ा दी। उसकी तरफ लपके, तो एक ने साड़ी का पैकेट हाथ से छीन लिया। फिर वह हाथों-हाथ गायब हो गई।

अमरकांत ने बिगड़कर कहा—मैं जाकर पुलिस में रिपोर्ट करता हूँ।

एक आदमी ने कहा—हाँ-हाँ, जरूर जाओ और हम सभी को फाँसी चढ़वा दो।

सहसा एक युवती खद्दर की साड़ी पहने, एक थैला लिए आ निकली। यहाँ

यह हुड़दंग देखकर बोली—क्या मुआमला है ? तुम लोग क्यों एक भले आदमी को दिक कर रहे हो ?

अमरकांत की जान-में-जान आई। उसके पास जाकर फरियाद करने लगे—ये लोग मेरे कपड़े छीनकर भाग गए हैं और उन्हें गायब कर दिया। मैं इसे डाका कहता हूँ। यह चोरी है। इसे मैं न सत्याग्रह कहता हूँ, न देश-प्रेम।

युवती ने दिलासा दिया—घबराइए नहीं। आपके कपड़े मिल जाएँगे। होंगे तो इन्हीं लोगों के पास। कैसे कपड़े थे ?

एक स्वयंसेवक बोला—बहनजी, इन्होंने हाशिम की दुकान से कपड़े लिए हैं।

युवती—किसी की दुकान के लिए हों, तुम्हें उनके हाथ से कपड़ा छीनने का कोई अधिकार नहीं है। आपके कपड़े वापस ला दो। किसके पास हैं ?

एक क्षण में अमरकांत की साड़ी जैसे हाथों-हाथ गई थी, वैसे ही हाथों-हाथ वापस आ गई। जरा देर में भीड़ भी गायब हो गई। स्वयंसेवक भी चले गये। अमरकांत ने युवती को धन्यवाद देते हुए कहा—आप इस समय न आई होतीं तो इन लोगों ने धोती तो गायब कर ही दी थी, शायद मेरी खबर भी लेते।

युवती ने सरल भर्त्सना के भाव से कहा—जन-सम्पत्ति का लिहाज सभी को करना पड़ता है; मगर आपने इस दुकान से कपड़े लिए ही क्यों ? जब देख रहे हैं कि वहाँ हमारे ऊपर कितना अत्याचार हो रहा है, फिर भी आप न माने ! जो लोग समझकर भी नहीं समझते, उन्हें कैसे कोई समझाये !

अमरकांत इस समय लज्जित हो गए और अपने मित्रों में बैठकर वे जो स्वेच्छा के राग अलापा करते थे, वह भूल गए। बोले—मैंने अपने लिए नहीं खरीदे हैं, एक महिला की फरमाइश थी, इसलिए मजबूर था।

"उन महिला को आपने समझाया नहीं ?"

"आप समझातीं, तो शायद समझ पातीं, मेरे समझाने से तो न समझीं।"

"कभी अवसर मिला, तो जरूर समझाने की चेष्टा करूँगी। पुरुषों की नकेल महिलाओं के हाथ में है। आप किस मुहल्ले में रहते हैं ?"

"सआदतगंज में।"

"शुभ नाम ?"

"अमरकांत।"

युवती ने तुरंत जरा-सा घूँघट खींच लिया और सिर झुकाकर संकोच और स्नेह से सने स्वर में बोली—आपकी पत्नी तो आपके घर में नहीं है, उसने फरमाइश कैसे की?

अमरकांत ने चकित होकर पूछा—आप किस मुहल्ले में रहती हैं ?

"घसियारी मंडी।"

"आपका नाम सुखदादेवी तो नहीं है ?"

"हो सकता है, इस नाम की कई स्त्रियाँ हैं।"

"आपके पिता का नाम ज्वालादत्तजी है ?"

"उस नाम के भी कई आदमी हो सकते हैं।"

अमरकांत ने जेब से दियासलाई निकाली और वहीं सुखदा के सामने उस साड़ी को जला दिया।

सुखदा ने कहा—आप कल आएँगे ?

अमरकांत ने अवरुद्ध कंठ से कहा—नहीं सुखदा, अब जब तक इसका प्रायश्चित न कर लूँगा, न आऊँगा।

सुखदा कुछ और कहने जा रही थी कि अमरकांत तेजी से कदम बढ़ाकर दूसरी तरफ चले गए।

3

आज होली है; मगर आजादी के मतवालों के लिए न होली है, न बसंत। हाशिम की दुकान पर आज भी पिकेटिंग हो रही है और तमाशाई आज भी जमा हैं। आज से स्वयंसेवकों में अमरकांत भी खड़े पिकेटिंग कर रहे हैं। उनकी देह पर खद्दर का कुरता है और खद्दर की धोती। हाथ में तिरंगा झंडा लिए हैं।

एक स्वयंसेवक ने कहा—पानीदारों को यों बात लगती है। कल तुम क्या थे, आज क्या हो। सुखदादेवी न आ जातीं, तो बड़ी मुश्किल होती।

अमर ने कहा—मैं उसके लिए तुम लोगों को धन्यवाद देता हूँ, नहीं मैं आज यहाँ न होता।

"आज तुम्हें न आना चाहिए था। सुखदा बहन तो कहती थीं; मैं आज उन्हें न जाने दूँगी।"

"कल के अपमान के बाद अब मैं उन्हें मुँह दिखाने योग्य नहीं हूँ। जब वह रमणी होकर इतना कर सकती हैं, तो हम तो हर तरह के कष्ट उठाने के लिए बने ही हैं। खासकर जब बाल-बच्चों का भार सिर पर नहीं है।"

उसी वक्त पुलिस की लारी आई; एक सब-इंस्पेक्टर उतरा और स्वयंसेवकों के पास आकर बोला—मैं तुम लोगों को गिरफ्तार करता हूँ।

'वंदेमातरम्' की ध्वनि हुई। तमाशाइयों में कुछ हलचल हुई। लोग दो-दो कदम और आगे बढ़ गए। स्वयंसेवकों ने दर्शकों को प्रणाम किया और मुस्कराते हुए लारी में जा बैठे। अमरकांत सबसे आगे थे। लारी चलना ही चाहती थी कि सुखदा किसी तरफ से दौड़ी हुई आ गई। उसके हाथ में एक पुष्पमाला थी, लारी का द्वार खुला था। उसने ऊपर चढ़कर वह अमरकांत के गले में डाल दी। आँखों से स्नेह और गर्व की दो बूँदें टपक पड़ीं। लारी चली गई। यही होली थी, यही होली का आनन्द-मिलन था।

उसी वक्त सुखदा दुकान पर खड़ी होकर बोली—विलायती कपड़े खरीदना और पहनना देश-द्रोह है ! ❑

ठाकुर का कुआँ

प्रथमतः हिन्दी साप्ताहिक 'जागरण', अगस्त 1932 में प्रकाशित

1

जोखू ने लोटा मुँह से लगाया तो पानी में सख्त बदबू आयी। गंगी से बोला—यह कैसा पानी है ? मारे बास के पिया नहीं जाता। गला सूखा जा रहा है और तू सड़ा हुआ पानी पिलाए देती है।

गंगी प्रतिदिन शाम को पानी भर लिया करती थी। कुआँ दूर था; बार-बार जाना मुश्किल था। कल वह पानी लायी, तो उसमें बू बिलकुल न थी; आज पानी में बदबू कैसी ? लोटा नाक से लगाया, तो सचमुच बदबू थी। जरूर कोई जानवर कुएँ में गिरकर मर गया होगा। मगर, दूसरा पानी आवे कहाँ से ?

ठाकुर के कुएँ पर कौन चढ़ने देगा ? दूर से लोग डाँट बताएँगे। साहू का कुआँ गाँव के उस सिरे पर है, परन्तु वहाँ भी कौन पानी भरने देगा। चौथा कुआँ गाँव में है नहीं।

जोखू कई दिन से बीमार है। कुछ देर तक तो प्यास रोके चुप पड़ा रहा, फिर बोला—अब तो मारे प्यास के रहा नहीं जाता। ला, थोड़ा पानी नाक बन्द करके पी लूँ।

गंगी ने पानी न दिया। खराब पानी पीने से बीमारी बढ़ जायगी—इतना जानती थी; परन्तु यह न जानती थी कि पानी को उबाल देने से उसकी खराबी जाती रहती है। बोली—यह पानी कैसे पियोगे ? न जाने कौन जानवर मरा है। कुएँ से मैं दूसरा पानी लाये देती हूँ।

जोखू ने आश्चर्य से उसकी ओर देखा—दूसरा पानी कहाँ से लायेगी ?

'ठाकुर और साहू के दो कुएँ तो हैं। क्या एक लोटा पानी न भरने देंगे ?'

'हाथ-पाँव तुड़वा आयेगी और कुछ न होगा। बैठ चुपके से। ब्रह्म-देवता आशीर्वाद देंगे, ठाकुर लाठी मारेंगे, साहू जी एक के पाँच लेंगे। गरीबों का दर्द कौन समझता है ! हम तो मर भी जाते हैं, तो कोई दुआर पर झाँकने नहीं आता, कंधा देना तो बड़ी बात है। ऐसे लोग कुएँ से पानी भरने देंगे ?'

इन शब्दों में कडुवा सत्य था। गंगी क्या जवाब देती; किन्तु उसने वह बदबूदार पानी पीने को न दिया।

2

रात के नौ बजे। थके-माँदे मजदूर तो सो चुके थे, ठाकुर के दरवाजे पर दस-पाँच बेफिक्रे जमा थे। मैदानी बहादुरी का तो अब न जमाना रहा है, न मौका। कानूनी बहादुरी की बातें हो रही थीं; कितनी होशियारी से ठाकुर ने थानेदार को एक खास मुकद्दमे में रिश्वत दे दी और साफ निकल गये। कितनी अक्लमन्दी से एक मार्के के मुकद्दमे की नकल ले आये। नाजिर और मोहतमिम, सभी कहते थे, नकल नहीं मिल सकती। कोई पचास माँगता; कोई सौ। यहाँ बेपैसे-कौड़ी नकल उड़ा दी। काम करने का ढंग चाहिए।

इसी समय गंगी कुएँ से पानी लेने पहुँची।

कुप्पी की धुँधली रोशनी कुएँ पर आ रही थी। गंगी जगत की आड़ में बैठी मौके का इन्तजार करने लगी। इस कुएँ का पानी सारा गाँव पीता है। किसी के लिए रोक नहीं; सिर्फ ये बदनसीब नहीं भर सकते।

गंगी का विद्रोही-दिल रिवाज़ी-पाबन्दियों और मजबूरियों पर चोटें करने लगा—हम क्यों नीच हैं और यह लोग क्यों ऊँच हैं ? इसलिए कि ये लोग गले में तागा डाल लेते हैं ? यहाँ तो जितने हैं, एक-से-एक ऊँचे हैं ! चोरी ये करें, जाल-फरेब ये करें, झूठे मुकद्दमे ये करें। अभी इस ठाकुर ने तो उस दिन बेचारे गड़रिये की एक भेड़ चुरा ली थी और बाद में मार कर खा गया। इन्हीं पण्डित जी के घर में बारहों मासा जुआ होता है। यही साहूजी तो घी में तेल मिलाकर बेचते हैं। काम करा लेते हैं, मजूरी देते नानी मरती है। किस बात में हैं हमसे ऊँचे। हाँ, मुँह में हमसे ऊँचे हैं ? हम गली-गली चिल्लाते नहीं कि हम ऊँचे हैं, हम ऊँचे ! कभी गाँव में आ जाती हूँ, तो रसभरी आँखों से देखने लगते हैं, जैसे सबकी छाती पर साँप लोटने लगता है। परन्तु घमण्ड यह कि हम ऊँचे हैं।

कुएँ पर किसी के आने की आहट हुई। गंगी की छाती धक-धक करने लगी। कहीं देख ले, तो गजब हो जाय। एक लात भी तो नीचे न पड़े।

उसने घड़ा और रस्सी उठा ली और झुककर चलती हुई एक वृक्ष के अंधेरे साये में जा खड़ी हुई। कब इन लोगों को दया आती है किसी पर। बेचारे महँगू को इतना मारा कि महीनों लहू थूकता रहा। इसलिए कि उसने बेगार न दी थी ! उस पर ये लोग ऊँचे बनते हैं।

कुएँ पर दो स्त्रियाँ पानी भरने आयी थीं। इनमें बातें हो रही थीं—

'खाना खाने चले और हुक्म हुआ कि ताजा पानी भर लाओ। घड़े के लिए पैसे नहीं है।'

'हम लोगों को आराम से बैठे देखकर जैसे मरदों को जलन होती है।'

'हाँ, यह तो न हुआ कि कलसिया उठाकर भर लाते। बस, हुकुम चला दिया कि ताजा पानी लाओ, जैसे हम लौंडियाँ ही तो हैं।'

'लौंडिया नहीं तो और क्या हो तुम ? रोटी-कपड़ा नहीं पातीं ? दस-पाँच रुपये छीन-झपट कर ले ही लेती हो। और लौंडिया कैसी होती है।'

'मत जलाओ दीदी ! छिन भर आराम करने को जी तरस कर रह जाता है। इतना काम किसी दूसरे के घर कर देती, तो इससे कहीं आराम से रहती। ऊपर से वह एहसान मानता। यहाँ काम करते-करते मर जाओ; पर किसी का मुँह ही नहीं सीधा होता।'

दोनों पानी भरकर चली गयीं, तो गंगी वृक्ष की छाया से निकली और कुएँ के जगत के पास आयी। बेफिक्रे चले गये थे। ठाकुर भी दरवाजा बन्द कर अन्दर आँगन में सोने जा रहे थे। गंगी ने क्षणिक सुख की साँस ली। किसी तरह मैदान तो साफ हुआ। अमृत चुरा लाने के लिए जो राजकुमार किसी जमाने में गया था, वह भी शायद इतनी सावधानी के साथ और समझ-बूझकर न गया होगा। गंगी दबे-पाँव कुएँ के जगत पर चढ़ी। विजय का ऐसा अनुभव उसे पहले कभी न हुआ था। उसने रस्सी का फंदा घड़े में डाला। दायें-बायें चौकन्नी दृष्टि से देखा, जैसे कोई सिपाही रात को शत्रु के किले में सुराख कर रहा हो। अगर इस समय वह पकड़ ली गयी, तो फिर उसके लिए माफी या रिआयत की रत्ती-भर उम्मीद नहीं। अन्त में देवताओं को याद करके उसने कलेजा मजबूत किया और घड़ा कुएँ में डाल दिया।

घड़े ने पानी में गोता लगाया, बहुत ही आहिस्ता। जरा भी आवाज न हुई। गंगी ने दो चार हाथ जल्दी-जल्दी मारे। घड़ा कुएँ के मुँह तक आ पहुँचा। कोई बड़ा शहज़ोर पहलवान भी इतनी तेजी से उसे न खींच सकता था।

गंगी झुकी कि घड़े को पकड़कर जगत पर रखे, कि एकाएक ठाकुर साहब का दरवाजा खुल गया। शेर का मुँह इससे अधिक भयानक न होगा।

गंगी के हाथ से रस्सी छूट गयी। रस्सी के साथ घड़ा धड़ाम से पानी में गिरा और कई क्षण तक पानी में हलकोरे की आवाजें सुनाई देती रहीं।

ठाकुर, 'कौन है, कौन है ?' पुकारते हुए कुएँ की तरफ आ रहे थे और गंगी जगत से कूदकर भागी जा रही थी।

घर पहुँचकर देखा कि जोखू लोटा मुँह से लगाये वही मैला-गंदा पानी पी रहा है। ❑

अनुभव

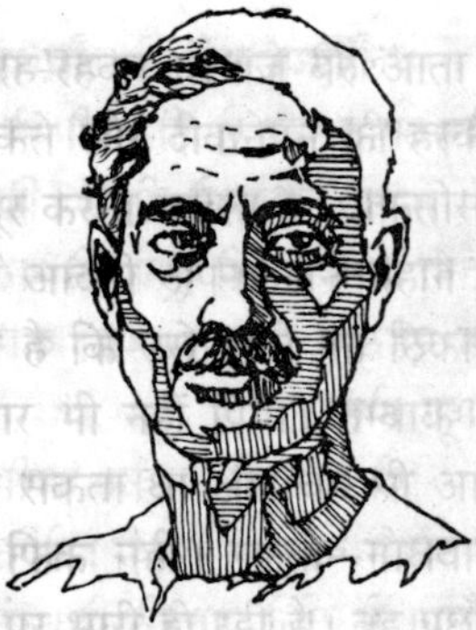

प्रथमतः कहानी संग्रह 'समर-यात्रा'
(संस्करण : 1932) में प्रकाशित

1

प्रियतम को एक वर्ष की सजा हो गयी। और अपराध केवल इतना था, कि तीन दिन पहले जेठ की तपती दोपहरी में उन्होंने राष्ट्र के कई सेवकों का शर्बत-पान से सत्कार किया था। मैं उस वक्त अदातल में खड़ी थी। कमरे के बाहर सारे नगर की राजनैतिक चेतना किसी बंदी पशु की भाँति खड़ी चीत्कार कर रही थी। मेरे प्राणधन हथकड़ियों से जकड़े हुए लाए गए। चारों ओर सन्नाटा छा गया। मेरे भीतर हाहाकर मचा हुआ था, मानो प्राण पिघला जा रहा हो। आवेश की लहरें-सी उठ कर समस्त शरीर को रोमांचित किये देती थीं। ओह, इतना गर्व मुझे कभी नहीं हुआ था। वह अदालत, कुरसी पर बैठा हुआ अंग्रेज अफसर, लाल जरीदार पगड़ियाँ बाँधे हुए पुलिस के कर्मचारी—सब मेरी आँखों में तुच्छ जान पड़ते थे। बार-बार जी में आता था, दौड़कर जीवन-धन के चरणों में लिपट जाऊँ और उसी दशा में प्राण त्याग दूँ। कितनी शान्त, अविचलित, तेज और स्वाभिमान से प्रदीप्त मूर्ति थी। ग्लानि, विषाद या शोक की छाया भी न थी। नहीं, उन ओठों पर एक स्फूर्ति से भरी हुई मनोहारिणी, ओजस्वी मुस्कान थी। इस अपराध के लिए एक वर्ष का कठिन कारावास ! वाह रे न्याय ! तेरी बलिहारी है। मैं ऐसे हजार अपराध करने को तैयार थी। प्राणनाथ ने चलते समय एक बार मेरी ओर देखा, कुछ मुस्कराये, फिर उनकी मुद्रा कठोर हो गई। अदालत से लौटकर मैंने पाँच रुपये की मिठाई मँगवाई और स्वयंसेवकों को बुलाकर खिलायी। और संध्या समय मैं पहली बार कांग्रेस के जलसे में शरीक हुई—शरीक ही नहीं हुई, मंच पर जाकर बोली और सत्याग्रह की प्रतिज्ञा ले ली। मेरी आत्मा में इतनी शक्ति कहाँ से आ गई, नहीं कह सकती। सर्वस्व लुट जाने के बाद फिर किसकी शंका और किसका डर। विधाता का कठोर-से-कठोर आघात भी अब मेरा क्या अहित कर सकता था ?

2

दूसरे दिन मैंने दो तार दिए। एक पिताजी को, दूसरा ससुरजी को। ससुरजी पेंशन पाते थे। पिताजी जंगल के महकमे में अच्छे पद पर थे; पर सारा दिन गुजर गया,

तार का जवाब नदारद ! दूसरे दिन भी कोई जवाब नहीं। तीसरे दिन दोनों महाशयों के पत्र आये। दोनों जामे से बाहर थे। ससुरजी ने लिखा—आशा थी, तुम लोग बुढ़ापे में मेरा पालन करोगे। तुमने उस आशा पर पानी फेर दिया। क्या अब चाहती हो, मैं भिक्षा माँगूँ। मैं सरकार से पेंशन पाता हूँ। तुम्हें आश्रय देकर मैं अपनी पेंशन से हाथ नहीं धो सकता।

पिताजी के शब्द इतने कठोर न थे, पर भाव लगभग ऐसा ही था। इसी साल उन्हें ग्रेड मिलने वाला था। वह मुझे बुलायेंगे, तो सम्भव है, ग्रेड से वंचित होना पड़े। हाँ, वह मेरी सहायता मौखिक रूप से करने को तैयार थे। मैंने दोनों पत्र फाड़कर फेंक दिये और उन्हें कोई पत्र न लिखा। हा स्वार्थ ! तेरी माया कितनी प्रबल है ! अपना ही पिता, केवल स्वार्थ में बाधा पड़ने के भय से, लड़की की तरफ से इतना निर्दय हो जाय ! अपना ससुर, अपनी बहू की ओर से इतना उदासीन हो जाय ! मगर अभी उम्र ही क्या है। अभी सारी दुनिया देखने को पड़ी है।

अब तक मैं अपने विषय में निश्चिन्त थी; लेकिन अब यह नई चिन्ता सवार हुई। इस निर्जन घर में, निराधार, निराश्रय कैसी रहूँगी। मगर जाऊँगी कहाँ ? अगर कोई मर्द होती, तो काँग्रेस के आश्रम में चली जाती, या कोई मजूरी कर लेती। मेरे पैरों में नारीत्व की रक्षा बेड़ियाँ पड़ी हुई थीं। अपनी रक्षा की इतनी चिन्ता न थी, जितनी अपने नारीत्व की रक्षा की। अपनी जान की फिक्र न थी; पर नारीत्व की ओर किसी की आँख भी न उठनी चाहिए।

किसी की आहट पाकर मैंने नीचे देखा। दो आदमी खड़े थे। जी में आया, पूछूँ तुम कौन हो ? यहाँ क्यों खड़े हो ? मगर फिर खयाल आया, मुझे यह पूछने का क्या हक। आम रास्ता है। जिसका जी चाहे खड़ा हो।

पर मुझे खटका हो गया। उस शंका को किसी तरह दिल से न निकाल सकती थी। वह एक चिनगारी की भाँति हृदय के अन्दर समा गई थी।

गरमी से देह फुँकी जाती थी; पर मैंने कमरे का द्वार भीतर से बन्द कर लिया। घर में एक बड़ा-सा चाकू था। कलेजा धक्-धक् करने लगा। वही दोनों बदमाश होंगे। क्यों कुण्डी खटखटा रहे हैं ? मुझसे क्या काम है ? मुझे झुँझलाटह आ गई। मैंने द्वार खोला और छज्जे पर खड़ी होकर जोर से बोली—कौन कुण्डी खड़खड़ा रहा है ?

आवाज सुनकर मेरी शंका शांत हो गई। कितना ढारस हो गया ! यह बाबू ज्ञानचंद थे। मेरे पति के मित्रों में इनसे ज्यादा सज्जन दूसरा नहीं है। मैंने नीचे जाकर द्वार खोल दिया। देखा, तो एक स्त्री भी थी। वह मिसेज ज्ञानचन्द थीं। वह मुझसे बड़ी थीं। पहले-पहल मेरे घर आई थीं। मैंने उनके चरण स्पर्श किए। हमारे यहाँ मित्रता मर्दों ही तक रहती है। औरतों तक नहीं जाने पाती।

दोनों जने ऊपर आये ! ज्ञान बाबू एक स्कूल में मास्टर हैं। बड़े ही उदार, विद्वान, निष्कपट। पर, आज मुझे मालूम हुआ कि उनकी पथ-प्रदर्शिका उनकी स्त्री

हैं। वह दोहरे बदन की, प्रतिभाशाली महिला थीं। चेहरे पर ऐसा रोब था, मानो कोई रानी हों। सिर से पाँव तक गहनों से लदी हुई। मुख सुन्दर न होने पर भी आकर्षक था। शायद मैं उन्हें कहीं और देखती; तो मुँह फेर लेती। गर्व की सजीव प्रतिमा थीं; वह बाहर जितनी कठोर, भीतर उतनी ही दयालु।

'घर कोई पत्र लिखा ?' यह प्रश्न उन्होंने कुछ हिचकते हुए किया।

मैंने कहा—हाँ, लिखा था।

'कोई लेने आ रहा है ?'

'जी नहीं। न पिताजी अपने पास रखना चाहते हैं, न ससुर जी।'

'तो फिर ?'

'फिर क्या, अभी तो यहीं पड़ी हूँ।'

'तो मेरे घर क्यों नहीं चलतीं ? अकेले तो इस घर में मैं न रहने दूँगी।'

'खुफिया के दो आदमी इस वक्त भी डटे हुए हैं।'

'मैं पहले ही समझ गई थी, दोनों खुफिया के आदमी होंगे।'

ज्ञान बाबू ने पत्नी की ओर देखकर, मानो उसकी आज्ञा से कहा—'तो मैं जाकर ताँगा लाऊँ ?'

देवी जी ने इस तरह देखा, मानो कह रही हो, क्या अभी तुम यहीं खड़े हो? मास्टर साहब चुपके से द्वार की ओर चले।

'ठहरो'—देवी जी बोलीं—'कै ताँगे लाओगे ?'

'कै !' मास्टर साहब घबड़ा गये।

'हाँ कै ! एक ताँगे पर तीन सवारियाँ ही बैठेंगी। सन्दूक, बिछावन, बरतन-भाँड़े क्या मेरे सिर पर जायँगे ?'

'तो दो लेता आऊँगा।'—मास्टर साहब डरते-डरते बोले।

'एक ताँगे में कितना सामान भर दोगे ?'

'तो तीन लेता आऊँ ?'

'अरे तो जाओगे भी। जरा-सी बात के लिए घंटा भर लगा दिया।'

मैं कुछ कहने न पाई थी, कि ज्ञान बाबू चल दिये। मैंने सकुचाते हुए कहा—बहन, तुम्हें मेरे जाने से कष्ट होगा और...

देवी जी ने तीक्ष्ण स्वर में कहा—हाँ, होगा तो अवश्य। तुम दोनों-जून में दो-तीन पाव भर आटा खाओगी, कमरे के एक कोने में अड्डा जमा लोगी, सिर में आने का तेल डालोगी। यह क्या थोड़ा कष्ट है !

मैंने झेंपते हुए कहा—आप तो बना रही हैं।

देवी जी ने सहृदय भाव से मेरा कंधा पकड़कर कहा—जब तुम्हारे बाबूजी लौट आवें; तो मुझे भी अपने घर मेहमान रख लेना। मेरा घाटा पूरा हो जायगा। अब तो राजी हुईं। चलो असबाब बाँधो। खाट-वाट कल मँगवा लेंगे।

3

मैंने ऐसी सहृदय, उदार, मीठी बातें करनेवाली स्त्री नहीं देखी। मैं उनकी छोटी बहन होती, तो भी शायद इससे अच्छी तरह न रखतीं। चिन्ता या क्रोध को तो जैसे उन्होंने जीत लिया हो। सदैव उनके मुख पर मधुर विनोद खेला करता था। कोई लड़का-बाला न था, पर मैंने उन्हें कभी दुखी नहीं देखा। ऊपर के काम के लिए लौंडा रख लिया था। भीतर का सारा काम खुद करतीं। इतना कम खाकर और इतनी मेहनत करके वह कैसे इतनी हृष्ट-पुष्ट थीं, मैं नहीं कह सकती। विश्राम तो जैसे उनके भाग्य में ही नहीं लिखा था। जेठ की दुपहरी में भी न लेटती थीं ! हाँ, मुझे कुछ न करने देती, उस पर जब देखो कुछ खिलाने को सिर पर सवार। मुझे यहाँ बस यही एक तकलीफ थी।

मगर आठ ही दिन गुजरे थे कि एक दिन मैंने उन्हीं दोनों खुफियों को नीचे बैठा देखा। मेरा माथा ठनका। यह अभागे यहाँ भी मेरे पीछे पड़े हैं। मैंने तुरन्त बहनजी से कहा--वे दोनों बदमाश यहाँ भी मँडरा रहे हैं।

उन्होंने हिकारत से कहा--कुत्ते हैं। फिरने दो।

मैं चिन्तित होकर बोली--कोई स्वाँग न खड़ा करें।

उसी बेपरवाही से बोली--भूँकने के सिवा और क्या कर सकते हैं ?

मैंने कहा--काट भी तो सकते हैं।

हँसकर बोली--इसके डर से कोई भाग तो नहीं जाता न !

मगर मेरी दाल में मक्खी पड़ गयी। बार-बार छज्जे पर जाकर उन्हें टहलते देख आती। यह सब मेरे पीछे पड़े हुए हैं ! आखिर मैं नौकरशाही का क्या बिगाड़ सकती हूँ। मेरी सामर्थ्य ही क्या है ? क्या यह सब इस तरह से मुझे यहाँ से भगाने पर तुले हैं। इससे उन्हें क्या मिलेगा ? यही तो कि मैं मारी-मारी फिरूँ ! कितनी नीची तबियत है ?

एक हफ्ता और गुजर गया। खुफिया ने पिंड न छोड़ा। मेरे प्राण सूखते जाते थे। ऐसी दशा में यहाँ रहना मुझे अनुचित मालूम होता था; पर देवीजी से कुछ कह न सकती थी।

एक दिन शाम को ज्ञान बाबू आये, तो घबड़ाये हुए थे। मैं बरामदे में थी। परवल छील रही थी। ज्ञान बाबू ने कमरे में जाकर देवी जी को इशारे से बुलाया।

देवी जी ने बैठे-बैठे कहा--पहले कपड़े-वपड़े उतारो, मुँह-हाथ धोओ, कुछ खाओ, फिर जो कहना हो, कह देना।

ज्ञान बाबू को धैर्य कहाँ ? पेट में बात की गन्ध तक न पचती थी। आग्रह से बुलाया--तुमसे उठा नहीं जाता। मेरी जान आफत में है।

देवी ने बैठे-बैठे कहा--तो कहते क्यों नहीं, क्या कहना है ?

'यहाँ आओ।'

'क्या यहाँ कोई और बैठा हुआ है ?'

मैं वहाँ से चली। बहन ने मेरा हाथ पकड़ लिया। मैं जोर करने पर भी न छुड़ा सकी। ज्ञान बाबू मेरे सामने न कहना चाहते थे; पर इतना सब्र भी न था कि जरा देर रुक जाते। बोले–प्रिन्सिपल से मेरी लड़ाई हो गयी।

देवी ने बनावटी गम्भीरता से कहा–सच ! तुमने उसे खूब पीटा न ?

'तुम्हें दिल्लगी सूझती है ! यहाँ नौकरी जा रही है।'

'जब यह डर था, तो लड़े क्यों ?'

'मैं थोड़े ही लड़ा। उसी ने मुझे बुलाकर डाँटा।'

'बेकसूर ?'

'अब तुमसे क्या कहूँ।'

'फिर वही पर्दा। मैं कह चुकी, यह मेरी बहन है। मैं इससे कोई पर्दा नहीं रखना चाहती।'

'और जो इन्हीं के बारे में कोई बात हो, तो?'

देवी जी ने जैसे पहेली बूझकर कहा–अच्छा समझ गयी। कुछ खुफियों का झगड़ा होगा। पुलिस ने तुम्हारे प्रिन्सिपल से शिकायत की होगी।

ज्ञान बाबू ने इतनी आसानी से अपनी पहेली का बूझा जाना स्वीकार न किया। बोले–पुलिस ने प्रिन्सिपल से नहीं, हाकिम जिला से कहा। उसने प्रिन्सिपल को बुलाकर मुझसे जवाब-तलब करने का हुक्म दिया।

देवी ने अन्दाज से कहा–समझ गयी। प्रिन्सिपल ने तुमसे कहा होगा, कि उस स्त्री को घर से निकाल दो।

'हाँ, यही समझ लो !'

'तो तुमने क्या जवाब दिया ?'

'अभी कोई जवाब नहीं दिया। वहाँ खड़े-खड़े क्या कहता !'

देवी जी ने उन्हें आड़े हाथों लिया–'जिस प्रश्न का एक ही जवाब हो, उसमें सोच-विचार कैसा?'

ज्ञान बाबू सिटपिटाकर बोले–लेकिन कुछ सोचना तो जरूरी था।

देवी जी की त्योरियाँ बदल गयीं। आज मैंने पहली बार उनका यह रूप देखा। बोलीं–तुम उस प्रिन्सिपल से जाकर कह दो, मैं उसे किसी तरह नहीं छोड़ सकता। और न माने, तो इस्तीफा दे दो। अभी जाओ। लौटकर हाथ-मुँह धोना।

मैंने रोकर कहा–बहन मेरे लिए...

देवी ने डाँट बतायी–तू चुप रह, नहीं कान पकड़ लूँगी। तू क्यों बीच में कूदती है ! रहेंगे, तो साथ रहेंगे। मरेंगे, तो साथ मरेंगे। इस मर्दुए को मैं क्या कहूँ ? आधी उम्र बीत गयी और बात करना न आया। (पति से) खड़े सोच क्या रहे हो, तुम्हें डर लगता हो; तो मैं जाकर कह आऊँ ?

ज्ञान बाबू ने खिसियाकर कहा–तो कल कह दूँगा, इस वक्त कहाँ होगा, कौन जाने।

4

रात-भर मुझे नींद न आयी। बाप और ससुर जिसका मुँह नहीं देखना चाहते, उसका यह आदर ! राह की भिखारिन का यह सम्मान। देवी, तू सचमुच देवी है।

दूसरे दिन ज्ञान बाबू चले तो देवी ने फिर कहा–फैसला करके घर आना। यह न हो कि फिर सोचकर जवाब देने की जरूरत पड़े।

ज्ञान बाबू के चले जाने के बाद मैंने कहा–तुम मेरे साथ बड़ा अन्याय कर रही हो बहनजी। मैं यह कभी नहीं देख सकती कि मेरे कारण तुम्हें यह विपत्ति झेलनी पड़े।

देवी ने हास्य-भाव से कहा–कह चुकी या कुछ और कहना है ?

'कह चुकी, मगर अभी बहुत कुछ कहूँगी !'

'अच्छा बता, तेरे प्रियतम क्यों जेल गये ? इसीलिए तो कि स्वयंसेवकों का सत्कार किया था। स्वयंसेवक कौन हैं ? यह हमारी सेना के वीर हैं, जो हमारी लड़ाइयाँ लड़ रहे हैं। स्वयंसेवकों के भी तो बाल-बच्चे होंगे, माँ-बाप होंगे, वह भी तो कोई कारोबार करते होंगे; पर देश की लड़ाई लड़ने के लिए उन्होंने सब कुछ त्याग दिया है। ऐसे वीरों का सत्कार करने के लिए जो आदमी जेल में डाल दिया जाय, उसकी स्त्री के दर्शनों से भी आत्मा पवित्र होती है। मैं तुझ पर एहसान नहीं कर रही हूँ, तू मुझ पर एहसान कर रही है।'

मैं इस दया-सागर में डुबकियाँ खाने लगी। बोलती क्या।

शाम को जब ज्ञान बाबू लौटे, तो उनके मुख पर विजय का आनन्द था।

देवी ने पूछा–हार कि जीत ?

ज्ञान बाबू ने अकड़कर कहा–जीत ! मैंने इस्तीफा दे दिया तो चक्कर में आ गया। उसी वक्त हाकिम जिला के पास गया। वहाँ न जाने मोटर पर बैठकर दोनों में क्या बातें हुईं। लौट कर मुझसे बोला–आप पोलिटिकल जलसों में तो नहीं जाते ?

मैंने कहा–कभी भूलकर भी नहीं।

'काँग्रेस-फंड में चन्दा तो नहीं देते ?'

मैंने कहा–'कानी कौड़ी भी कभी नहीं देता।'

'तो हमें आपसे कुछ नहीं कहना है। मैं आपका इस्तीफा वापस करता हूँ।'

देवी जी ने मुझे गले लगा लिया।

□□□

साक्षी प्रकाशन SAKSHI PRAKASHAN

एस-16, नवीन शाहदरा, दिल्ली-110032. फोन : 011-2284833

हमारे नये प्रकाशन

पुस्तक का नाम	विषय	लेखक/सम्पादक	मूल्य
फूलों का साथ	उपन्यास	करतार सिंह दुग्गल	150.00
मन परदेसी	उपन्यास	करतार सिंह दुग्गल	125.00
दंगा उपन्यास	मेहरुद्दीन खान	95.00	
राग विराग	उपन्यास	मालती जोशी	75.00
ऊँचे लोग	उपन्यास	इवान तुर्गनेव	125.00
बाबुल का घर	कहानी-संग्रह	मालती जोशी	100.00
कैन्टरविले का भूत	कहानी-संग्रह	ऑस्कर बाईल्ड	95.00
प्रेमचंद की सर्वश्रेष्ठ कहानियाँ	कहानी-संग्रह	सं. बलराम अग्रवाल	150.00
शरत् की सर्वश्रेष्ठ कहानियाँ	कहानी-संग्रह	सं. बलराम अग्रवाल	125.00
प्रसाद की सर्वश्रेष्ठ कहानियाँ	कहानी-संग्रह	सं. बलराम अग्रवाल	125.00
उर्दू की सर्वश्रेष्ठ कहानियाँ	कहानी-संग्रह	सं. नंदकिशोर विक्रम	125.00
पंजाबी की सर्वश्रेष्ठ कहानियाँ	कहानी-संग्रह	सं. तरसेम गुजराल	125.00
तेलुगु की सर्वश्रेष्ठ कहानियाँ	कहानी-संग्रह	अन. पारनन्दि निर्मला	125.00
मिट्टी का माधो	एकांकी-संग्रह	मनोहर भाटिया	95.00
गिरगिट	हास्य/व्यंग्य	बलबीर त्यागी	75.00
जो कहा नहीं गया	कविता-संग्रह	सुमन सहगल	75.00
मैं अंग्रेजों का जासूस था	सैन्य-जासूसी	धर्मेन्द्र गौड़	150.00
क्रांतिकारी आंदोलन : कुछ अधखुले पन्ने	स्वतंत्रता इतिहास	धर्मेन्द्र गौड़	95.00
काला पानी	इतिहास एवं संस्कृति	नीलकंठ	95.00
हिन्दी कहानी की विकास यात्रा	विवेचन	डॉ. बी. एस. शर्मा	150.00
हिन्दी उपन्यास की विकास यात्रा	विवेचन	डॉ. बी. एस. शर्मा	150.00
नादान दोस्त	बाल साहित्य	प्रेमचंद	20.00
प्यारे देश के प्यारे लोग	बाल साहित्य	प्रकाश पंडित	20.00